《昆仑圣殿格尔木文学丛书（第二辑）》编委会

主　　编　王　韬

特约编辑　曾春桃　唐　萍

主办单位　青海省格尔木市文学艺术界联合会

在广袤的土地上放歌

——写在“昆仑圣殿格尔木文学丛书（第二辑）”出版之际

在我们这个星球，自有人类以来，精神和智慧的火花就一直与生命的长河相伴相生。文学、艺术的发展也莫不如是。

近年来，格尔木这座耸立在戈壁荒原上的城市，依托独特的地理优势和丰富的昆仑文化资源，各项社会事业发展迅猛，文学艺术的发展也一日千里，呈现出勃勃生机。尤其是国家西部大开发战略的实施，使柴达木盆地各项事业的发展面临千载难逢的历史机遇。柴达木盆地已成为一片激荡着大开发热潮的西部热土，成为我国西部经济快速发展的一个亮点。

格尔木这个 20 世纪 50 年代因路而生、因路而兴的新兴工业城市，因其特殊的发展历程，城市文化中蕴含着昆仑文化的丰富内涵，体现在军旅文化、农垦文化、知青文化、移民文化诸多方面，反映到文学中，就出现了各种文化相互交融，既有区别又相伴而生的特点，辨识度较高。格尔木市前前后后涌现出了一批知名作家，如军旅作家王宗仁，知青作家卞奎、魏忠勇，诗人曹有云、陈劲松等，作家唐明、梅尔更是当下青海省儿童文学创作和现代长篇小说创作领域的中坚力量。他们都是格尔木发展的亲历者，正是他们的这种经历，使他们在创作中体察百姓的所思所想，与百姓心有灵犀，作品更贴近百姓的心。他们在日常的创作中勤于思考，敏于领悟，在平淡无奇的生活中发现人生的真谛，于人们不经意的细枝末节挖掘出微言大义，让更多的人认识和了解了这片土地的人文

历史和自然风貌，也让这片土地上建设者的身影出现在了大家的视野之内。

都说文化是一个地方最深远的语境，文化环境也不能单纯理解成物理意义上的环境，对它的理解更不能局限于当下的一时一地。格尔木市文联为不断给广大人民群众提供更优质的文化环境，这几年一直在不断拓宽各个艺术领域，文学、美术、书法、摄影、音乐、舞蹈、影视等各协会都硕果累累，成绩斐然。

2017 年格尔木市文联出版了“昆仑圣殿文学丛书（第一辑）”，这是文联成立以来第一次出版系列文学丛书。今年我们又迎来了“昆仑圣殿格尔木文学丛书（第二辑）”的出版，在第一辑的基础上，我们欣喜地看到，这次作者所在的行业更广、涉及的地域更广。在戈壁新城这片广袤的土地上，文学新人不断涌现，文学作品层出不穷，文学队伍不断壮大。他们在这片充满梦幻、蕴含着无限可能的土地上，汲取着丰富的营养，迸发着无穷的灵感，跟随着新时代的脚步放歌，创作出了一大批富有时代精神的可圈可点的文学作品。

使命召唤担当，事业需要人才。新时代的社会主义文艺繁荣发展，需要我们坚持思想精深、艺术精湛相统一的创作理念，需要一大批德艺双馨的艺术工作者付诸实践。要做到德艺双馨，每一位文艺工作者都要时刻保持高度的责任感、紧迫感和使命感，运用我们熟悉和擅长的艺术形式，以胸中有大义、心里有人民、肩头有责任、笔下有乾坤的精神，践行繁荣发展社会主义文艺的历史责任。

习近平总书记指出，当代中国共产党人和中国人民应该而且一定能够担负起新的文化使命，在实践创造中进行文化创造，在历史进步中实现文化进步。这是一种期待，更是一个目标。新的时代已经到来，新的机遇也在等待着我们。

“昆仑圣殿格尔木文学丛书（第二辑）”的出版，是我们培育、壮大本地文学队伍的具体举措，也是对近年来我市文学工作者创作成果的一次较为集中的展示，更是对今后文学事业发展的期盼和祝愿。

此套丛书的出版得到了市委、市政府及相关部门的大力支持和帮助，在此，我们向各位领导和所有相关部门表示诚挚的谢意，也向为此丛书的出版奋力笔耕的各位作者表示深深的敬意和诚挚的感谢！

青山元不动，浮云任去来。愿这片充满希望的广袤土地，今后诞生更多更优秀的作者和作品，愿格尔木这方热土在昆仑文化的滋养下，呈现出更广阔的文化气象和多元化格局！

是为序！

格尔木市文联主席　王　韬

2019 年 7 月

沉思的湖水或灼热的铁花

经常有朋友约我写点评论，或者为他们的新著写篇序，我基本都婉拒了。原因很简单，一是我没有系统的文学评论的研究，怕乱说一通，不得要领；二是自己资历不高。找人写评论或者序言，一般都是请一些德高望重资历深厚的大家，以达到为自己的作品增光添彩的目的，而我资历尚浅，怕粗陋的文字不能为朋友增光添彩，甚至起到相反的作用，那样就不好了。所以当作家张翔提出让我为他的散文随笔集《点亮心灯》写篇序时，我开始依然选择了婉拒。我读过一些他的小说、散文，有一点粗陋的判断，但对他这个人认识较早，算是比较了解，不管是朋友之间，还是作为单位的领导，久闻他的耿直、真诚，也素来敬重他的这些珍贵的品性，所以在他说过两次之后，我便应允下来。

张翔是陕西人，20 世纪 80 年代大学毕业后为响应国家支持西部开发的号召，他满怀豪情来到青海省格尔木市，投入格尔木火热的发展建设之中。这是作家张翔热情、真挚的表现，这也在他的文字中得到了很好的体现。在冗杂繁忙的公务之余，他笔耕不辍，写下了大量的文学作品。他的文字，无不凝结着他深沉冷静的思考和灼热的情感。他的写作生涯肇始于 20 世纪 90 年代初期，沿着他文字的脉络回溯，可以看到，他早期的作品热情奔放，而随着年龄的增大，他的文字也越来越沉静，越来越内敛，文字肌理也越来越细腻。《点亮心灯》是他的新著，从书名看，我们大致就可以得出一个直观的印象：这是一本书写自己哲思感悟的书。在这本书中，作家张翔从不惑之年的困惑写起，他写到了生命、生活、友谊、自由、信仰、时空、自然、社会、爱、缘这些宏阔的主题，也有诸如故乡的小河之类的比较个人化的“小”题材。虽是一些哲思文字，但张翔在文中少说教，他多以自己为切入点，以自己切身的思考展开话题，并不让人觉得枯燥。他的行文洋洋洒洒，纵横捭阖，旁征博引，读来让人觉得饶有趣味。从中国的思想家孔子，到国外的哲学家、文学家，如奥伊肯、米兰·昆德拉、贺拉斯、苏格拉底、帕斯卡尔、尼采、蒙田等，张翔信手拈来，把他们的思考融进自己的思考，如此熨帖，而不突兀，这也让他的文字平添了几分亲和感和说服力。

《点亮心灯》是他这本书其中的一篇文章，也是这本书的名字，可见张翔对这篇文字的钟爱。点亮“心灯”，顾名思义，是写人的心灵的。人心复杂，难测，诉诸文字，并不好处理，但作家张翔写得大开大合，摇曳多姿，他赋予人心以颜色、大小、重量、硬度，更有意思的是，他还让人心有了自己的季节和内在规律。他写人心“有时很小，有时很大”，“有时狠毒，有时善良”，“有时单纯，有时复杂”，“有时浮浅，有时深奥”，“很近又很远，很红又很黑”，他还赋予人心以“速度”，这样的铺排生动而多维，枝枝蔓蔓，自由伸展开去，并不让人觉得繁复，反倒如同多切面的钻石，光芒愈加璀璨。及至这篇文章文末，张翔写道：外在的光明与黑暗，毕竟只是表象，而绝非本质。其实，真正的光明与黑暗都在我们的心里。点亮“心灯”，还是熄灭“心灯”，全在每个人自己！这样的论断也就水到渠成了。

在《构建精神家园》中，张翔写道：“而介于两者之间的人，既有物质生活的需求，也有精神生活的需求。人因为有了神的智慧，便显得与神更为亲近，而离动物更远。因此，人的精神需求远远大于物质需求。”他厘清了人与神和动物的关系，也因此设定了构建精神家园的必要性：构建精神家园是人“成为人”的唯一途径，也是人最崇高的价值追求。这样的文字对于在庸碌的生活中陷入困顿和迷惘的人无疑是具有“指导”意义的，这本书中的很多文章都有此类“功效”，而这样的“功效”也是文学存在的最大的意义吧。

《上海印象》是张翔最近一组游记类的文章，两万余字的体量。文中他写到了上海的人文历史、地标性建筑，以及自己在上海的生活等。更有意思的是，他饶有兴致地写到了上海的冬雨。在高原，冬雨是绝无可能见到的景致，这也让他的文字视角独特，充满了新鲜感。

细细读来，《点亮心灯》中的文章如同微凉的湖水，摇曳着一杆杆思考的芦苇，又如同灼热的铁花，从他的思想里迸射而出。当然，张翔的文字也绝非完美无瑕，他也存在叙述冗杂等问题，有些作品让人觉得有些“绕”，但这只是我个人的一孔之见，未必恰切。

陈劲松

2019 年 1 月于格尔木

目　录

第一篇

洞幽·烛微

不惑之年的困惑

每天想做的事很多，可又不知从何做起，因为什么事都觉得重要。于是，就陷入漫无目的的沉思。心想，自己已逾不惑之年，对于应该做什么，不该做什么尚且懵懂，四十多年的路，岂不是白走了？难道自己真的还不如古人？早在2000多年前，孔子对不同年龄阶段人的认知程度就有比较客观的总结："三十而立，四十而不惑，五十而知天命，六十而耳顺，七十而从心所欲，不逾矩。"看看自己走过的路，已经很长，望望前面的路，依然漫漫。今后的路，应该如何去走，依然迷惑，不知所终。

人的一生非常短暂，一生要做的事又很多，这是极其矛盾的。正如德国哲学家奥伊肯所说："我们普遍对生活意义之缺失感到困惑和不安，这个事实恰好证明了在我们的本性深处有一种寻求意义的内在冲动。"没有谁愿意在无意义中度过一生，于是寻求意义成为人不可磨灭的本性。寻求生活的意义就是寻求人生的慰藉与心灵的寄托。从人生的意义出发，按照自己的个性、风格、兴趣，选择自己的价值取向，一定要有所取舍。有所牺牲，才能有所成就。鱼与熊掌兼得的美事毕竟少见。在一生要做的所有事中，有些事值得去做，有些事迫不得已或者身不由己必须去做，有的事可做可不做，有的事根本不值得去做。对自己而言，不值得去做的事，在他人和社会看来，也许很有意义，非常值得去做；自以为值得去做的事，即使认真去做了，也许与目的相去甚远，纯属徒劳，在他人与社会看来，也许根本不值得去做。我们不是生活在真空里，而是生活在社会中，行为举止难免要受大众的影响。既然受社会的影响，就会身不由己，也不可能随心所欲。无论为己为人为社会，一生要做的事很多，值得去做的事不少。比如，我上班工作，有工作上的事，有他人的事，也有自己的事，当然，要先干工作上的事（职业已成为一种谋生的手段和习惯的方法），然后，才能做自己喜欢的事，帮助他人的事。但自己和他人的事，谁先谁后往往很难正确把握。我要做自己的事，可是，如果伤害到别人的利益，人家就要千方百计地阻挠，自己当然也要考虑是否还要继续做下去。如果为别人做事，又怕耽误了自己的事，如此顾虑重重，在困惑之中，当然有许多事（哪怕值得做）不得不搁置下来。这样一来，真正能做且可以付诸实践的事就很有限了。

回头看看走过的路，做过的事，已经不少，而真正能做且能做好的事却寥寥。哪些事是真正可以去做的呢？一类是有利益可图，即于人于己于社会都有益的事，于人于己都有益的事，于己有益而又不损害他人利益的事。从人性和良知出发，最后一种要做的事无疑是每个人的首选。对此，孔子有过精彩的论述：己所不欲，勿施于人。就是说，连自己都不喜欢的事（比如恶、痛苦、灾祸等），就不要强加于别人，把自己的快乐建立在别人的痛苦之上，是对他人人权的严重侵犯。别人做损害我的事，我决不会高兴；那么，我做损害别人的事，别人也不会答应。因此，不要去做损人利己和损人不利己的事。如果不能做于人于己于社会都有益的事，起码也应做于己有益而无损他人的事。古人说"君子爱财，取之有道"，从一个侧面说明了这个道理。另一类是情趣之所至，即自己非常感兴趣，且能使自己的心灵获得愉悦的事。

一个人，活在世上，需要确实很多。比如生存生活的需要、爱的需要、尊重的需要、审美的需要、自我实现的需要，等等。就是一个最普通的人，最起码也有事业成功、爱情甜蜜、生活幸福的要求。为此，他也有不少的事情去做。如果去掉一个，按照生活的需要层次而论，自然是事业；如果只留下一个，肯定是生活的幸福。除此类带有明显功利色彩的事情外，还有一类就是能够满足内在的精神需求，使心灵获得愉悦的事情。在做了这样的界定后，我们能做且值得去做的事就变得清楚了。能做的事，上面已经说过，不再赘述。值得做的事也有许多，由于人的能力、精力的有限性，一个人必须做出自己的选择。在生活的海洋里，只有寻求意义的人，才能适时抛锚，找到自己的领域；否则，就只能漫无目的地随风漂泊。选择，极其重要而又非常艰难，像“林中路”的抉择。正如移居巴黎的捷克作家米兰·昆德拉所说：“人永远都无法知道自己该要什么，因为人只能活一次，既不能拿它跟前世相比，也不能在来生加以修正。”因此，“没有任何方法可以检验哪种抉择是好的，因为不存在任何比较”。他还说，“道路在雾中”。认为每个人都在雾中行走，看不清自己将走向何方。洗尼卡也曾感慨地说：没有谁比谁更柔脆，也没有谁能够确定他的明天。事实上，如果你选择了这条路，就失去了走其他道路的可能。你选择了这条路，你尽可以欣赏这条路上的旖旎风光，但你同时也要有冲破荆棘、历尽坎坷、忍受孤独的心理准备，必须有不受其他道路上迷人风光诱惑的信念。而且，你根本不知道在这条路上你会遇到，或者发生什么想象不到的事。在选择的时候，既要依据自己的能力，又要遵循“两利相权取其重”的原则。就是说，既不能把目标定得太高，超出自己的能力所限，又不能把目标定得太低，使自己唾手可得。只有这样，才能使你兴趣不减地做完你想做，且正在做的事。当然，你得排除所有外界条件、因素的困扰和影响。不过，即使我们有遵循的原则，在选择道路、确定目标时，我们还是有诸多的困惑。一方面，我们对事物的认识具有很大的局限性，比如，在为谋生而进行的劳作与寻求人生的意义所进行的心灵探索之间，大多数人是非常迷茫的；另一方面，正确地认识自己非常困难。正如蒙田所说：我找我的时候找不着；我找我由于偶然的邂逅比有意识的搜寻多。每一个人都有多方面的兴趣，可在哪个方面自己最有能力、潜力和优势，怎样选择与取舍，困惑不少。其实，最佳的抉择莫过于尊重上帝的旨意——隐藏在我们内心深处最强烈的渴望。我们不必花费太多的时间与工夫去选择和取舍，只要每天做你应该做的事，渴望做的事，最感兴趣的事，且尽可能去做好就可以了。正如贺拉斯所说：每天都想象这是你的最后一天，你不盼望的明天将越显得可欢恋。在生活中，由于种种原因，你可以走回头路；在人生的道路上，任何人没有回头路可走，在紧要、关键的时候，一步之差，人生之路可能迥然不同，何啻天壤！可问题是，在具体抉择的时候，我们的疑惑太多，前怕狼，后畏虎；在实践过程中，困惑也将始终相伴。

其实，经过精心筛选，在能做且值得做的事中，我们还是不知道先做什么，后做什么；短期做什么，长期做什么；现在做什么，将来做什么；目前做什么，终身做什么。这也是困惑。周国平先生经过对人生的认真研究认为：人生是一次没有目的的旅行。如果非要说目的，就是你自己所确定的人生目标。哲学家则认为，人生的目的只有一个，就是死亡。如果非要说意义，通常认为，人生的意义有两种：一种是创造，在创造中，人实现了内在的精神能力和生命的价值；一种是体验，借亲情、友情、爱情、沉思、对大自然和艺术的欣赏等美好经历获得心灵的愉悦。因此，可以说，人生的意义就是每个人所认为的意义，是人自己添加上去的。也就是说，你自己认为有意义的事，非常感兴趣的事，才是真正能做且值得做的事。事实上，也只有你自己感兴趣的事，你才会关注，你才会思考，那恰恰是你的优势所在，你才有能力和潜力做好。白玉有瑕，人无完人。一个人有优点，也有不足，这是非常自然的事。纵观古今中外，在任何一个方面，成大事者，都不拘小节。他们有一个共同的特点，就是执着于一个恒定的目标，锲而不舍地奋斗、追求，把能力与精力集中于关注的焦点，并充分地发挥了自己的优势，挖掘了自己的潜能，而不是企图把自己所有的缺点转化为优点，使自己成为完人。只有优点才是自己成长空间最大的地方。所有的成功者，都是因为最大限度地发挥了自己的优势，才达到了超越自我的境界。分散使用自己的能力、精力、潜力，在任何一个方面都不可能取得突破性进展；只有专注于某一领域、某一方面、某一点，你才有可能远远地站于人前。

至此，我似乎可以说，不惑之年应不再困惑。是因为，经过四十多年，自己终于发现，在所有应该做的事情中，尽管半途而废者有之，功亏一篑者有之，但至少还有一件事是自己真正感到欣慰的：就是读书和思考人生，并把自己的思考如实地记录下来，为自己而写作。但就这一件事，也有许多的不如意，留下了诸多的遗憾。读书，确实是一件非常愉快的事，那是一种心灵的愉悦与享受。记得小时候，借过一本小说，兴趣不减地看了整整两天两夜，眼睛肿胀，泪流不止，还短暂地失明了几天。可事后，读书的兴趣却一直保留着。在上大学时，虽然生活拮据，经济困难，一本自己喜欢的书，竟然从一家书店买过八本（使该书在此书店告罄），分送给要好的同学。至于思考人生，过去的岁月，自己仅凭兴趣和情绪、冲动与激情断断续续地进行，由于一些特殊的原因，加之自身懒惰成性，纵然有思想的火花闪现，也不能做到时时用笔来记录，辜负了“好记性不如烂笔头”的谆谆教诲。心灵的火花，稍纵即逝，等到醒悟时，再也追它不回。回顾起来，悔恨不已，懊恼难当。

一个人，应该记忆的不去记忆，不该记忆的东西就会占据大脑；应该遗忘的不能遗忘，不该遗忘的就会从脑海中抹去。记忆与遗忘是一对矛盾，此消彼长。要记忆一些东西，必须遗忘另一些东西；要忘掉一些东西，就要有另外的一些东西来填充。许多人不知道什么应该记忆，什么应该遗忘，其实，遗忘就是记忆，记忆便是最好的遗忘。有的人，一生对此也不在乎，也不清楚，因为他对此缺乏认真的分析思考，或者他压根儿不愿进行思考。车到山前必有路，走到哪儿算哪儿的心态，使他少了几许忧虑困惑，多了几分快乐洒脱。思考，既劳神又费心，还会增加莫名的痛苦与烦恼。人是矛盾的，是因为我们生活在其中的这个社会是矛盾的，就连这个星球，甚至整个宇宙都是矛盾的。解决各种矛盾，有诸多的手段与方法，但最重要的原则应该是紧紧围绕目的进行。目的，才是解决矛盾的出发点，才是矛盾解决的落脚点。追求人生的目标，贵在持之以恒，锲而不舍。古人云：锲而舍之，朽木不折；锲而不舍，金石可镂。经过反复认真的思考，我认为自己最有兴趣、最感欣慰的事，确实是自己值得去做的事，因此，必须把读书思考、记录心灵的轨迹当作一件要事，当作有意义的生活之必需，持之以恒地坚持下去。因为，我在读书思考之中，抛开了身不由己、心不在焉这种无聊的心境，真切地感到自己非常充实与快乐。生与死，人生两大难事。未知生，焉知死。对此，若不加以思考，人生的意义、人生的目的又如何去寻找。唯有怀疑生，才不畏惧死。对人生，我是做了一些分析和思考，但我对人生的目的、人生的意义依然有太多的困惑。愈分析愈思考，愈是感到疑虑、困惑愈多。我明白，只要我们想做事，去做事，我们就会有困惑。

就拿自己来说，在小学读书时，特别喜欢美术，一有闲暇，就去画画，可上了中学，在考大学还是画画这个问题上，自己也非常矛盾、困惑，最终还是向亲朋妥协，把画画搁置下来。几经波折，大学是考上了，可做画家的梦，一经中断，就彻底破灭了。大学毕业后，在做秘书还是做记者的问题上，又犹豫不决；做了秘书后，又凭兴趣和强烈的冲动自学了一阵子法律，期望做一名律师，最终，由于种种原因，考律师的事又半途而废了。应该说，“这山望着那山高”是所有人的一种共同心态，但如果没有坚定的信念与超然的毅力，任何一个无限风光的峰顶我们也是难以攀登的。由此可见，做抉择有困惑，去做事的过程也有困惑。但任何事不做，并非没有困惑，而是困惑到了极致，茫然不知所措。记得有一位名人说过：悲剧，总比没有剧要好。我有兴趣去做，也有能力去做，且确实值得去做的事，只要做了，哪怕做不好，或者失之偏颇，又有何妨！我始终坚信：一个违心亏待自己，对不起自己的人，决不会对得起其他任何人。“走自己的路”，做自己感兴趣和喜欢做的事，是每个人从形式到内容对得起自己的具体表现和无悔的抉择！虽然在想事做事时，充满疑虑与困惑，但至少因为想过做过而不会感到遗憾。人生本来就是一个过程，人生的意义其实与人生的目的也没有必然的联系。只要你追寻人生的意义，注重实现意义的过程，即使与你的人生目标相去甚远，在老之将至时，你也不会认为自己虚度了一次且仅有一次的人生光阴，就可以感到欣慰和满足了，就可以自豪地说：我的人生无悔！因为在这个过程之中，我们已经尽可能地延长了生命的功能。

说得透彻一些，人的一生，大部分时光是在“浓云密雾”中行走，既看不清前途，也没有目的地，总是为困惑所萦绕。人注定要在“困惑—清醒—再困惑—再清醒”的反复与轮回之中终其一生，这似乎成为人的宿命。有困惑是困惑，没有困惑是困惑，不再困惑也是困惑。没有困惑，意味着更大的困惑；不再困惑，是相对于以前太多困惑而言，比较清晰明了的现在状态，本身也没有困惑完全消失之意，也不意味着将来没有新的困惑。但是，如果你寻求到生活的意义，并循着这意义去做你认为应该做和值得做的事，所有的困惑，将不再成为困惑。

“心谜”难解

在人生的旅程中，谁没有猜过谜？猜谜是人生的基本课题，无论你是聪慧敏捷，还是笨拙木讷，此课非上不可。我自知在猜谜方面非常愚钝，但也自觉不自觉地加入猜谜的人流之中。许久以来，每一次猜谜，都会联想到你，勾起我对往事的回忆。认识你，与认识许多人一样，纯属偶然。你知道，正是由于这偶然中的偶然，我才加深了对人生的认识；假若没有你，我一定会在贫乏无聊中驻足更多的时日。正是因为认识了你，我才消除了二十多年生活积淀所形成的自卑，增强了对美好幸福生活追求的信心，我才感到做人的不易与伟大。我深深地感谢“上帝”，在芸芸众生、茫茫人海中给了我们相逢相识、交流沟通和倾吐衷肠的机会。虽然我们早就天各一方，相隔万里，可那段美好的时光，令我终生难忘；你留给我的难题，成为我终生探讨的精神财富。

我深深地知道，我的那份热情，完全处于天真幼稚和青春的骚动中，以所处的身份、地位而论，只不过是不切实际的幻想与难以实现的奢望，理想与现实，两者有着天壤之别。你说：错极了。难道城里人都是“阳春白雪”，农村人都是“下里巴人”？在我看来，你的身段、美貌、气质、一举一动、一颦一笑，无不使我着迷。即使“沉鱼落雁，闭月羞花”四大美女再世，你也毫不逊色。你嫣然淡然地轻轻摇摇头，微微一笑，若有所思，不置可否。你的话，使我感到些许的安慰，可你的举止着实让我猜了许久，如云山雾罩，百思不得其解。突然闯进我心海的你，就像巨石投入平静的水面，打破了那原有的沉寂，激起波浪千尺，涟漪层层，平静而有规律的生活离我远去了。初坠爱河，那段时日我总感到，精力异常充沛，情思如潮，一切是那样的美好，梦想有情人终成眷属。对未来的构想和憧憬是那样的美妙而不可言喻。

有一天，你突然冷冷地对我说：我最亲爱的朋友，放弃你的追求吧，我可以答应你的所有要求。你的话，就像倾盆之水浇在炽热的篝火上，顿时，只留下一堆尚未充分燃烧而哭泣的灰烬。虽然时值六月，正是酷暑难当之际，那是我第一次真正体会到"不寒而栗"的滋味，心，冷冰冰的；世界，冷冰冰的；一切的一切，都冷冰冰的。心中的唯一消失了，自我失落了，梦幻也随之破灭。放弃了追求，我不知道，对你还会有什么要求。

我从未怀疑过你对我的真情，也不相信你会欺骗我。可你的行为却实实在在地是在折磨我，就像是把我那赤裸裸的灵魂小心翼翼地捧为至宝之后，又拿到文火上去慢慢地检验，这一刻，终于把它烤煳烧焦了。我觉得太累太累，我想好好地休息，可我根本无法休息，尤其恐惧睡眠。我害怕把自己从现实的苦海带进梦魇的深渊。你怎么能够想象，我是怎样度过那段忐忑不安、丧魂落魄的青春岁月的。那绝对不是"眼在流泪，心在流血"这一句话所能表达得了、涵盖得了的。我怕这世俗的喧嚣与纷扰，怕见到所有熟悉我和知情的人。于是，我躲避，我逃遁。毕业后，未及回家，就悄无声息地离开了那生我养我的关中平原，几经漂泊，来到这地广人稀、高寒缺氧、处处戈壁荒漠的青藏高原。期望在这里，心儿能够得到慰藉与平静，可我的心，一刻也未曾平静，反而更加骚动不安。孤独的漂泊并不适合我的天性，与我多年的习惯也相去甚远。在世界第三极，离太阳最近的地方，没有夏日的酷暑，却有隆冬的萧瑟。我终于明白，无论人在哪里，外界的一切，只不过是表象；世界的本质，其实都由人心所成。

我说，看不清你，猜不透你。你说，每一个人都是一个谜。不由使我联想起古希腊的斯芬克司之谜，怪不得许多人因为猜不出谜底而成为斯芬克司这个怪物的腹中美餐，这是因为每一个人对"人"、对自己缺乏深刻的认识，有点"不识庐山真面目"和"当局者迷"的意味。早在古希腊时期，苏格拉底就尖锐地指出：认识你自己！并把此当作哲学的最高要求。其实，斯芬克司之谜的谜底，就是“人”！帕斯卡尔说过：“人是一棵芦苇，原是世间最脆弱的东西；但那是一棵有思想的芦苇。用不着全宇宙武装起来把人类轧碎；一股气流，一滴水，足以灭亡他。然而，即使宇宙轧碎他，他也比灭亡他的宇宙更其高贵：因为他知道自己的死亡，知道宇宙的优势，而宇宙却什么也不知道。”他的意思是，人在这个世界上像芦苇一样脆弱，任何东西都可以置人于死地。但人有他的高贵之处，这在于他有一个会思想的灵魂。正是思想的自由自在、无拘无束、变化无穷、难以捉摸，才使人有了诸多的区别与本质上的不同，从而给这个“谜”增加了游戏的难度。正因为抓住了人不断变化的特征，所以谜底才既简单明了，又深不可测。有时，看似简单的东西，其实最为深奥；看似复杂的东西，其实最为明了。人就是这种既简单又复杂，既清晰明了，又高深莫测的东西。他（她）可以成为自己想成为的任何东西，也可以什么东西都不是。也正是人的复杂性、多变性、可塑性与无限可能性，才使生活更加丰富多彩，人生更为纷呈繁复，不拘一格。

人本身就是一个奇迹，就是一个难解的谜，正因为如此，人对“谜”给予了高度的关注与重视，所以尼采说，人天生就是一个猜谜者。而在不断地出谜、猜谜、解谜这个游戏过程中，人拓宽了视野，提高了认识，增长了才干，积淀了知识，启迪了智慧，从而感到生活真是妙趣横生，其乐无穷。人实实在在是一个谜，一个高深莫测、变化无穷、难猜难解的谜；人生就是一出猜谜游戏，就是一场梦，一个真真假假、虚虚实实、似在非在的梦。遗憾的是，一个具体的谜，不是每一个人都能遇到，并有机会去猜解的，如果能有一次机会，却猜不中，解不开，也会被别人抢了去猜去解的。其实，每一个谜都有若干个谜底，只有出谜者才掌握着那唯一的谜底。由于每一个猜谜者所站的角度不同，谜底自然也不同。如果你说出了其中一个谜底，说你猜对也可以，说你猜错又未尝不可。关键在于出谜者与猜谜者所站的角度是否相同，出谜者对猜谜者所持的态度如何。

人，之所以是一个难解的谜，是因为“心”的缘故——“心为一身之主”。从实质上来讲，人是由“灵”与“肉”组成的。肉体的变化，由于其有形性，其变化还是有一定的规律可循，而灵魂作为一种无形的东西，其变化可以说是“神鬼莫测”。事实上，只要对人加以分析，对人的行为举止、所作所为进行追根溯源，就不难发现，人之变化皆由“心”之变化而引起。关于人心，禅宗有一语可谓道破玄机：“不是风动，不是幡动，仁者心动。”也就是说，我们所感觉到的一切，无非是心中的印象。人生之谜，皆由人心演绎而起，我们读不懂、猜不透的，不是某一个人，而是一个人的“心”。唯人心最为难懂，人心才是最难解的谜。

如果当初，读懂了我的初恋者的心，我不会留有永久的遗憾，也不会有这粗俗的认识。我们真正拥有的，由于司空见惯，其价值很难发现，也不会去珍惜。

失去的，我们会念念不忘，明白其价值所在；对想拥有而未能拥有的，我们的想象力会最大限度地加以美化。也许，美化正是对诸阙如的最好弥补，因为或许我们每个人都偏执地认为，自己所执着追求的才是最美好的。“强劲的想象产生事实”，有一些学者如是说。

点亮心灯

心，万物皆有。但万物之中，唯有人心难懂。因为，它不但有颜色，也有大小、有重量、有硬度，还有自己的季节和内在规律。人之所以种种，是“心”使然。我们之所以探讨这个沉重而又复杂的话题，是因为它主宰着人的行为，在人生的舞台上充当着导演的角色，甚至以“上帝之手”指引着我们的道路与归宿。心正，则身正；心歪，则身斜；心死，则身灭。

人心有时很小。纵使鸡毛蒜皮，也会斤斤计较，喋喋不休，所谓“麦秆吹灯”是也。

人心有时很大。纵然生死攸关，天塌地陷，也会置身不顾，泰然处之，真是“心比天大”。

人心有时好狠毒。心生恶念，必有恶行。为己私利，可以草菅人命，发动战争。宁可我负天下人，也不使天下人负我。

人心有时很善良。心存善念，必有善举。见义勇为、助人为乐、精忠报国者有之，“扫地恐伤蝼蚁命，爱惜飞蛾纱罩灯”者有之。

人心有时很单纯，既无荆棘坎坷，也无暗礁险滩。

人心有时很复杂，它纵横交错，上下捭阖，八面玲珑。

人心有时很浮浅，犹如盘中水，一目了然。

人心有时很深奥，似云山雾罩，变幻无穷。

人心很近也很远，如水中望月，雾里看花，天涯咫尺，咫尺天涯；人心很红很亮很黑很硬又很软，红如烈火朝霞，亮如冰雪水晶，黑如锅底煤炭，硬如铁石金刚，软如豆腐流水。

人心有轻重。轻似风掠，重如铅坠。

人心有速度。它可以穿越"时空隧道"，在现实与梦幻、历史与未来之间游离。

人心有矛盾。在忠义、孝悌、利害、善恶、进退、生死等两难的困境中，不同的心态，会有截然不同的抉择和结果。

人心就是如此复杂。它的殿堂由多极建构，它的世界是多维空间。它有乐园，也有地狱；它有尘缘，也会涅槃。它有时使人像鬼，使人为兽，使人欲仙；有时包罗万象，无所不包，无所不容；有时，又单纯得只剩下它的躯壳，什么也没有。它既清清楚楚，明明白白，又朦朦胧胧，糊里糊涂；既简单明了，又复杂异常；既容易理解，又无法理解；既可琢磨，又无法捉摸。它编织的形象使我们目不暇接，叹为观止；它创造的意境令我们如痴如醉，流连忘返；它酿成的人间惨剧触目惊心，使人难以相信。真是"知人知面难知心"！

心，该小时要小，该大时要大。小题大做无益，将大事视同儿戏更为有害。心，该善时须善，该恶时须恶。"滴水之恩，涌泉相报""道高一尺，魔高一丈"是经验；"农夫与蛇""东郭先生与狼"是教训。心，该单纯时要单纯，该复杂时要复杂，否则就会人为地制造一些不必要的麻烦、误会，引起矛盾纠纷，甚至使主体步入深渊，走进扑朔迷离的无序世界而难以自拔。

心儿啊，一定要百倍警惕，高度警觉。作为主体的主宰，时刻要做到清醒明白，不能不分时间场合，无视环境对象，一律对待。人须有良好的愿望，宏伟的目标，崇高的理想，远大的抱负。但良好的动机必须付诸具体的行动，才有希望取得预期的效果。在具体的行动过程中，必须持"己所不欲，勿施于人"，"君子爱财，取之有道"，"勿以善小而不为，勿以恶小而为之"的心态。心，必须知足，知足者常乐。欲壑难填、贪婪成性难有善果。《渔夫与金鱼的故事》是劝勉是嘲讽更是警钟。否则，"人心不足蛇吞象"的闹剧就会一次又一次地不断重演。

违心、负心、亏心、贼心、野心、黑心，知心，真心、忠心、孝心、善心、爱心、良心、佛心，等等，人心种种，难以尽数罗列，也无法分清它们之间的细微差别，但从功能与本质等大的方面，还是可以区分、把握。尽管社会对种种人心褒贬不一，评价不同，人心毕竟还是以各种各样的表现形式实实在在地存在着，既不能掩盖，也不能抹杀。在日常生活中，我们能耳闻目睹，也可领略体会。

人心其实很怪。它，令人清醒，使人迷茫；令人振奋，使人沮丧；令人单纯，使人复杂；令人平静，使人矛盾；令人聪慧，使人愚蠢；令人谨慎，使人鲁莽。

人心也有自己的白昼黑夜，时令季节，蕴有一定的规律。它既受外界环境氛围、风俗习惯和道德法律的影响，也受主体生活阅历、价值观念、文化修养和心态情绪的制约。人对事物的态度、行为，说透了就是某种心境心态的外在表现。健康的社会，使主体的身心健康地发展；病态的社会，会使主体的身心畸形扭曲，病态发展。虽然大体如此，但由于人心各异，差别仍然不小，当然也不排斥例外。即使身处同一环境，由于人心不同，对同一个人、同一件事的看法、态度也会迥然不同。就是同一个人，在同样的环境中，对同一事物的心境心态也不是一成不变的。“昔我往矣，杨柳依依。今我来思，雨雪霏霏。”《诗经》中的这首诗恐怕就是同一环境中同一人在不同时期心境心态变化的写照。坠入爱河中的人，会觉得世界上的一切都是那样美好和可爱；屡遭厄运的人，看风中摇曳的花，也会觉得是嘲讽，看空中的太阳也是阴森恐怖、漆黑一团的。

人心难解，深不可测，千万个人，会有千万个谜底。况且，纵是一个具体的人，其心，也处在矛盾斗争与发展变化之中。心有千千结，解开一结，又有一结，结结相环，环环不同。有史以来，无人能解开“心谜”。

以上所述乃是个体心、凡夫心，是具体人在特定时期、特定阶段的外在表现。常言道：得道多助，失道寡助；得人心者得天下，失人心者失天下。人心的向背，成为事业成败、战争胜负、天下得失的关键。在此所言的“人心”，已不是个体心、凡夫心，而是群体心、众生心。

小哀喋喋，大哀默默。“哀莫大于心死”，无论凡夫心、众生心莫不如此。人活着，靠的是心志，靠的是精神。只要精神不倒，哪怕屡败屡战，总有东山再起的一天。心死，则万念俱灭，若不及时加以调整，重新振作精神，就不可能有打翻身仗的一天。明代杨继盛先生说过：“心为一身之主，如树之根，如果之蒂，最不可先坏了心。”对心作如是观，可谓精辟至极。若先坏了心，良药难治，忠言难进。纵然衣冠楚楚，道貌岸然，必然机关算尽，为所欲为，沉沦堕落，失去人的本性良知，守不住道德底线，最终必将落得个遗臭万年的下场。唐代大文豪韩愈曾感慨万千地说：“与其有誉于前，孰若无毁于后，与其有乐于身，孰若无忧于心。”每个人若能对自己的所作所为真正做到“无忧于心”，人与人将是何等融洽，社会该是多么和谐！

真心待人，则心照山是山，照水是水，云开日出；假心待人，则山水面目全非，阴霾密布。正如台湾证严法师所言：“佛心看人，周遭遍地人人皆佛；鬼心看人，则处处都是狰狞的鬼影幢幢。”

“人心都是肉长的”。心，本身就很美丽，一被造就，便鲜红柔嫩，晶莹剔透。现实生活中的人，由于种种原因、理由，抱着一定的目的，采取不同的手段，使“心”染上了不同的颜色，使“心”有了不同的大小、重量和软硬度，使“心”改变了本来的模样。与其说这是“心”的大悲哀，不如说是“人”的大悲哀。

有的人“点灯”，以求光明；有的人却毁掉光明，求其黑暗，这是何等强烈的反差与对比！外在的光明与黑暗，毕竟只是表象，而绝非本质。其实，真正的光明与黑暗都在我们的心里。

点亮“心灯”，还是熄灭“心灯”，全在每个人自己！

论友谊不可或缺

友谊作为朋友之间的交情，是人类独有的一种崇高感情，在每个人的一生中，具有其他任何情感无可替代的重要作用和意义。爱情是人追寻那失去的另一半，因此可以不求理解（当然，因理解而结成的爱情是最完美的爱情）；友谊则一定建立在理解的基础之上，所以，渴望理解才是友谊建立的第一要素。理解，是人精神上的一种需要，这种需要是如此得强烈，以至于任何人在内心、在行为上都高呼“理解万岁”。一曲“高山流水”，使钟子期与俞伯牙成为千古知音；马克思与恩格斯牢不可破的友谊使他们共同成为共产主义的先驱。在人类的历史长河中，关于友谊的佳话与其他人类情感相比，可以说是凤毛麟角。友谊以理解为前提，而理解又何其之难！因为，在人与人之间，毕竟还是有一层无形的隔膜，每一个人的心灵有好多道“心闩”，就像故宫的一道道门都有门闩一样，门闩插上了，任谁也不能进入。即使门打开了，进入其中的人也必定处在不同的空间。所不同的是，在一个人的心里，允许进入的人，被安排在不同空间的不同位置或座次上，而不是让进入的人随心所欲地步入他想要去的任何空间。在每一个灵魂里，都有不可向其他任何人透露的秘密，都有一块独属于自我的私人领地，灵魂的最深处，绝对不允许任何人涉足，这无疑又增加了人与人之间相互理解的难度。正是理解太难，才使以理解为前提基础的友谊显得更为难能可贵。因此，亚里士多德经常有一句话挂在嘴边：啊，我的朋友们，世上并没有朋友。正因如此，人与人之间的友谊才显得弥足珍贵，拥有者在情感上才获得莫大的满足。大众一般认为，人与人之间友谊的建立，具有情趣、志向、目标相同或相通的前提基础。

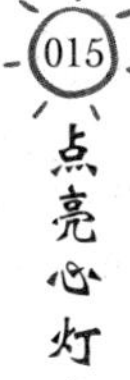

之所以说友谊崇高，是因为友谊的建立，既不像亲情那样具有血缘关系，也不像爱情那样只能在异性之间进行。蒙田说："我们平常所称的'朋友'与'友谊'无非是因某种机缘或出于一定的利益，彼此心灵相通而形成的亲密往来和友善关系。而我这里要说的友谊，则是两颗心灵的叠合。我中有你，你中有我，浑然成为一体，令二者联结起来的纽带已消隐其中，再也无从辨认。"我们的灵魂这么一致地同行，它们带着这么热烈的挚爱相对而视，又带着同样的挚爱透进心坎处……他是说，真正的友谊，必定是两个灵魂已由此完全融合，难分彼此。自我的意志与朋友的意志一样不容怀疑。因此，友谊和人与人之间的普通感情就有了明显的区分。友谊的准则就是竭尽所能，使对方受益。中国人历来有"滴水之恩，涌泉相报"的美德，我以为，这只是普通人之间交往的准则。在友谊中，不存在任何的责任和义务，更不存在报答的问题。因为每个人对自己（朋友是心灵的叠合）是没有责任和义务可负可尽的，我们可曾听闻自己如何报答自己的事情发生过？责任、义务、报答，等等的字眼，在我看来实在是对友谊的亵渎！我们从都熟知的恩格斯资助马克思完成《资本论》的写作这个史实，难道不能体会到友谊的真正内涵吗？蒙田在他的随笔里，讲述了一个非常完美的友谊故事：欧达密达斯有两个朋友，一个是夏理鲜奴士，一个是亚勒特乌士。他自己很穷，而他的两个朋友却十分富有，当他卧病床榻时，在遗嘱里这样写道："我给亚勒特乌士的遗产是：他要赡养我母亲，抚慰她的暮年；给夏理鲜奴士的是：他要把我女儿出嫁，并且照他的力量供给她一份丰富的嫁奁；若其中一个死去，我任命那剩下的一个替代他。"那些最先看见遗嘱的人觉得好笑，但当他的嘱托人得到通知之后，却异常满足地接受了。后来，夏理鲜奴士不幸死去，亚勒特乌士按遗嘱的要求得到替代的义务，他不但极为细心地赡养那位母亲，又把他所有的财产一分为 二，给自己的独女与欧达密达斯的女儿作嫁奁，并且两个女儿的婚礼在同日举行。在我看来，这个故事是完美友谊不求回报的典范。

古人说：人生得一知己足矣！这是因为人的自私自利性过于根深蒂固。在许多人看来，为己才是人的天性（人不为己，天诛地灭）。"天命不可违"其实只不过是自私自利者的一种借口。要超越这所谓的"人的天性"非常之困难，就是对一个朋友，要竭尽所能使之受益而不图回报，也是非常困难的事，一个人能把自己分成多少份，从而使更多的人受益？这才是真正的友谊寥寥的根本原因。虽然知音难觅，知己难求，可是人人还是希望得到这份情感。究其原因，是因为人本身是孤独的（内在、精神、灵魂），而任何人又不甘孤独，希望有一个可以进行思想交流、精神沟通、灵魂平等对话的对象，并在相处中使灵魂得到宁静与慰藉。亚里士多德在他的《政治学》里断言人是最合群的动物，接着又说出了一句名言："离群索居者不是野兽，便是神灵。"尼采针对这句话指出："忽略了第三种情形：必须同时是二者——哲学家……"在我看来，还有第四种情形：是"疯子"。无论如何，哲学家与"疯子"和普通人所认为的正常生活都是格格不入的，他们都是精神上的孤独者。两者的区别在于：哲学家对世界整体和人生的思考是清醒有序的，"疯子"的思考则是混沌无序的。渴望并寻求理解是人摆脱孤独的一种需要，择友、交友则是人性的一种必然。

我们之所以说友谊是崇高的，是人生历程中不可缺少的，是因为友谊有其重要的效用。第一，友谊双方互为情感宣泄的对象。因为在朋友之间，没有利害的纠葛，没有感情的隔阂。苦与乐、悲与喜你可以尽情畅谈，种种感受与情感可以溢之言表，不必回避，也不必伪装。有一句俗语说得好：把快乐与朋友分享，将有两份快乐，把痛苦向朋友诉说，痛苦将会减半。第二，朋友是你事业成功的桥梁和阶梯。这样的事实在人类关于友谊的记载中非常之多，无须引述。第三，在友谊中，每个人获得了最珍贵的需要——尊重。我认为，这才是友谊最大、最重要的效用。尊重，在马斯洛（第三思潮的代表）看来，是人的生活进入一定的层次后的一种必需。之所以说来自友谊的尊重需要最为珍贵，是因为在这种尊重中没有亲情与血缘纽带的责任和义务，比如子女对父母的尊重。也就是说，这种情感完全出于内心的情不自禁，尊重你这个人，完全由于你的人格魅力，这种人格魅力，不独由于你的优点，也包括你的缺点而成为的一个整体——独行特立的你。金无足赤，人无完人。正如《圣经》中所表达的：谁能够向上帝索取好的而不留一点点坏的。其他的人不能容忍你身上的任何缺点，而朋友必定是喜欢你这个人整体的，一旦把你的优点和缺点分离，你必将不成其为你，也必定不是朋友所喜欢的那一个独特的“你”！人毕竟是人，而不是神。无论由己推人，还是由人及己，道理皆然，这是理解与交往的前提。大多数人认为，即使对敌人也可以宽恕，但对朋友的背叛却坚决不能宽恕。那是因为人们把友谊作为崇高的象征，对它寄予了厚望，岂容它从苍穹堕落到尘世，沉沦到底！有的人炫耀说，他（她）对某某朋友无话不说。我怀疑：这怎么可能！如果仅仅为了证明友谊的深厚，我无话可说，怕只怕是以友谊为幌子、为招牌、为光环，抱有不可告人的目的。在我看来，“无话不说”只是一种假象和表象，它往往掩盖了一个人真实的动机。来自朋友的妒忌、陷害与背叛是防不胜防的（一般而言，对朋友是从不设防的），也是最令人心痛心碎的。正因为友谊的难得、可贵，失去一个朋友是令人异常痛苦的，但由于人自身的变化，当灵魂不能融合，精神难以沟通，思想格格不入时，我们必须有与朋友（严格说来，此时已不能称其为朋友）分道扬镳的勇气。这与迁就、迎合、媚俗等世故不同，与背信弃义更有质的区别。

事实上，因理解的需要建立的友谊，结成的朋友，不但可以为你分忧，而且可为你解难；还可启迪智慧，助你事业成功，生活幸福，爱情甜蜜。有如许的功能、效用和益处，在人生的历程中，友谊可以或缺吗？

对“理解万岁”的理解

在日常生活中，我们似乎随时都能听闻到不被他人和社会所理解的无奈与感慨。不被世人所理解确实是一件痛苦的事，尤其在良好动机与愿望未取得预期的效果时最为明显。古今中外，不被理解的人与事多得不胜枚举。世界三大宗教的创始人早已被公认是先贤与圣哲，但在他们传教布道初期依然不被故乡所接纳，耶稣就被钉死在十字架上；世界公认的哲学鼻祖苏格拉底也是死于邦国；孔子也曾周游列国而不被任何一个国家所留用，甚至于因战争，在陈、蔡两国之间被困达七日之久，饱受饥渴的折磨，但他的儒家哲学却从汉武帝“罢黜百家，独尊儒术”以来，统治中国达两千多年之久；尼采作为一个意志论哲学家，以他深邃的理解，提出了“超人”学说及推倒一切偶像、重估价值的理念，可他多年以来不被世人所理解，在孤独的漂泊中由于郁郁寡欢最终精神崩溃。宗教、哲学如此，科学理论的不被理解又何尝不是如此呢？布鲁诺的火刑就是一个典型例证。“理解万岁”成为许多人发自内心深处的肺腑之言。理解，现代汉语词典的解释是：懂，了解。我的看法是懂得、明白、了解，与人们所表达、所认为的“理解”，在内涵、意义上还有很大差距。其本来意义应该说，是人与人能够彼此完全透彻、明了，没有任何隔阂，在思想与灵魂上达到“零距离”接触，心灵相通、心心相印，没有什么可以隐瞒。这才是我要展开谈论的“理解”。无论从哪个角度来讲，应该说，“理解”与“万岁”没有丝毫的联系和瓜葛。万岁一词，在我国已有几千年的历史，它具有专指性：皇帝、天子或一个独立国家、部落的最高统治者；有时，也特指这些人生命的永恒与无限。由此可见，万岁一词并非实指，它只是一个虚词，表达的是人们的一种愿望和期盼，表示“人”（当然，只是专指的人）的生命永恒、长生不老之意。我国土生土长的道教，以追求“长生术”为己任，在其神话传说故事中，就是最长寿的彭祖也只活了八百多岁。现代人类学、遗传学研究认为，人类自然寿命的正常上限应该在一百五十岁左右，但通过基因重组、克隆和器官移植，人类的寿命可以无限（我认为，也只能是有限中的“无限”）延长。所以，万岁一词的出现，是国人“人定胜天”理念和独一无二创造性的体现，它是人们主观想象超越客观实际的一种愿望。如此来看，“万岁”一词确实与“理解”这种人类的感情需要风马牛不相及。但人们却把它们联系在一起，成为大众口头上的一种习惯，而且能为大众所接受、所理解，说明在它们之间一定有一种非常密切的联系。看来，由因及果的线性思维和逻辑推理在这里很难找到令人信服的结论，我们必须换个角度来看它们之间究竟有什么联系。确切地说，万岁一词的创造、使用与盛行，就是把客观“长生不老”的不可能幻化为主观上的可能，从而把人类的有限生命从恐惧死亡的深渊中解脱出来，在口呼“万岁，万万岁”的同时，人在心灵上获得慰藉，也就拉远了与死亡的距离，消除了对死亡的恐惧。虽然这种自慰是自欺欺人的行为，纯属徒劳，其实也是不得已的无奈之举，因为人类不愿在焦虑与恐惧中度过那非常有限的生命。

人在这个社会上生存生活，理解与被理解也被当作一种需要，这种需要有时是一种渴望，有时演化为一种强烈的冲动。因为人是一种群聚动物，在群聚中，每个人都想活得有意义，并期望以自己的特殊性存在而占有一席之地。人虽然首先是为自己而活着，但在群聚中，不被理解的特殊个体的存在就失去了意义，这是人们之所以寻求理解的真正内涵和强烈冲动的缘由。但是，谈理解又何其之难！一方面，因为任何一个人都是一个特殊的存在，由于天赋秉性与后天阅历的不同，对周围的人和事的看法、理解，也因自我的隔离状态而有很大的不同。从实质上来说，看法、理解、评价均带有浓重的主观色彩，“理解”，始终只是基于自身状况的推想，即所谓的“以己度人”，客观、公正地理解一个人、一件事，只是人们的一种良好愿望，这就使真正的理解成为不可能；另一方面，每一个人作为一个独立存在的个体，不可能把自己赤裸裸地摆在世人面前，供人参观、欣赏和研究。人是有羞耻感的，肉体不会任人摆布，灵魂更不允许随便窥探。每个人的心灵都有“心闩”，防止其他人随意闯入，发现本该由自己独享的秘密。尤其在灵魂的深处，每个人都留有独属自己的私人领地，绝不允许任何人涉足，这就更增加了理解的难度。史怀泽在《我的青少年时代》里认为，即使最亲近的人，比如夫妻、父母、子女也不可能真正理解。理解，在他看来，是不可能的。退一步讲，即使可能，任何人也无权提出这样的要求。人“不仅存在着肉体上的羞耻，而且还存在精神上的羞耻，我们应该尊重它。心灵也有其外衣，我们不应该脱掉它”。每个人对于别人来说都是一个秘密，既无索取理解的必要，也无强迫自己理解他人的必要。苏格拉底早就提醒过：“认识你自己！”由于人身上所具有的动物性和神性，所以认识自己变得艰难，在欲望与本能，理智与情感，表象与本质的纠缠交织中，理解与被理解变得非常困难。因此，黑格尔感慨万千地说：“世界上只有一个人理解我。不，就连这个人也不理解我！”

由此可见，真正的理解根本不会也不可能存在，长生不老的人也是从来没有的。那么，为什么人还渴望理解、万岁，寻求理解，追求万岁呢？中国人之所以把这两个根本不可能的词组合叠加到一起，可能受否定之否定为肯定这个定律的影响过于根深蒂固。其实，这样的组合在日常生活中是司空见惯的。比如灵丹妙药、海市蜃楼，等等。这也从另一个侧面说明人们普遍有一种心理定式与心理积淀，这种积淀与定式似乎已成为人们默默遵循的思维习惯。这种习惯使人与人之间的了解、理解没有了任何可循的人性规律，从而也就使本就艰难的“理解”成为湮灭的泡沫，了无痕迹。一个人只有懂得理解的困难和不可能，才不会强求别人完全理解自己，也就不会奢望自己完全理解别人。相爱的人们也只是邂逅，在黑暗中结伴同行，心灵的圣地不同，朝圣的心路也不可能完全相同，何况其他人呢？

理解，从何谈起；万岁，怎么可能？！任谁把“理解万岁”喊得震天或响遏行云，其实也只是没有实际内容和意义的一句口号。宇宙天地不会以人的意志为转移，也不会因人的真心诚心所感动，它有自己的准则，遵循着自然的规律。它不求谁的理解，也不渴望永恒，可它却实实在在地存在着，而且在任何时候，人类都不敢无视、藐视它的存在。人生的意义、价值与“理解”没有任何必然的联系。

构建精神家园

所有的动物都是在生存，而人则是在生活。总体说来，人的生活由物质生活与精神生活两部分组成。弥尔顿《失乐园》中有一个非常耐人寻味的神话故事：上帝依照自己的形象造就了人类的祖先——亚当与夏娃。在伊甸园里，有许多树，有两棵非常特别，即智慧树与长生树，其果实是禁止神以外的生物食用的。亚当、夏娃因受一条蛇的诱惑，偷吃了智慧树上的禁果，被上帝赶出了伊甸园，人类因此失去了自己的乐园。这个故事预示我们的东西非常之多：人具有上帝所拥有的智慧，但缺乏上帝长生不老的特征；人介于动物与神之间，即人具有高于动物的特征，但与神尚有明显的差距。因此，人既有兽性的成分，也有神性的成分。“所谓人性，也就是动物性向神性的升华。”在这个升华的过程中，存在着程度与层次上的差别，而且人永远不可能达到神的境界。

动物的生存，依赖于对外界物质的需求，上帝由于全知全能，长生不老，对外界没有任何需求，只能反求于自身的神性（神作为一种虚无的存在，由于无形无体，故只能是一种精神的东西），于是就完全进入纯粹自我的精神生活领域。而介于两者之间的人，既有物质生活的需求，也有精神生活的需求。人因为有了神的智慧，便显得与神更为亲近，而离动物更远。因此，人的精神需求远远大于物质需求。

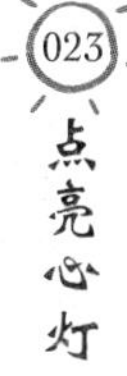

帕斯卡尔说过，人是被废黜的国王，因此，他千方百计要追回已失去的王位。周国平先生对此的解释是：人高贵的灵魂必须拥有配得上它的精神生活。英国作家王尔德认为：“世间再没有比人的灵魂更宝贵的东西，任何东西都不能跟它相比。”在散文集《各自的朝圣路》中，周国平通过列举古今中外许多优秀人物的言行，认为一切真正的贤哲都主张一种简朴的生活方式，目的就是不当物质欲望的奴隶，保持精神上的自由，令人信服地得出了“精神栖身于茅屋”的结论，可谓道出了人的尊严，人生的真谛。他认为，人的肉体需要是很有限的，无非是温饱，超于此的便是奢侈，而人要是奢侈起来是没有尽头的。我以为，奢侈行为实在是人背离神性，趋向或者回归动物性的一种倒退。充裕的物质享受与奢侈的消费只能使我们感到心灵是空荡荡的，物质的丰盈与精神的匮乏恰恰形成鲜明的对比。贾宝玉正是这种情形的典型代表。所以古希腊哲学家柏拉图说：胸中有黄金的人是不需要住在黄金屋顶下面的。在社会生活中，物质的贫乏，还不足以致人于死地，而精神的崩溃却使多少人走上了黄泉路。人活着，靠的是心志与精神，只有追求精神上的愉悦，人生才充满意义。一味追求物质的享受，只能把人降低到动物的层次。人与动物都由肉体组成，人与动物的肉身最终要趋于解体，并走向死亡。人除了具有“肉”的形体外，还具有能够思想的高贵的灵魂，肉体的人没有什么两样，正是因为人的思想才使人有了高低贵贱与本质上的区分，“君子”与“小人”、“圣人”与“庸人”、“高尚”与“卑鄙”，等等的划分，其实都是以思想和精神为前提的。丰盈的精神生活才是人区别于动物的地方，所以，只有精神家园才是人在“失乐园”之后凭自身能力可以构筑的唯一乐园。唯有精神生活丰富的人才配称为“人”。因为，在人性由动物性向神性升华的过程中，正是不朽的灵魂与精神，才使人得以达到最大可能的超越。因此，构建精神家园是人“成为人”的唯一途径，也是人最崇高的价值追求。

精神家园是真正无风无浪的避风港。在这里，人远离了尘世的喧嚣与困扰，抛开了世俗的纠纷与烦恼，摒弃了物欲的泛滥与诱惑，在心灵的净土上得到了前所未有的安静。人的精神生活与物质需求、消费的享受无关，它可以是沉思（主要表现为宗教、哲学与科学），也可以是独一无二的创造（如一切优秀的艺术作品）。它没有世俗的偏见与功利目的，只为自己的兴趣和执着的事业孜孜以求，辛勤劳作，完全不必计较利害得失，无论结果如何，在这个执着追求、奋斗的过程中，一方面，心灵充实而满足，得到了愉悦；另一方面，也感到了人生的意义和价值所在。只有坚信自己快乐的人才是真正快乐的，而不是他人和社会相信他是否是这样的人。我们在日常生活中，经常会发现那些贫困潦倒的人，无忧无虑、乐呵呵地生活着，而那些物质生活非常富裕的人，却心事重重，忧虑甚多。可见，人的痛苦与幸福、烦恼与快乐关键在于人的精神感受。

人不能像神一样永生，但可以通过灵魂与精神的创造而达到不朽！

有形之剑与无形之剑

从老子开始，道家就把世界区分成有形和无形的两种。这种区分是以人的肉眼看得见与看不见为前提的，因此，具有很大的局限性。比如，“灵魂”与“肉体”，生物与微生物（如病毒、细菌衣原体、支原体），风雨、雷电，等等。关于有形与无形，我想从中华民族传统的武术说起。武术以强身健体为根本目的，辅以惩恶扬善、路见不平拔刀相助的功能，崇尚以德为先，忌争强好胜、好勇斗狠。在武术中，剑术最具有代表性。剑，在中国的历史上可以说是武术的一种象征。剑作为一种防身与战斗的武器，在中国历史长河中，有其非常辉煌灿烂的一页。早在春秋战国时期，在千百万青铜剑之中就遴选出了很多名剑。经广泛考究查证，我国古代的十大名剑是：轩辕剑、湛泸剑、赤霄剑、泰阿剑、七星龙渊剑、干将剑、莫邪剑、鱼肠剑、纯钧剑、承影剑。除轩辕剑、刘邦所用的赤霄剑外，其他均为春秋战国时欧冶子、干将师徒二人所铸的青铜剑。青铜剑之所以被浓墨重彩地载入史册，是因为，一方面由于氧化作用，在其表面形成了一层保护膜，从而使剑虽经弥久也不会锈蚀、变质；另一方面，由于青铜乃是在铜的锻造中加入锡、铅、银等物质而形成的合金，它既坚硬又具有很强的韧性，锋利无比。秦汉以后，由于铁的被发现，于是出现了铁剑，但因为铁的锈蚀异常严重，难以经受时间的检验，便很少有宝剑与名剑了。名剑宝刀并不只是杀人的工具，我国古代的“剑道”提倡剑乃“君子器”，宝剑便成为民族传统“武德”和高尚人格（君子）的一种象征。

名剑之所以成为名剑，既有选材的问题，也有冶炼方法之高下的区分。比如，欧冶子铸湛泸剑、干将莫邪铸剑，不但要选上等的原材料，还要把天地日月之精华与人之灵气融入其中才算大功告成。《越绝书》记载有一个故事，说越王勾践经过数年卧薪尝胆击败吴国后，心情非常舒畅，为了炫耀功绩，邀秦国人薛烛前来相剑，当看到纯钧剑时，薛烛激动不已地说：为铸这把剑，千年赤堇山山破而出锡，万载若耶江江水干涸而出铜；铸剑之时，雷公打铁，雨娘淋水，蛟龙捧炉，天帝装炭；铸剑大师欧冶子承天之命呕心沥血与众神铸磨十载此剑方成；剑成之后，众神归天，赤堇山闭合如初，若耶江波涛再起，欧冶子也力尽神竭而亡。唐代陆广微《吴地记·院门》载，吴王阖闾使干将铸剑，铁汁不流。干将妻莫邪问该怎么办，干将说：从前先师欧冶子铸剑时，曾以女子配炉神，既得。莫邪闻言即投身炉中，铁汁乃出，遂成二剑，雄曰干将，雌曰莫邪。名剑铸成，还必须由有能力之人用之方能发挥其应有的威力。总体说来，名剑无坚不摧而又不带丝毫杀气，只有宅心仁厚者用之，才能淋漓尽致地发挥效用，所谓仁者无敌。二千多年来，对名剑的争夺、收藏之战可谓激烈之至，也有许多人在这个过程中死于非命。《越绝书》载：晋国围困楚国都城三年，预以索要泰阿剑为名借机灭掉楚国。城破在即，楚王誓死不屈，双手捧剑长叹道：泰阿剑啊，泰阿剑，我今天将用自己的鲜血来祭你！于是，拔剑出鞘，用剑直指晋军。只见一团磅礴剑气激射而出，城外霎时飞沙走石，遮天蔽日，晋国兵马大乱，片刻之后，旌旗仆地，流血千里，全军覆没……这件事过后，楚王召来国中智者风胡子问道，泰阿剑为何会有如此之威？风胡子对道：泰阿剑是一把威道之剑，而内心之威才是真威，大王身处逆境威武不屈，是内心之威的卓越表现，正是大王的内心之威，才激发出了泰阿剑的剑气之威啊！

一般而言，名剑不会锈蚀变钝，但为了防止这种现象的发生，需要经常擦拭，一定时间也需要砥砺，所谓宝剑尚需磨砺出。历史上，有不少对剑情有独钟的人一致认为，剑与人合一，才是上乘的剑道，有形之剑在身外、在手中，而无形之剑在身内，就在人的心中。相传，春秋时卫国人孔周藏有殷代留下来的三把宝剑：含光、承影、霄练。此三剑，或无光，或无形，或无影，堪称绝世名剑。我觉得此三剑所具有的特点，无非是人们对剑的形态、特征的最高渴求与理想罢了。蒙田认为：事物的价值是我们的意识给它们的。“三无”之剑实际上并不存在，如果存在，它只能存在在人的心灵里，也只能由人的精、气、神凝聚而成。我揣摩，这个由精、气、神凝聚而成的东西，不是别的任何东西，而正是人的观念、意念，即人的思想。

这是因为，人的思想与“剑”无论在材料的构成上，还是在铸造上都有许多相通的东西。思想脱胎于灵魂，而灵魂是世界上最具灵气，最有智慧的东西。剑之锋利，唯有思想可以与之相比。蒙田说：使我们的苦乐尖锐化的，是我们心灵的锋刃。灵魂可以隐藏于肉体之中，也可以游离于肉体之外。作为一种超然的存在，它可以与世间万物，乃至宇宙对话并建立一种密切的联系。灵魂与大脑有相通的地方，但也有本质上的不同。大脑只是一架分析、综合、思维的机器，是人体必需的一种器官，而灵魂却是一种超然、无形的存在，人体只不过是它藏身的居所。灵魂需要慰藉，需要寄托，需要信仰，更需要敬畏。所以里尔克说：灵魂没有了庙宇，雨水就会滴在心上。灵魂不安，人就无异于行尸走肉。经常搁置的大脑也会“锈蚀”，没有敬畏的灵魂也会失去敏锐、力度、广度、深度，从而变得迟钝、麻木。心智、意识与大脑是独立存在的两种东西。人的高贵，就在于它有一个会思考的灵魂。思想意识是灵魂的产物，经由大脑这架复杂的机器处理，可以以抽象的语言来加以基本的表达（无法充分、精确地表达，因为思想与语言属于不同的范畴）。它既可以与现在的一切辩论，一争高下；也可以穿越时空，与古人、与宇宙“战斗”。思想的较量与战斗异常激烈，它虽然不会置人于死地，但是通过这不流血的较量与战斗，人却有了高低与贵贱，高尚与卑鄙之区分。思想，在无形无意之中默默地遵循了剑道所倡导和追求的境界特征。这种境界，我认为就是传说中孔周珍藏的三把宝剑所具有的特征：含光剑，视不可见，运之不知其所触，泯然无际，经物而物不觉；承影剑，莫有其状，其触物也，窃然有声，经物而物不见；霄练剑，方昼则见影不见光，方夜则见方而不见形，其触物也，騞然而过，随过随合，觉疾而不血刃焉。实事求是地讲，这些特征，绝对是任何宝剑无法具备的，只能是人所赋予宝剑的一种精神追求，一种精神特征，只能是思想的幻化与体现。古人说：剑在心中，剑由心使。这里所说的心，其实就是人的意识，人的思想。剑作为一种防身、战斗、杀人的工具，是通过心（思想）的驱使而实现其功能的。由此可见，无形的东西远远地胜过有形的东西。老子说："大象无形。"因此，唯有思想才是真正最为锋利的"三无"之剑。

活出人样来

脑海里突然冒出这个主题，连自己都觉得怪怪的。可有人会活出植物样、动物样？答案自然是否定的。那么，活出人样来，是否纯属画蛇添足，多此一举？仔细想想，其实未必！可有人活得没有人样？似乎又是肯定的。

首先，我以为，作为人而活着，与植物活着、动物活着，有着本质的不同。这个本质上的区别，就是“人样”和人之所以为人的特征吧。其次，人样和人的特征以什么来体现呢？我搜肠刮肚、苦思冥想了好一阵子，觉得再也没有一个词比尊严更贴切了。植物，可以凌霜傲雪，动物也可经受风吹日晒、酷暑严寒，但那不能称作尊严，只是一味适应自然的反应，这种本能的反应，被称为进化。人作为一种高级动物，进化，自不待言，不可或缺。但活出人样，我认为就是要活出尊严，或者说尊严地活着！

在辞典里，对于“尊严”一词的解释是：尊贵庄严；可尊敬的身份或地位。前者是指，在一个人身上所散发出来的一种气质和人格魅力；后者则是令人敬仰、羡慕的身份或者地位。气质，普遍公认是人的典型、稳定的心理特点，与人的其他心理特征相比，主要带有先天禀赋的特性，变化极其缓慢。就是说，一个人除非具有禀赋，否则，要具备尊贵庄严的特征实为不易，“东施效颦”“邯郸学步”的典故说明：美的气质不是刻意模仿就能获得的；模仿别人，连自己本有的特点也都会丢弃掉。一旦失去特点，自然就没有美可言，甚至是把美变为丑，那不是对美的传承和褒奖，实在是对美的鄙视和亵渎。对此，我们从没有任何个体特点的动物“四不像”身上有深刻的体会。对于可尊敬的身份或地位，人人通过自己的努力奋斗都有可能取得。据此来看，这似乎才是每个人获得尊严的可行之路。古今中外，有多少人正是在这条道路上活出了人样，尊严地活着；也有多少人在这条路上正用梦想成就着人的尊严！

人的尊严需要在超越动物性存在的层面上，即在人的社会、道德性存在中去寻找。它必然地体现于与他人、与各种共同体的关系中。就是说，如果将人还原为孤立的个体，使人成为一种自在的存在，也就无所谓尊严。也许“华人与狗不得入内”，“黑人无权进入白宫”的标语、语词在今天看来不会再出现，但人权惨遭践踏的事却经常发生。当自己的人权受到侵犯时，有的人会奋起，甚至以死抗争，“宁折不弯”；有的人则会因为各种顾虑而忍辱负重，苟且偷生。有的人需要当下的尊严，有的人则谋划着未来的尊严。韩信曾经忍受过“胯下之辱”，越王勾践也有“卧薪尝胆”的经历。当一个人连基本的生存权都无法得到保证的时候，尊严会暂时隐藏起来；当生存权被剥夺的时候，尊严就会丧失，甚至不知尊严为何物。尊严，就可能是一箪食，一瓢饮，一件遮体取暖的破布、衣裳。在一个人基本的生存权都不能得到保证时，人可有尊严可言？在一个人与他人相比，觉得自己寒碜贫穷、自惭形秽，产生自卑心理时，他可曾想到什么是自己的尊严？尊严，是一个人体面的身份、地位、服饰，还是所拥有的权力、财富？尊严，是基本的人权，是人的基本价值，是精神的目标。尊严，是人的自尊，也来自他人的尊重。对于残疾人的嘲笑、侮辱，说到底也是对自己的嘲笑与侮辱。因为，与其他的人相比，我们都会发现，自己有着这样或者那样的不足、缺陷；与神的完美相比，每个人都是残缺不全的。人的尊严，在大多数时候不是别人施舍的，而是自己争取来的。人权与女权运动无一不是这样。以暴抗暴也许可以争取到尊严，但这种行为本身不足以称为尊严的方式。忍让和宽容是获得尊严的重要途径与方式。提倡爱众生，甚至爱“敌人”，不是没有道理！据说，有一个人，因为心怀仇恨，在大年初一这天清晨，在他自认为是仇人家的门前放了一个骨灰坛子，“仇人”却在这个坛子里培上土，养上了玫瑰花，精心调理，并存至次年初一，将玫瑰盛开的坛子送到那人的门前。从此，两人尽释前嫌。又称，歌德在公园小径散步，迎面与一位批评家相遇，这位批评家说：“我从来不给浑蛋让路！”歌德退到一旁说：“我恰恰相反。”

从而赢得尊严，并因机智、幽默、忍让和宽容成为美谈。

辞典的解释，必然有一定的道理。但是，我不认为一个人拥有了一个可尊敬的身份或地位就有了人的尊严。一个人的身份，无非是指从事什么职业或者行业，在职业、行业内拥有的权力。地位，则与级别、职务、职称、物质财富的拥有量相关。就是说，一个人可以有一个令人敬仰和羡慕的身份、地位，但有了这种身份、地位，不一定就有尊严。有尊严的人必定自尊、自爱、自重，同时也理解他人对于尊严的需要，懂得维护他人的自尊，宽容别人的不足甚至过错，从而尊重他人。道德学家认为，在宗教未出现之前，人类用两种道德因子以维持人类的尊严，即羞耻感和罪恶感。是说，人在做坏事时，纯洁的心灵就会让人感到羞耻，使人退缩。人如果缺失了羞耻心与罪恶感，尊严就是奢谈。

人的尊严，是世界上最名贵、最美丽的衣服。它就是惭愧知耻，自尊、自爱。尊严，是一种人格表现，是一种人格力量：宁可站着死，不愿跪着生；宁愿饿死，不食嗟来之食；富贵不能淫，贫贱不能移，威武不能屈。新中国成立前夕，在重庆的渣滓洞里，有一个声音在呼喊，爬出来吧，给你自由。另一个声音却回答道，我渴望自由，但我知道：人的身躯，怎么能从狗洞里爬出？！

尊严，是一个人生存的基本内涵，是自我基本价值和崇高目标的展现，是心目中不可剥夺的和应该充分享受的基本权利。这个基本价值、基本权利是人人平等的。有人说得好：无论社会进行怎样变革，我们需要扔掉多少过时陈旧的东西，但尊严决不在此列。任何时候，在任何国度，对任何人来说，尊严都是不可或缺的处世立身之本，是任何压力下都不能放弃，给多少钱也不能交换的无价之宝。

尊严，是心理的丽裳，是精神的华服，是灵魂的盛装。尊严，是精神昂首挺胸站立的姿态，是灵魂不甘降格沉沦的境界。因此，它不是外在的表现形式，而是内在的品德内容。内容，需要通过形式来表现，好的内容，需要好的形式。只有好的内容为好的形式表现出来的时候，才是完美的。尊严，就是一种好的品德内容找到了一种恰到好处的表现形式，是内在与外在的和谐、统一。

关于尊严的格言有很多，我最喜欢这么几句：人的一切尊严，就在于思想

（帕斯卡）；虽然尊严不是美德，却是许多美德之母（柯林斯托姆）；生命的尊严是普遍的绝对的准则，生命的尊严是没有等价物的，是任何东西都不能代替的（池田大作）。

活出人样来，就是活出尊严来，就是尊严地活着。但愿尊严地活着不仅仅是一种美好的愿望！

开心就好

无论命运对你怎样不公，都不应该沮丧颓废；哪怕生活多么艰辛，也不可自暴自弃。人与其他动物的根本区别在于，人是一种精神性存在。这个判断无疑是对的。说它对，是因为，无论精神是显性的，还是隐性的，它都是人的本质所在。有人说，人是要有点精神的。是说，人虽然有精神，但让“精神”寄居着、蛰伏着、沉睡着，人作为精神性存在的本质就无从体现，必须把精神的作用发挥出来，才能显现出人与动物的区别；人是因为精神而活，且是为精神而活的。对生活的感受、体验和理解，无不来源于精神。精神的折磨是可怕的折磨，精神的享受是真正的享受。肉体是脆弱的，不堪一击，一滴水、一把火、一股气流都足以让它腐朽；精神是顽强的，永不“言”败，其动力如涌泉般汩汩而来，生生不息。

在一定意义上，身与肉体，心与精神是相同的，或者说是相通的。肉体的享受非常短暂，精神的愉悦却可以长久。仔细想想，这绝对不是妄言！身体的负荷过重时，连续的负重会使肉体紧张疲劳，感觉到累，但通过休憩、娱乐很快可以减少压力，缓解紧张，消除疲劳。而当心的负荷过重，心感觉到累时，无论怎样休憩、娱乐、消遣都难以使心情轻松。消除心理的疲劳，需要时间的消融、自我精神上的调理，更需要给“心”放个假。心情、心境的恢复常态要比肉体艰难许多。心理的疲劳，实质是精神的疲劳和萎靡。事实证明，肉体的伤害可以很快得到恢复，心灵的伤痕却久久难以愈合。

人活着，绝不是要受苦受难的，享受幸福快乐才是人的本来愿望。因此，活着就要轻轻松松、无拘无束、开开心心，就要悠然、闲适、洒脱、达观。人类的历史雄辩地证明：根本没有“没有苦难的幸福”，也没有“没有快乐的艰辛”。无缘无故的受苦受难才是人的根本处境。所以幸福之于苦难是微乎其微的，快乐之于艰辛也只是昙花一现，根本不可同日而语。正如钱锺书在其《论快乐》中所表达的：看来快乐才是短暂的，快乐的时间才是吝啬的。而苦难之于人生犹如抽丝而去的疾病般长久，可以纵贯一生。人生中的成功都只是瞬间的，更多的是达到成功的苦难历程，以及走过成功巅峰后的再次艰难启程。

正因为快乐、幸福少有，且仓促、短暂，所以对于人才弥足珍贵，才值得用心去感受、体会。

开心，其本意是心情快乐舒畅。心情的快乐与舒畅，全在个人的调节。处变不惊，处之泰然，保持悠然的心境、良好的心态是生活的要旨所在。无论你身处何种困境，总有走出困境的办法。其实，面对窘境，只要换个角度，转变一下思维方式，情况就会发生改变，奇迹就会出现。挫折、苦难不仅仅是我们痛苦的原因，它还给我们提供了锻炼心志的机会、积累经验和财富的过程。除却阴霾迷雾，必是阳光明媚！世俗意义上的成功，也许可以使人暂时获得心理上的满足，但人对物质的欲求根本没有满足的时候。世间所有和应有的，你都可以尽情地追求，得到了，是幸福是快乐；求不到，未必就是烦恼和痛苦。幸福，就是因为不受物质财富的奴役；快乐，就是因为不受社会声誉的诱惑。正如史铁生所言：“梦想使你迷醉，距离就成了欢乐；追求使你充实，失败和成功都是伴奏；当生命以美的形式证明其价值的时候，幸福是享受，痛苦也是享受。”

人所拥有的只能是奋斗和追求的过程。成果可以为别人所剥夺，但是，过程谁也无法剥夺。其实，在奋斗和追求的过程当中，因为心无杂念，不计结果，人是最开心的。

从实质上来说，开心，就是做自己喜欢做的事、自己兴趣所在的事、自己有能力做到的事，就是要成为独特的自己，让自己的个性如鲜花绽放、盛开。如果把社会比作水，你可以选择自己是咖啡、是茶、是顽石。无论是全部消融，是部分消解，还是一点儿也不溶解，你始终是独特的一个。你选择，你开心；你循着自己的选择行动，你必定开心；你享受选择和实践的成果，你又怎么能不开心？抉择与结果都是短暂的，它们只是一个点，而过程是漫长的，是一条线。人一辈子开心的事情有很多。比如，因为有一个健康身体而开心，有一个好的工作而开心，有一个好的环境而开心，有好的爱情、友情、亲情而开心，有一个和谐的家庭而开心……只要你善于寻找开心，时时处处你都会感到开心。但稍纵即逝的开心算不上开心，真正的开心，只能显现于过程之中。

人生，就是一个过程。沉浸于过程之中吧，精彩的过程才是你人生最好和最开心的时光。开心就好！

简单的生活

在日常生活中，常常听到这样的喟叹：活着真难，生活真累。我寻思，活着就是生存着。生存，其实是最简单不过的事，过去的许多岁月尽管确实艰难，尚且少人发此感慨，在如今社会财富快速增长的情况下，活着真难吗？回答当然是否定的。我仔细玩味、琢磨，终于明白，这里的“活着”，其实是一种特定的语言环境，它指的也是“生活”，与下一句话里的“生活”是同一含义，两句话为互文关系。于是，豁然开朗。

生活真难，生活真累。到底指向什么？我们知道，人的生活，包括两个方面：物质生活，精神生活。就物质生活而言，从纵向来看，相对于往昔经济短缺的年代，人的物质生活已经有了极大的改善、丰富和提高；从横向来比，与西方国家的全民生活水准还有很大的差距，这其中有历史、环境、天赋等诸多的原因，缩小这个差距，还需要假以时日、一个过程。人人明白，无须赘言。就精神生活而言，不论东方还是西方，恐怕没有什么先后、优劣之分。谁能够说，由于长期的文化积淀所形成的科学主义精神与神秘主义精神哪一个更高明？这主要取决于我们看问题的角度，分析问题的立足点与着眼点。但在个体之间应该是有贫乏与丰富、消极与积极、颓废与激进之分的吧。如此看来，生活真难，只能是指向对物质生活的不满足，这完全因为人的欲望的作用。人的欲望没有满足的时候，因为人的欲望根本没有止境，欲壑难填是对人的欲望的准确描绘。其实，维持人的生存与健康并不需要太多的物品，超乎此的属于奢侈品。古人云：知足者常乐。是奉劝人们，要放下妄念与差别，才能感觉到苦中也有甜，苦中也有乐，拉开与烦恼和痛苦的距离。对于人而言，仅有一次的

生命本身才是人生最宝贵的财富。置生命本质于不顾，去追求生命本身以外的物质财富和绚烂点缀实在是本末倒置，只能是与生命的本质越来越远，或者是真正的南辕北辙。在《论语·述而》里孔子讲："饭疏食，饮水，曲肱而枕之，乐亦在其中矣。"就是提醒人们，快乐是在简单的生活之中。在《论语·雍也》里他曾经这样称赞颜回："一箪食，一瓢饮，在陋巷，人不堪其忧，回也不改其乐。贤哉，回也！"被后世的贤者作为生活简朴、安贫乐道的典范所津津乐道。

那么，现在人为什么会有"生活真累"的感叹呢？现代公认的人生支柱有两样：在讲究实际的人那里，叫职业和家庭；在注重精神的人那里，叫事业和爱情。所谓讲究实际的人，其实就是注重物质生活，轻视精神生活的人。从表面看来，这种人很容易满足。把他们的想法稍加归纳，可以简单概括为：有一个好的职业，有一个美满幸福的家庭。其实，在这表象的背后，隐藏着一个含义：物质的富有。职业与收入有关，看似美满幸福的家庭，如果离开财富的支撑就失去了基础。而事业与爱情往往与收入、财富无关。因为事业关乎一个人的情趣爱好，受兴趣的驱使；爱情却是基于唯美理念的愉悦与激情，它与经济基础、物质财富无关，是两情相悦，相互倾慕，只爱"这个人本身"。

累，有两种，即身体的疲乏，精神的疲乏，也称作心累。

如此看来，想要活得不累，首先，要解决体力与精力透支的问题。任何一个人的体力与精力的总和——能力，应该是一个有极限的实值，这本身取决于一个人的能量储存。在一个方面付出的愈多，在另一方面付出的就愈少。虽然人的能力是一个衡值，但它由两个部分所构成：显能与潜能。显能，经过日常的锤炼，可以淋漓尽致地发挥出来；潜能，则需要不断地挖掘才能逐步显现出来。需要说明的是，一个人的潜能要比显能不可估量得多。显能，就像一座冰山露出水面的部分，潜能，则像冰山的水下部分。前者无论如何，也不堪与后者相提并论。也就是说，在一个人身上，精力与体力相比，要不可限量得多。这就为人的精神生活高于并重于物质生活找到了生物学的依据：人是一种精神性存在，它是为精神而生，为精神而活的。这才是生命的价值本质。一个人的能力大小，就像汽车、飞机的行程与航程一样，取决于它的储油量与每公里耗油量。只是在人的精力与体力上，目前还没有人找到一种具体的计算方法，加之人与人之间巨大的个体差异，这种具体的、普适的计算方法也是不存在的。所以解决体力与精力透支的办法只有一个，就是个体依据自己以往的经验与身心状况，在最大限度内做到力所能及。从实际情况来看，用这种方法解决体力透支的问题是可行的，但是解决精力透支的问题却要复杂得多。这是因为，精力受诸多因素的制约与影响，我们很难把握和预测。所以人们所说的累，其实不是身体的累，因为物质性疲乏通过休憩、休养完全可以得到恢复，而是精神与心灵的累，也就是精神性疲劳，往往需要一个较长的过程来恢复，或者难以恢复到原初的状态。从实质上讲，所谓的精神累或者心灵累，就是精神无所寄托之后的焦虑感、无聊感，是心灵没有着落之后的孤独感、空虚感。如此看来，精神的疲乏，精力的透支，是因为精神没有明确的目的与指向，没有明确的目的和指向，就是有多个目的、多个指向，分散地使用精力，就像“撒胡椒面”，没有什么成效，也就看不到希望，焉有不累的道理？

其次，还要分析查找“累”的原因，对症下药，确保药到病除，身心无虞。对于大多数人而言，职业仍然是谋生的重要手段，家庭则是生活的港湾。所以对于讲究实际的人来说，职业就显得至关重要。因为职业在一定程度上就是社会地位的象征。地位的高低，关乎权力的大小，权力则与名利有着不可分割的关系。家庭的美满幸福，在大多数人心目中，与物质财富的拥有量和可支配量分不开，即占有的社会财富越多，家庭才能或者才可能美满幸福。他们实在是把富贵与享乐等同于幸福。所谓“人为财死，鸟为食亡”，“天下熙熙，皆为利来，天下攘攘，皆为利往”，“人过留名，雁过留声”作为流传甚广的古训，已经被很多人默默地奉为行动的准则，生活的圭臬。于是乎，没啥都行，没有钱万万不行。在众多人的心目中，财富的多寡，正是生活得好与坏、幸福与痛苦、快乐与烦恼的原因。

一个人拥有了相当的财富，生活质量就提高了吗？就幸福快乐吗？现代公认生活越来越好，高质量生活的标志是：更健康、更富有、更满足、更有趣。不应否认，财富越多，应该是为生活水平的改善与提高打下了坚实的基础。但是生活水平并不等于生活质量，生活水平的好坏，更多的是以外在因素，即物质基础为依托，而生活质量的高低更多的却是依赖于一个人的内在条件，即健康的身心和人的全面自由发展。只有以健康的身心为前提的人，才能在社会发展进步中，在日益增长的物质、精神文化需求中得到充实、满足，从而生活得更加幸福快乐，感觉到生活的情趣。这是众所周知的简单道理。其实，财富的多寡，并不是一个人幸福快乐的原因。只要对照一下《红楼梦》里的贾宝玉忧思烦恼与刘姥姥知足洒脱就可以明了。美国心理学家戴维·迈尔斯和埃德·迪纳经过多年的分析研究认为："财富是一种很差的衡量幸福的标准。人们并没有随着社会财富的增加而变得更加幸福。在大多数国家，收入和财富的相关性是可以忽略不计的；只有在最贫穷的国家里，收入才是适宜的衡量幸福的标准。"物质财富，原本就是身外之物，我们生不带来，死不带去。拥有得越多，不但不能使我们充实，反而给我们带来诸多的烦恼：怎样消费，怎样分配，怎样确保既得利益不受侵犯，确保现有财富升值增值，等等。从一个角度来看，是我们拥有了财富，换个角度，是我们被财富所拥有、所支配：被物所驱，受物所役。正如一句名言所说：拥有就是被拥有，拥有得越多，就越没有时间和机会做自己。其实，想拥有更多的人也确实没有时间和机会做自己。因为"这山没有那山高"，在无止境的欲望支配、驱使下，他把自己所有的时间和机会用在实现一个又一个目标之中了，在设想与实现设想的行动之中，人只有对财富的向往，哪里还有自己？

享受生活的快乐，是精神的感受，灵魂的自由。人的一生，是心路的历程。然而，大多数人并没有学会享受大自然的美妙神奇和旖旎的风光，也没有学会享受我们在社会生活中已经拥有的一切，只是贪得无厌地想着索取与占有，就不能心情宁静地活在当下。人活着，总要有所追求，无论我们追求的是物质财富还是精神财富，得到了，不一定就幸福快乐，没有得到未必就是痛苦和烦恼。周国平认为，人生有两大快乐：一种是没有得到你心爱的东西，于是你可以去寻求和创造；另一种是得到了你心爱的东西，于是你可以去品味和体验。我们之所以不能拥有此刻的、美好的生活，是因为我们总在奢望此刻以外的东西。贺拉斯以其敏锐的眼光看到了这一点，才告诫我们说：每天都想象这是你的最后一天，你不盼望的明天将越显得可欢恋。看来，幸福快乐并不是一种物质感受，而是一种精神感受：心理愉悦的体验。亚里士多德认为，人是通过自己的思辨活动而获得幸福的。应该是看到了问题的实质。

诚然，人首先是作为一种自然性动物而存在的，作为一种生物要生存，确实需要一定的物质基础。这个物质基础对于人而言，其实是非常简单的，简单到用四个字即可概括：衣食住行。但人不仅仅是一种自然性动物，他还是一种社会性动物、精神性存在。所以才有了动物生存，而人则生活的说法。由于多了一个社会层面，人类自视有别于任何其他动物，是高级的智能动物，是万物的尺度与主宰。事实情况是，在生物圈、动物界，人类与所有的动物处在同一层面，一个平等的地位。由于人类自视甚高，才使自己复杂起来，从而使社会复杂起来，生活复杂起来。人心，原是最高深莫测的东西，也是最难满足的东西，它拥有了一点，就希望拥有更多，永远没有尽头。人之所以痛苦烦恼，就是因为我们的欲望与实现欲望的能力之间还有很大的差距，其实，在这两者之间，横亘着一条鸿沟。不能逾越，是一种痛苦；逾越了，未必就幸福。人类只有明白自己在自然界的真实处境，找准自己的位置，把目标锁定在能力所及的范围内，清楚生命的价值在于创造，不是索取，不是占有，也不是奉献，才能真正地简单起来，满足于简单的生活。我们需要明白，为爱，为真理和信仰献身不是奉献，它本身就是一种精神生活。

简单的生活！是所有智者发出的呐喊。回归简单，你会发现，生活原来是幸福无比，快乐无穷。创造，不仅是指创造社会的物质和精神财富，更重要的应该是指创造一个个性鲜明、人格健全、独行特立的“自我”。人的全面自由发展，需要冲破同化、异化的樊篱，砸烂习惯的框框，让个性的鲜花不受社会环境和因素的影响，自由盛开，让灵魂在天地间自由翱翔。

简单的生活，就是不为利驱，不为物役；就是放下妄念、执着与差别，让心归于宁静；就是保持纯真的童心，对大自然充满新鲜、激动、惊奇、敬畏，在无穷尽的情趣之中知足而又感恩；就是活在当下，不奢望今后以及未来，珍惜并充分享受此刻美好的生活，不企求生命的长度，更加注重生命的密度、浓度，使短暂的生命活得更有价值和意义，并大放异彩。

沉重的“自由”

宇宙是神秘而又高深莫测的，它是一个奇迹。生命则是奇迹中的奇迹！这是我们不得不承认的事实。在所有的生命中，人类是最高级的智能动物。但在最高智能这个类别之中，还没有谁能够弄清宇宙的来龙去脉、世界的真相奥秘、生命的演变渊源。宗教的了悟虽然深刻，也不乏片面和固执，由于它神秘的本性，对自然的解释带有很强的超验色彩，认为自然世界中万物的产生源于超自然力的作用。这种没有先验和实证基础的解释随着科学的不断发展，已经很难使人信服，被认为是一种“蒙昧”的看法和牵强附会。

《圣经》中的创世纪就把宇宙万物的形成过程，描绘成无所不能的上帝六天内辛劳的杰作；以实证为基础的科学尽管可靠可信，由于人实际掌握的信息极其有限，信息的不对称，对宇宙生成变化的解释仍然停留并将长期停滞于理论假说层面，除非人类认识世界和采集信息的工具取得极大的改观，否则，在很长的时期对宇宙的解释理论也将难有大的突破。

人类几千年对生命现象的研究，得出了一个可喜的结论：人是一种理性动物，精神性存在，人的生命的唯一本质是自由。自由，是一个非常神圣的字眼，对人而言，它是一种最高的追求和精神境界：生命诚可贵，爱情价更高，若为自由故，二者皆可抛。从某种程度上说，人类的全部历史，就是人类寻求自由和解放的历史。在《圣经》的记载中，人类由于违背上帝的命令，偷食禁果，被逐出了伊甸园，意味着人类争取自由的开端。从此以后，人类争取种种自由的斗争从未间断。宗教是人创立的，上帝是人创造的。

对于自由这一人类本质的归纳，不外乎三个方面，即在动机、抉择和行为上享有充分的自由。在我看来，动机，就是人的意愿、意志，就是一个人梦想成为什么；抉择，就是人的心理活动，就是人做什么决定（决断）和取舍，决定做什么和怎样做；行为，就是行动、奋斗和追求（如何做）的全过程。就是说，一个人，只要在这三个方面享有了自主权，他就是一个完全自由的人。但在这三个方面要享有自由自主权，却涉及心理学、社会学、法学、伦理学、政治学、神学、哲学等许多学科。在每一个学科里，对于自由的概念都有特定的内容和含义。

在心理学上，自由，是按照自己的意愿做事，是人能够按照自己的意愿决定自己的行为。就是说，一个人在选择自己的行为时，如果完全遵从了自己内心的选择，他就是自由的，这种在自由意识下选择的行为，无论带来什么后果，行为人都会乐意承担。但即使是在这种情况下，人也不能完全按照自己的意愿自由选择，实际情况是，选择往往受到自身情况的限制，以及外界的束缚、干涉甚至强制。自由意识受到压抑，自由选择无法实现。

从社会学上说，自由的意义是，在不侵害别人的前提下可以按照自己的意愿行为。与他人无关的事，自己有权决定自己的行为，与他人有关的事，必须服从不侵害原则。侵害别人的行为会受到限制：道德的谴责，法律的制裁，等等。

从法律上讲，自由就是不得违法，就是要求一个人的行为必须在法律许可的范围内活动。

从以上所述来看，只有心的自由、动机的自由才是不受任何限制和干涉的自由，因为道德、法律并不干涉人的内心。但人们真正想要的自由，其实不是心的自由，而是行动的自由。当自由由动机转化为行为，由意念转变为决断、决策时，其实是有条件的。这种现象，并不是否认自由是人的生命的唯一本质，而正是证明了这一本质。与爱、和平、发展的主题相比，追求自由的努力充斥于人类社会活动的方方面面。从哲学上讲，自由就是人认识了事物发展的规律并有计划地把它运用到实践中去，是指对必然的认识和对客观世界的改造。每个人在一生中都面临诸多的选择，不是我要选择，而是不得不选择，是必须选择。因此，这种选择本身就是不自由的，受自身和外界多种条件的限制、制约。条件，使本来神圣的东西成为“可望而不可即”的耀眼光环，只能使人头晕目眩；条件，也使精神追求的境界大打折扣，从而使自由的概念异常沉重，这是我们的心灵不能接受且无法承受的事情。

关于自由，弗洛姆、萨特有着非常清醒和深刻的认识。弗洛姆认为，虽然追求自由是人的一种普遍倾向，但在社会活动中，人们往往因为不得已而不得不放弃这种倾向，这种放弃独立自由倾向的现象就是“逃避自由”。在萨特看来，自由就是选择的自由，这种自由从实质上来说，是一种“不自由”，它是人无法逃避的一种宿命。

人类所追求的一切，得到了，不一定就幸福，得不到未必就是痛苦。追求一种东西，往往要失去许多其他的东西，得到一种东西，要牺牲掉另外一些东西。追求神圣的东西，要付出放弃别的不神圣东西的代价；追求一种自由，就会引来另一种或两种以上的不自由。自由，与个体化过程紧密相连，人的个体化程度愈强，就愈感到孤独。孤独，是自由最为沉重的代价，这种代价，在人类的历史长河中，没有几个人能承受得起！人，愈是孤独，愈想摆脱孤独，愈想逃避自由。人，看似是要在多种自由中自由选择，其实是在多种不自由中不自由地选择。因此，最为重要的是要做好从一种不自由到另外一种或几种不自由的打算，追求到一种自由，往往要牺牲掉另外一些自由，这就是自由沉重的原因。

完美，是心灵的属性

就本质来看，所有的生命物和非生命物并没有高低贵贱之别，在宇宙本体中是一种并列、平等的客体关系。

人类的主体地位，缘于人类自身优越于本体和其他客体的主体性意识。古希腊哲学家普罗泰戈拉提出“人是万物的尺度”，中国宋明理学家提出“‘心’是宇宙万物的本原”。由此可见一斑。

帕斯卡尔认为，有时候，我们充满惆怅与失望，因为我们邂逅的人与事不一定美，有时甚至在很多方面出乎意料，与我们的期望格格不入。我们在设想这些情形的时候，恰恰忘记了这些真理：美是相对的；金无足赤，人无完人。因此，充满了诸多的缺憾。

人类总是心存一种奢望：完美。为什么？主要基于这样一种现状：完美根本不曾存在。如果存在完美，追求完美当然也就不是奢望。正因为不存在完美，这种追求才失去了意义；因为不存在完美，这种追求才更加充满意义。当然，有无意义，取决于人的世界观、人生观与价值观。任何事物虽然有其存在的理由，可是它本身是没有意义可言的，只有与其他事情联系起来才有意义。意义，最终还是人赋予的。比如，做人、做事，尽管我们倾尽全力，因为不同的人看问题的角度不同，这就是不能尽如人意的原因。不论私人写作，还是公众写作，如果自己都觉得并不完美，如何示人？岂不是无端地浪费别人的时间。限于个人的能力和水平，自己认为尽善尽美的东西，在别人眼里可能无善无美可言。

毫无疑问，就整个宇宙而言，它是完美无缺的。但就宇宙中的部分而论，它的残缺不全是显而易见的。动物与人相比，充满了诸多的残缺，而把人与神相比，人同样是残缺的。就年轮而言，因为春夏秋冬四季气候、景物、色彩的不同，所以它美妙得令人惊叹，但每一季的缺憾也明显不过。

残缺，是一种美，是美存在的唯一形式。当我们把发现体验过的一种美拿来与另外一种美作比较的时候，缺憾是难免的；当我们把各种各样的美进行比较的时候，会自然地得出一种结论：美，是残缺不全的。因为任何一种美都有缺陷，都不能称之为十全十美、完美无瑕。因为残缺，让我们充满想象，因为残缺，让我们筑起完美之梦。以维纳斯雕像为例，维纳斯之美可以从色彩、线条等方面得到充分的体现，它是外在美与内在美的有机结合的统一体。可是它被发掘出来的时候，却是断臂。我们完全有理由认定原来的雕塑一定是完整的，不可能被雕塑成目前两个断臂的形象。确实也有不少的后世雕塑家前赴后继地想要弥补这两条断臂，可想而知，由于个体审美的差异性，所有的努力均属徒劳，无法得到大家的公认。残缺的维纳斯雕像，极大地激发了每个人的想象力，这使任何一尊完整的维纳斯雕像的不足凸显出来。因为残缺不全，所以人们对美的想象得以从自己的审美意图出发，展开对美的充分自由、完全开放的想象，这才使它成为真正意义上美的象征。

艺术的存在，就是因为自然界与社会界没有完美，从而按照普适的标准辅之以作者个人独特的审美体验创造出一种更加完美的东西出来。没有最好，只有更好！是因为这个世界上无论如何也没有一种完美的东西。

经验告诉我们，美，无时无处不有，关键在于你必须拥有一双欣赏美的眼睛，更为重要的是还必须拥有一颗善于发现美的心灵，二者缺一不可。但是，十全十美、完美无缺的东西根本不存在，也不曾存在。如果非要追根溯源，我想，造成这种现状的原因只有一个：造物主的自私。他不想他的创造物与他一样是无所不能、完美无缺的。

缺憾，刺激着我们那颗骚动不安、企盼完美的心灵。

正因为不存在完美，完美的创造才成为一种可能。因为残缺，才激发了人类对完美的向往。因为不存在完美，才更需要拥有一颗追求完美的心灵来弥补这种缺憾。心灵是唯一创造完美的依靠，因为除此而外，别无他途！

完美的心灵，为趋向完美提供了唯一的可能，为趋向完美的行为赋予了更加丰富多彩的意义。

也谈爱

爱，作为日常生活中最常见的现象，涉及人生最多最为重要的体验，几乎是一个要谈滥的话题。无论是感受、体验，还是人类的文化史、思想史资料，爱，不是作为重要的课题，就是作为重要的问题，映入我们的眼帘，走进我们的心海，荡起层层涟漪，甚至打破原有的平静，波涛滚滚、汹涌澎湃起来，激发我们去思考。人为什么会有爱，爱的根源是什么？

带着问题，进入沉思。最初浮现在脑海里的是我忘记出处的这一句歌词："人是天地囚，唯有爱作酬。"这里所说的爱，绝非狭义的爱，而是广义的爱。狭义的爱，大概不超出：以血缘为纽带的父母之爱，夫妻之爱，手足之爱，亲情之爱，以及由此衍生出的家族、民族之爱，阶层、阶级之爱，利益共同体、地域共同体之爱（对所属地区、所在国家的爱）；以共同的理想信念和价值追求为基础的师徒之爱、同志之爱和友爱。而广义的爱，则是指上帝所倡导的宏愿——博爱。博爱，不仅仅指爱人类，还应该包括爱世界上所有的生命物和非生命物——自然界里的一切。作为整体的宇宙或者说大自然，为上帝所创造，人类则是这整体中的一个组成部分。以人性推测，没有一个创造者是不爱自己创造物的。《圣经》里说，要爱你的邻人，要爱你的敌人。基督更是明确地说道：我怎样爱你们，你们也要怎样相爱……这就为爱找到了最初的依据——神约。由此可见，人类之爱发端于神爱。神爱，是原初的、人爱滋生的根源。这个根源造就了爱。爱，不仅是人的本性，也是人的意志、信念和梦想。只是，随着时世的推移，社会竞争的愈演愈烈，物质、消费主义的甚嚣尘上，性自由、性开放的日益泛滥，竞争取代了爱，喧嚣接替了安静，表象掩盖了实质，本能支配了行动，欲望湮没了意志。随之而来的是思想的圈套，心灵的陷阱，德的沦丧，爱的削弱。这使爱这神圣的东西，在不同的人身上有了程度与强度上的差别，演变为从善作恶的动因。人类种种的社会行为，无一不可追溯于爱。从对爱持有极端态度和行为的人身上，尚不能肯定有的人没有爱。有爱与需要爱是同一问题的两个侧面，它们构成爱的统一体。有爱与需要爱不同，有爱、需要爱与实践爱、得到爱、实现爱之间有着极大的差别。爱是人孤独处境的必然要求，孤独是爱产生的根本背景。人的根本处境就是：孤独无助、无缘无故地受苦。在自然界里我们找不到一个平等的对话者，在人海中需要一个对话者，一个可以敞开心扉的理解者，但真正的理解者确实很难找到，即使最为亲近的人也不例外。爱人，也只是在人生的道路上邂逅，在黑暗中、在迷雾里结伴（并肩）而行的同路者。

在无边无际的苦海里，在难以揣度的深渊里，人不但不能自救，也不能被救。因为孤独，需要爱来消除，因为苦难，需要爱来抚慰。人的命运，是因为原罪而由神所设定。神约，必定充满艰难和困苦，神定，恐非神力不能改变！而神力，因爱和爱的创造体现出来。因此，爱才成为人类亘古不灭的梦想。史铁生认为，爱是孤独的证明，爱是人类的梦想，爱是人类唯一的救助。我以为是道出了爱的真谛。

从爱的表现形式和特点来看，爱是非常自私的：爱自己胜过爱别人，爱有血缘关系的人胜过没有血缘纽带的人，爱人类胜过爱其他动物，爱自己的地区、国家胜过爱其他的地区和国家。这从一个侧面说明，爱是多么难得，爱是多么狭隘，爱是何等的吝啬！人类社会许多的不公，出于爱的自私自利。爱又是无私的，一个人为了爱，可以不顾一切，甚至牺牲自己的生命。耶稣是这样被钉死在十字架上，布鲁诺因此经受了火刑的洗礼，成千上万的人为了国家和民族的独立、解放事业献出了自己的宝贵生命。爱，既是利己的，又是利他的。一个人为了爱可以不择手段去作恶，也可以千方百计去行善。爱，是抉择的岔道，是行动过程中的歧路。爱是什么？没人能够确切说得清楚。爱是惑，爱是谜。没有多少人去解惑，因为，它不能被正确地说出，也不能通过公式与数字被精确计算出来。正如三毛所言：爱如禅，一说就错。是说，爱，非语言可说清楚，非语言可以穷尽。但所有的人似乎都乐意去猜谜——魅力无穷的游戏。人生，何尝不是一出有趣的游戏？游戏，决不着眼于结果，注重的只是过程。所有的竞技体育，无不由游戏而来。竞技，如果注重的只是结果，大可不必进行比赛，完全可以预定！但如此一来，精彩的过程就被抽空了，竞技的功能就被极度压缩而由逻辑所取代。游戏，有产生的动因，确定的内容、形式，也有发展变化的规则。然而，在人类历史的长河里，有多少仁者、智者，数不尽的风流人物，却没有谁能够得出一个公认的爱的定义，更没有谁能够猜出爱的谜底。因此，关于爱的问题颇多歧义。

人人有爱，人人需要爱。对于爱，人人都在体验，在思考。爱，似乎清清楚楚、明明白白，又朦朦胧胧、糊里糊涂。爱，可以没有任何理由，仅凭感觉就可；爱，一个理由足矣，但也不排除有上万个理由。爱，是多么自然的事，既简单，又明了，非常容易理解；爱又是没有任何来由的事，既复杂，又多变，根本无法理解，也无法索取。几十年的人生阅历和经验，使我深刻地感受到：女人是为爱而生、为爱而活、为爱而死的。因此，只要有爱，其他的一切，比如辛劳、苦难、贫穷等，对于女人就算不得什么。男人需要家园，以充实自己，消除孤独。即使在远离家园的时候，对家的惦记与牵挂也是驱散阴霾的亮光。女人就是家园，她是爱的化身，用孤独化解孤独，最终驱除孤独，从而充满了爱，流溢着爱。

爱，是一把锋利无比的“双刃剑”。有人知其弱，有人知其强；有人知其软，有人知其硬。但真正的爱在其实质上应该是积极的“韧”，它的指向永远朝着真善美，朝着神约的宏愿。不过，在芸芸众生中，有几人能够实践，几人能够读解，几人能够品味？人类社会形成的道德习惯、法律法规是以维护爱、发扬光大爱为出发点和最终目的的，在一定程度上也成为束缚爱、扼杀爱的准则。以婚姻为纽带的家庭，从一方面来说，是对爱的维护、保障和肯定；从另一个方面来看，则是对爱的限制、束缚和戕害。尼采认为，爱是一切价值的掠夺者，爱可能是将一个宽恕的口实给予一切价值的价值。当是对此现象的最好诠释。

缘深缘浅总是缘

人的生命，只有一次。重生，或者再生只是一种美好的愿望，至于永生的奢望，比吕祖“点石成金”的传说还要虚幻，比空中起楼阁还要荒唐，比死后的虚无还要恐怖。

生命的有限性与宇宙的无限性相比，微乎其微，完全可以忽略不计。在茫茫人海中，每个人都是小小的分子，有与无，无足轻重。在社会关系的链条中，每一节对另一节，对于整体，都是不可或缺的。每个人的一生，都会偶然或者必然地遇到一些人：有的，会与你擦肩而过；有的，只与你相伴一时；有的，则与你厮守一生。还有许许多多的人，和你一生也不能谋面，更遑论相见相识相爱？无论是一生不得相见，是瞬间的偶遇，是短暂的陪伴，是终生的相守，还是心交神交——在往昔，相当困难和少见；在网络与信息时代的今天，已经变得相当普遍，即使不能面对面相见，通过微信视频也可谋面。如此种种情形，都与缘分相关。因此，也就形成了有缘无缘、缘深缘浅的说法。一生不能相见，且没有心交和神交事实的绝大多数人，对我们而言，就可以被认定是无缘分的。

缘分，是出自佛教的一个概念，我国土生土长的儒家与道家并不讲缘分，也不讲你我有缘无缘。佛教传入汉民族居住地是在东汉明帝时期，经过五百多年的演变、发展，到隋唐时期达到鼎盛。经过文化的碰撞、交流、融合、演变和积淀，“缘分”这个词语在我国文化历史长河中，由于佛教的兴盛，逐渐成为人们生活中惯常被提及的主导语词之一，充斥于涉及人类情感联系的方方面面。现在大家所说的缘，喻义为命运纠缠与交错的丝线，亦作缘分、尘缘。它揭示的是人与人之间一种无形的联结、联系；是某种必然存在的相遇的机会和可能。包括人类所有情感牵绊的远近与深浅程度。

缘分是什么？缘分，是一次机遇的把握与流失，是人际间的分分合合，是生活中演绎的恩恩怨怨，是似是而非的因果关系。用佛家的概念理解，一个人与其他任何人的邂逅、相处、厮守，都不是无本之木，无源之水。缘属天定，分乃人为。是说，缘分，是天时、地利、人和，诸多机缘的同一、巧合；是说，上天有好生之德，为各种人际关系的建立，提供了一个可能的机会，怎样取舍、经营这种基本的渊源，全靠个人的抉择与努力；是说，你选择了，得到了，就得珍惜；是说，你选择了，也不一定适合你，注定还得失去。缘分，有亲疏，有远近，有深浅，有长短。有缘有分，有缘无分，有分无缘三种划分，把人世间的缘与分勾勒得清晰明了又模糊迷离。以爱情为例，只有在一个合适的时间，一个合适的地点，你才能碰到一个适合你的人。除此而外，不是无奈，便是悲哀。人生无常！由此可见，缘分，是多么来之不易，多么难能可贵！这就为珍惜缘分、善待有缘人找到了事实与理论上的依据。

缘分，有广义与狭义之分。广义的缘分，指在社会关系网中人与人之间建立的一种相遇、相处、相伴的远近距离关系，也是关系密切程度的某种体现。比如父子、夫妻、兄弟、姐妹、朋友、同学、战友、同事关系等，纵然一面之交，萍水相逢，也有厘头，便会被认为比陌路人更有缘分，亦被简称为有缘；狭义的缘分特指男女之间的爱情关系，或者婚姻、伴侣关系。生活实践证明，绝大多数人与“我”终生也不会相遇，不会发生任何关系，也就是无缘；即使有缘人，处理同样一种社会关系的方法行为，也是因人而异，因为没有一个绝对的标准供所有的人去遵循。分浅缘深，或者缘浅分深的事实在社会生活中不胜枚举。

无论广义、狭义，缘分，约定俗成，只能说是人与人之间存在的理论与事实上的远近、亲疏的程度关系。在有限的人生历程中，关系纽带既可以是短暂休憩的驿站，也可以是永恒依靠的港湾，对于社会性感情动物而言，弥足珍贵。

缘分，对当事人双方是互相的，其中，没有任何的功利成分。它，在友谊上表现为真诚，在亲情上表现为豁达，在爱情上表现为清纯。包含利益的社会关系与缘分无关，如果非要把相互利用的社会关系牵强附会地与缘分混为一谈，便是对神圣缘分的亵渎。

缘分，这个生活中历久弥新的普适性语词，之所以家喻户晓、妇幼皆知，就在于它的朦胧和神秘。没有无缘无故的缘与分。

缘分，是一种很奇怪的东西，说不清，道不明。能够相识的，却未必相知；能够相知的，却未必可以相守；今天拥有的缘分，未必是明天拥有的；现在保持的缘分，并不代表可以永久保持。缘分，如果已经说清道明，就无须赘言。对际遇的感怀，对人生问题的思考，鬼使神差般要我来凑凑热闹，兴之所至，以随心顺性自娱。不纠结于是非，不在乎对错，妄自言欲言，纯属管窥之见，无论偏颇肤浅，还是刻薄犀利，就事论事，无伤大雅。

汉民族文化具有更多更大更广的包容性，任何地域、国家的文化都可以“拿来”，加以改造，吸纳融合，古为今用，洋为中用；世界各民族的优秀传统文化之精华都可资借鉴，为我所用。这由唐代、宋代的古文运动，清代的“洋务运动”，民国时期的五四新文化运动可见一斑。

从上面的叙述与分析来看，在生活中，无论我们是有意无意、自觉不自觉地谈及“缘分”，或多或少地无不隐藏着神秘的宗教成分和色彩，这种异质文化的本土化，生活化，与中国的深层文化结构有千丝万缕的联系，对于原本没有宗教情结和宗教信仰的汉民族而言是非常奇特的个例。探究其中的缘由与奥秘无可厚非，如果就探究这个事实本身评头论足纯属愚昧无知，必定要贻笑大方了。世界上任何民族，对于说不清道不明的东西，向来具有好奇心和求知欲，汉民族当然也不例外。对于人力永远不能解决的“神秘”问题，心理机制会发生作用，从而把它归咎于神明，与宗教最终达成和解，从而获得心理上的平衡与慰藉。

俗话说：百年修得同船渡，千年修得共枕眠，万年修得共屋檐。五百次回眸的执着才换来今生的擦肩而过，是千年不变的守候才有了今生的默默相伴。可见人与人之间的缘分与前世修炼的密度、长度，与今生的努力程度有密不可分的联系。经过对人与人之间存在关系的分析，如果要用缘分来划分，我认为，看似繁复庞杂的人间缘分，可以简单归纳为三种：亲缘、情缘、友缘。除了以血缘为纽带的亲缘，其余两种缘分，都是以感情为纽带，联系在一起的。亲缘，是指一切有血缘关系的人，一般指家人和有基因遗传关系的亲戚，也是最亲最重的缘分；情缘，是指爱人、伴侣，或者婚姻关系之外的情人，这是人生最美最深的缘分；友缘，包括同事、朋友和知己：同事是很近的缘分，朋友是不可缺少的缘分，知己，不论红粉蓝颜，都是可遇不可求的缘分。

亲缘，犹如一首清丽的小诗，读着动心，想着舒心，品着甜心；情缘，犹如丝丝小雨，浸淫着醇香的琼浆玉液，是无与伦比的风景，让人缠绵、流连、陶醉；友缘，犹如缕缕清风，送来淡淡清香，给人温馨。

无论哪种缘分，既需要上苍的恩赐，也需要人为的经营，都来之不易，需要用感恩的心善待和珍惜。

缘聚缘散，缘来缘去，是任何人无法抗拒的事实；缘深缘浅，缘近缘远，也不是人的主观意志所能决定的。有缘无缘，缘短缘长，世俗通常认为是前世修为的结果。而每个人对于前世的所作所为，由于在转世轮回时的一碗“孟婆汤”，彻底失去记忆。是心理的补偿机制导致一种笼统的认识：人的命运，包括缘分，在冥冥之中，早已注定。

佛经云：欲知前世因，今生受者是；欲知后世果，今生做者是。

今生的生活现实是前世作为带来的，来生的生活幻象是今生的作为造成的。我以为，把今生的善行善举当作心安无憾的缘由，本身就是一种可贵的修炼。我赞同崔永元的看法：作恶之可怕 / 不在于被人发现 / 而在于自己知道；行善之可嘉 / 不在于别人夸赞 / 而在于自己之安详。

人生不如意之事十有八九。为什么呢？因为欲求过于强烈。人的欲望，是没有止境的，也没有满足的时候。有人说，人的基本现状是“求之不得，得之不求”。摘不到的星星，是最闪亮的；错过的电影，是最好看的；失去的情人，是最美丽的。其实，无论失去，还是得到，都是客观因素与主观因素交错碰撞融合的必然结果，很难发生改变。得到，不狂喜；失去，不悲泣。缘来时坦然接受，缘去时也不刻意强留。尽管情会散、爱在变是一个不争的事实，但是，如果以爱开始，就应该懂得不去伤害。执着，既可以成就辉煌，也可以导致毁灭。一念之差，结果迥然。人生，需要一份飘逸洒脱，缘分，也需要一份从容淡定。

缘分，是生活的依靠，是精神的寄托。所有的缘分，给我们不一样的温暖与情感慰藉。珍惜善待有缘人，珍惜善待美好的生活，就是珍惜善待仅有一次的生命，就是珍惜善待我们自己。

不违心，就是放过自己

无论我们怎样努力，也不可能做到完美无缺；永存善念，常思己过，至少可以做到问心无愧。

著名学者张中行老先生在他的《顺生论》中说，人类乐生，把可以“利生”的一切看作善；人类畏死，把可以“避死”的一切看作善。就是说，人类把善恶自始至终当作评判是与非，错与对的基本标准。

活着，无疑是人的第一需要。因此，对生命的戕害，是第一罪孽。其他需要均以活着为前提，是生命得到保障之后的衍生之物。皮之不存，毛将焉附？

人，作为一种社会性动物，从来都不是一个独立的个体。活着，离不开他人，离不开社会。人之所以舍不得生命，是因为，生命只有一次，任何人都没有剥夺他人生命的权利；只能有一次的生命，对每个人都是公平的，无论贫富贵贱；每个生命，都承担着自己特有的使命，背负的责任、义务，任何人无法替代。

自私，源于人的求生和自保意识。在残酷和日益激烈的社会竞争中，这种“天性”不断地变质、异化，尽显人性的冷漠，世态的炎凉。“让人间充满爱”，是诗意的语言，也是美好的愿望。如果消灭了自私，相信立即就可以实现。

一个基本事实是：一个连自己都不爱的人，不可能去爱他人。爱人，从实质上来说，是为了被人爱，是爱自己的一种策略。与人为善，前提是个人的基本需要能够得到保障与满足。这个简单的道理，从封建社会宦官的心狠手辣、惨无人道可以得到印证。对不自爱的人，必须秉持“避而远之”的态度，否则，早晚都会受其伤害。过分自爱的人，经常会在经意不经意间伤害他人，这是不争的事实。

生活中的伤害，有两种情形：肉体的伤害，精神的伤害。伤害，有轻重、深浅程度上的区别。不同程度的伤害，会使受害者产生不同程度的心理与行为反应，也会在肉体与心灵上留下程度不同的创伤。有的创伤，会随着时间的推移逐渐抚平并消解，有的则毕生不能愈合。

一位大学教授，在“文化大革命”期间，因为一名学生的诬告，失去了工作，还被打断了一条腿，刚结婚的妻子，不堪忍受牵连，无奈改嫁他人。经过平反，这位教授拖着一条瘸腿再次登上讲台，往后，至终未娶，将余生全部献给了教育事业。后来，也许因为受到良心的谴责，诬告的学生上门寻求原谅，教授对他只说了一句话：“我们以后最好还是不要再见面了，我不恨你，但也做不到原谅你。”

一次诬告，让一个人的一生发生了彻底的改变。怎么让他放下，怎么让他原谅？对于伤害者，既不看作敌人，也不视为朋友，形同陌路，是最为合适的态度。

别人伤害了你，如果原谅不是出自内心，就没有必要强迫自己假装大度。伤害了别人，却要求别人大度地原谅，怎么看都于情于理相悖。

人的一生，最大的愿望是融真善美于一体的自我实现。在这个过程中，生命，因为亲情、友情而绽放美丽，因为爱情而尽显精彩。爱情，无疑是人类生活中最艳丽的花朵，最诱人的奇葩，最亮丽的风景。

张中行坦言，一生中，让他最留恋和最舍不得的是“情人”，前提是“如果有情人”。

事实上，男女之间的爱情，确实是人间最美最深最纯洁的人类情感。两个没有任何关系的人，因为情和爱，被密切地联系在一起，终生相守相伴，匪夷所思，令人费解！不但让人憧憬、神往，且实实在在地存在着。并肩走在一起，靠缘分；一起走，是幸福。因为爱情，灵与肉没有任何遮蔽，完全敞开，合二为一，是至情至性至境的圆融！还有什么人间情感可以如此无私无畏？！正因为如是，由爱带来的伤害也最深、最痛，最难愈合，情天恨海就不难理解。如果因为爱带来的伤害注定不能避免，我以为，秉持“两利相权取其重，两害相权取其轻”的原则是逼不得已的行为。

对于伤害，不同的人会采取不同的态度和行为。有一种叛逆思维，让深陷于爱，不能实现爱，且受到爱的伤害的人在矛盾纠结中可以安然：有时候，不计较就是最大的大度，忘记则是对自己最大的保护。

无论如何，伤害与善背离，是一种恶，是一种罪孽。在任何时候，应该把永远不要轻易去伤害别人，作为自我的戒尺。佛曰广结善缘，就是不要去伤害任何人。伤害别人，其实就是伤害自己。对于心地善良的人而言，宁肯违心地伤害自己，也不愿去伤害别人。世间有许多事，根本不可能做到“两全其美”。任何人受到伤害，都不愿接受，甚至难以忍受，又不得不接受、忍受。徐庆东深刻地认识到：“怨仇深深深不过海；怨恨大大大不过天。”你不必绞尽脑汁去仇恨，也没有必要挖空心思去报复。你愈是在意，仇恨将愈大愈深愈久。如果让仇恨蒙蔽了心魂，你将失去人生所有美丽的风景。

对于各种各样的伤害，原谅不原谅，放下不放下，完全是受害者个人的事。如果你允许自己伤害别人，你就无权指责别人对你的伤害；只有不原谅自己伤害别人，也才有资格不原谅别人对你的伤害。忘记不了，就铭记在心。

对别人伤害的反应，无论多么丧心病狂，都是可以理解的。最多只能品评有没有风度，根本无关大度！因为人在愤怒的时候，是没有理智的。两者不可混为一谈。

强迫自己去原谅，委屈自己去接受，就是用别人的错误来惩罚自己。不轻易去原谅伤害，主观上的愿望是抵制伤害，客观上也可以减少伤害。一个人，如果可以无原则无底线地去原谅，也就可以无原则无底线地去伤害。生活中，正是因为有太多的原谅，才能让伤害更加肆无忌惮地蔓延繁衍。

孔子说过：己所不欲，勿施于人！

战国时，有一位智勇双全的伍子胥，尽管战功赫赫，却被吴王夫差杀死。由于难以忍受的苦难与厄运，复仇成为他活着的唯一动力和愿望。在有生之年，他不断地怂恿吴王去攻打并灭掉楚国，对此，许多的人抱着同情与理解。最被人诟病的污点，就在于他为报灭门之灾极其残忍地“掘墓鞭尸”，自谓“倒行逆施”的仇恨实在叫人心惊胆寒。

你可以不相信、不接受伤害者的忏悔，但是，人死了，就应该一了百了。

个人认为，在生活中，有三种伤害行为是不可宽恕与原谅的：一是欺骗，二是诬陷，三是背叛。

欺骗，从形式上来看，是一个没有极限的连环套。因为，一个谎言，需要十个谎言来自圆其说。从实质上来讲，它是使用者为达成某种目的蓄意采取的一种有计划的阴谋诡计。其中，隐含着蔑视的意味，在轻贱别人能力的同时，炫耀着自己的聪明。被人欺骗，是莫大的耻辱。诬陷，是源于嫉妒的一种处心积虑的歹毒行为。背叛，本身也包含了欺骗，既是对他人的背弃，也是对自己的背离。不过，它的欺骗不是蓄意的，而是因为“三观”发生改变造成的。

伤口有多深，心里有多疼，除了受害者自己，没有谁可以知道。所有的伤害，就像倒刺一样，镶在肉里，长在心里，强行拔出来，就是对自己的二次伤害。对于伤害，最终还得自己去舔舐，随心顺性就行，不违心就好。这里所说的心，是崇尚、趋向真善美之心，而不是崇尚、趋向假恶丑之心。

无法原谅，就不必原谅；无法和解，就不去和解；无法释怀，就不要释怀。有时候，不宽恕施害者，也许可以减少再次伤害的发生；不原谅他人的伤害，不违心迁就，就是自己放过自己。

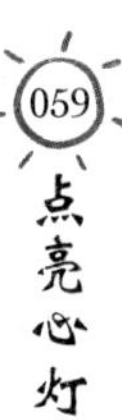

幸福之源

在日常生活中，我们经常会遇到一些遭受苦难、挫折、厄运打击的人。有的人，在饱经沧海桑田的磨难之后，感到痛不欲生，真的就有少数人走上了自杀之路；有的人，认为这是生命必然的劫数，难以摆脱，在消极悲观中遁入空门；有的人，认为命运掌握在自己的手中，因此奋起、抗争，并获得了成功……在所有这些现象的背后，隐藏着一个焦点追问，人生的意义与价值是什么，在哪里？这个问题是人类社会学的命题，也是哲学的一个主题，不同的理解，导致了不同的生活方式。在很长一段时间里，我独自思考、寻觅这个问题的答案，由于才疏学浅，百思不得其解，只能将其悬置。终于有一天，茅塞顿开，自认为找到了这个答案：幸福。是啊，只有一次的生命，应该过得幸福快乐！弗洛伊德认为，自我遵循快乐原则，毫无疑义，趋乐避苦是人的本能。追求生命的快乐幸福，也是人的权利。佛家对人生世相的描绘是：吃苦受难。恰恰为人类追求快乐幸福找到了依据。实践证明，压抑与反压抑总是相辅相成，此消彼长。如果人生本身是被快乐幸福所包围的话，我们追求的必定是快乐幸福之外的另一种什么东西。

关于幸福的探讨，古今中外，历史之悠久，范围之广大，领域之宽泛，让人惊奇。然而，我们所见所闻的探讨，总是给人一鳞半爪的印象，难以让大众信服。究其原因，幸福，实在不是独属于某一个领域的学问，而是所有社会科学的一个重要命题，它涉及每个社会个体的感受。设若一个研究者，可以穷毕生精力对各行各业进行完整的调查，难道可以对每个个体进行调查吗？事实上，这样的调查研究是不可能完成的，也是没有意义的。一叶一世界，一人一宇宙。每个鲜活的个体，对快乐幸福的理解、感受是独特的，绝对不会完全相同，差异是存在的。以我接触到的资料来看，迄今为止，对于幸福的思考研究，仅有两座难以企及的高峰：古希腊的哲学家苏格拉底，20世纪之后，美国的哲学博士霍华德·金森。

幸福，是苏格拉底一生思考的主题，他认为，我们唯一的使命就是关注幸福。关于幸福，在他之前与之后相当长的一段时间里，也没有人比他谈得更多。个人认为，这种现象的出现，是因为幸福作为人的一种感受，仁者见仁，智者见智，难以找到一个规范与标准，深入研究有徒劳无功之虞，“前不见古人，后不见来者”就不难理解。在苏格拉底看来，一个人是否幸福由两个方面决定：一是我们是否生活在一个良性的环境里，即健全的国家和政治；二是我们个人是否具备享有幸福的条件，如个人的修养、德行、丰富的精神感受力、正义感、勇敢等。就个人的条件来讲，也许没有人比苏格拉底更丰富、更全面。然而，苏格拉底因为他的言论，被生活在其中的城邦国家判处了死刑。原本他完全有机会可以逃跑，可是，他放弃了这样的机会，饮下了毒酒。一个终生为幸福立言立行的人，其结局却是痛苦而悲惨的。这实在是一个可笑的现象。真的可笑吗？不！一点儿也不可笑，在可悲可叹的殉道者形象之外，还矗立着一个笑傲人生的幸福“鼻祖”形象。他给后人带来了深刻的启迪：现实与愿望是冤家，是悖论，在它们之间，有一段距离。这段距离，只有经过艰难困苦的实践，才可以度量。也许正因为如此，致使许多人望而生畏，望而却步，进而形成理论研究裹足不前的状态吧。苏格拉底最后的遗言是要克力同替他为医神还上一只公鸡。感谢医神让他得到超脱，使他可以在另外一个世界上自由自在享受难能可贵的幸福。从苏格拉底开具的幸福的两个方面构成因素来看，其实涵盖了政治、经济、文化及个人素质诸多方面，这充分说明，弄清“幸福”，是一项庞大的系统工程。就目前研究进展的情形来看，就连幸福的概念、定义，也是众说纷纭，莫衷一是。其肤浅、偏颇，显而易见。若说理论，能称为“一家之言”的寥若晨星，更鲜有公众普遍认同的体系。像看莎翁的戏剧，在一千个人心目中，就有一千个哈姆雷特。

尽管幸福的条件是繁杂的，但是，苏格拉底指出，每个人必须以某种方式实现它。就是说，以某种适当的方式方法，每个人，都可以得到幸福。因为幸福，才是人生唯一值得追求的意义和价值所在。如果某个活着的人，毫无幸福感，与行尸走肉有何区别？苏格拉底为捍卫幸福、享受幸福，追求过、奋斗过，而且付出了生命的代价。这也充分地说明，幸福对于人类是不可抵御的诱惑，是值得追求、值得付出的。所以，探讨是必要的。尽管这里的探讨，有很大的局限，也不可能系统。

对于人而言，基本的生存生活、衣食住行得到保障，似乎就是一件幸福快乐的事情。比如饥饿的人吃到了食物就感到是幸福快乐的；寒冷的人穿上可以御寒的衣服也会感到幸福快乐。乍一看，这些东西是物质的。似乎幸福、快乐就与物质有不解之缘，就是物质的满足，其实不然。物质的丰裕，确实可以让我们感到快乐，但并不能让我们感到幸福。绝大多数的人把自己的幸福建立在事业的成功、爱情的忠贞、心灵的寄托和家庭的和谐美满等方面，与物质并没有多少瓜葛。高尔基说过：“我一向憎恶为自己的温饱打算的人，人是高于温饱的。”毋庸置疑，高于温饱的东西，不是物质，而是智慧与精神。苏格拉底在走过当时商品并不丰富的市场时，就发出过这样的喟叹：“有多少东西，是我根本所不需要的啊！”无独有偶，孔子对颜回评价时就是这样说的：“一箪食，一瓢饮，在陋巷，人不堪其忧，回也不改其乐。贤哉，回也！”其实，在古今中外的历史上，有多少大家名人，专注于自己爱好喜欢的一隅，矢志不渝，富贵不淫，贫贱不移，威武不屈，执着追求，才在事业上取得了辉煌的成就。由此可见，人对物质的需求是非常简单，少之又少的。精神栖息于茅屋！事实上，物欲的满足是极其短暂，转瞬即逝的。比如说，在日常生活中，我们常常可以听到或者自己也是自觉不自觉地使用这些祝福性的话语：××× 生日快乐！××× 节日快乐！无论生日、节日，一般而言，也就一天二十四个小时的时间。但是，要祝愿一个人的幸福，人们往往会说“白头偕老”“幸福永远”之类。由此可见，在时间向度上，幸福与快乐不是一回事。人活着，一个主要的特征，就是感受。然而感受，此一时感受与彼一时的感受，我的感受与你的感受、他的感受是有区别的，甚至截然不同。从量上来说，快乐是短暂的幸福；幸福是持久的快乐。

个体享受幸福的门径又是什么呢？

第一，保持童心，活在当下。感受，来自现实，它永远是鲜活的。唯有童心，才是真心。它不受知识的限制，不受人情世故的束缚，没有樊篱，没有陷阱，更没有埋伏，完全“跟着自己的感觉走”，面对人间万象、大千世界忘我于无形。人，应该活在当下。只有当下能够为你提供活着的感受，既不沉湎于过去，也不奢望不可知的未来，踏踏实实过好每一分，每一秒。

第二，悬置目的，注重过程。对于任何一个人而言，人生是介于生与死两个端点之间的一个过程。在整个过程之中，无非是两个目的：一是自然的目的，人的生命最终会走向死亡，归于虚无；二是人为自己设定的目的，也可以称作奋斗目标。对于自然的目的，任何人无能为力。社会实践证明，长生不老之术终究是枉然徒劳。绝大多数人在人生的过程中，会为自己设立一个又一个目标，有的人，还会设立一个比较远大的目标，在这个目标中，又会设立许多小目标。无论大目标、小目标，还是短期目标、长远目标，一旦设立，必须为此付出辛勤的劳动和汗水，才有望实现。注重目标的人，必定是苦多乐少。其实幸福恰恰隐藏在为目的奋斗的过程之中。悬置目的，注重过程的精彩，才能使快乐持久，让人获得满足感，从而享受幸福生活的权利。

第三，兴趣为本，有所追求。在你不喜欢、不感兴趣的事情上，持续奋斗多久，你也不会取得成功！违心，或者被迫做事，一个人只能是消极应付，缺乏主观能动性，自身的潜力就无法得到最大限度的挖掘和发挥。一个人的精力、能力毕竟是有限的。但是，美好的事物是无限的，你不可能包揽所有的美好，也不可能事事顺心、样样如意。庄子说过：“吾生也有涯，而知也无涯。以有涯随无涯，殆已！”爱好、兴趣广泛，或者常常变化否定的人，也许有过快乐，但是他绝不可能幸福。认识自己，发挥优势，不好高骛远，这山望着那山高，做自己喜欢做值得做且能做好的事，“弱水三千，只取一瓢”。在向目标奋进的过程中，不忘享受沿途的旖旎风光、绚丽美景。一个人，如果既能享受过程的精彩，又能享受成果带来的荣耀与光环，他就把握了幸福的众妙之门，他就是最幸福的人。比尔·盖茨说过："在我们最感兴趣的事物上，隐藏着你人生的秘密。"可以说是道出了成功与幸福的真谛。

1988 年 4 月，24 岁的哥伦比亚大学哲学系博士霍华德·金森确定自己毕业论文的课题是《人的幸福感取决于什么》，为完成这一课题，他进行了充分的准备，对 121 名自称非常幸福的人进行了详细的调查，同时，向市民随机派发出一万份问卷，历时两个多月，最终收回 5200 余张有效问卷，经过认真地分析，得出这个世界上有两种人最为幸福的结论：一种是淡泊宁静的平凡人，一种是功成名就的杰出者。他进一步解释道：如果你是平凡人，你可以通过修炼内心，减少欲望来获得幸福。如果你是杰出者，你可以通过进取拼搏，获得事业的成功，进而获得更高层次的幸福。导师对他的论文非常欣赏，批了一个大大的"优"。毕业后，得以留校任教，20 年之后，他成为美国一位知名终身教授。2009 年 6 月，一个偶然的机会，他又得以翻开当年的那篇毕业论文。出于好奇心的驱使，又把那 121 人的联系方式重新找了回来，花费了三个月的时间，对他们再次进行了调查。毕竟 20 多年过去了，众所周知，很多人的情况发生了改变，有的人的变化甚至是颠覆性的，面对新的调查结果，他陷入了深思，一连数日，思绪沉重。两周后，霍华德·金森以《幸福的密码》为题，在《华盛顿邮报》上发表了一篇论文，在论文结尾他总结说：所有靠物质支撑的幸福感，都不能持久，都会随着物质的离去而离去。只有心灵的淡定宁静，继而产生的身心愉悦，才是幸福的真正源泉。

第二篇
沉思·断想

一

一个人活在世上，应该做到表里相符、言行一致。这是大众公认的做人标准。但由于种种原因，例外情况常有发生：一是有些话可说，但事不能做；二是有些事可做，但话又不能说；三是有的话可以过头，但事决不能过头。因此人们总在思与行，说话与做人做事上斟酌、选择。不过选择的标准总是因人而异，结果也就大为不同。

从实际情况来看，一般的行为规范要求理性大于感性，理智高于情感。因此人欲便被排斥到一个极不适当的层次、地位。但是，人欲毕竟不可泯灭，于是，欲望只能披上道德的外衣，以大众接受的形式，冠冕堂皇的姿态，看似合情合理的方法出现，或者以曲折的渠道与途径表现和宣泄。做梦与想象就是最重要的形式。

梦与想象才是人类自我疗治、自我整合的手段，也是人类借以自慰的恰当方法。所不同的是：梦是不自觉的无意识行为，它只是潜意识活动的反映；而想象则是一种自觉的意识行为，不受时间空间的限制与束缚，无论古今未来、中外城乡，它都可以突破樊篱，穿越时空隧道，任意翱翔，无所不及。它们二者都是人类腾飞与超越现实的双翼。人类若失却做梦与想象的能力，是难以想象的。科学实验表明，动物也会做梦，但是绝没有想象。就是说，想象力已成为人与动物相区别的一个重要特征。不过，动物的梦具有很大的局限性，对食物的需求是动物之梦体现的主要内容。人，需要有点梦想，“梦想成真”的快乐只可心领神会，无法用语言表达。弗洛伊德早已阐明，倘若没有梦的治疗与抚慰，人人都非患神经官能症不可。帕乌斯托夫斯基则提出，对想象的信任是一种巨大的力量，源于生活的想象有时候会反过来主宰生活。

让我们培养想象的能力吧，让我们尽情去做梦吧，只要相信善是真的，只要有人的良知，只要守着道德的底线，哪怕是想入非非，哪怕是做“白日梦”！只要有所约束，只要有所忌讳，这两种方式方法都非常有益于我们的身心健康，能使紧张的心理得到暂时的松弛，能使郁闷的情绪得到偶尔的解脱，能使不安的灵魂得到片刻的宁静。想象与做梦，既是自我宣泄，也是自我调节，有利于身心的和谐与融洽，从而使人与病态保持一定的距离。

二

什么是孤独？有人把形只影单，或者说把孤单、单独、独处、独自一人叫孤独；有人把孤芳自赏叫孤独；有人把不合时宜叫孤独；有人把不合群、不同流合污叫孤独；有人把个性突出、棱角分明，不被他人、周围的人、世人所接受，所理解叫孤独；有人把曲高和寡、知音难觅叫孤独。

真正的孤独，只属于精神，是灵魂的事，与形式和肉体无关。孤独，不是外在的形式，也不是外界强迫的结果，而是孤独者抛弃一切世俗的习惯与偏见，心甘情愿做出的自主选择。孤独，是时间上的前置或者倒置。比如，从思想与行为而言，应该生活在将来或者过去的人，却生活在现在，时间上的反差，使大众有一种明显的荒谬感；孤独，是空间上的扭曲，时间上的错位。比如，现在有一个人，他的思想与行为，如果发生在过去或者将来，都可能被认为理所当然。孤独，是思想与行为和世俗公认的一切准则、规范格格不入，是精神的孤军奋战、孤立无援，是思想的特立独行，是灵魂找不到一个平等的对话者。有多少人口口声声呐喊：我孤独。在世俗生活中，没有孤独，只有不幸、厄运和苦难。孤独，完完全全是一种精神生活，精神生活没有同行者，它是没有任何追随者的个人独行。真正的孤独者，其言行必定与大众公认的规范相去甚远，从而被大众不屑一顾，只有看笑话的人，没有援助的手；只有误解者、旁观者、冷漠者、敌视者，没有理解者、同情者、慈善者、友爱者。因此，孤独者倍受痛苦的折磨与煎熬，这种痛苦没有人与他分担，只有自己默默地承受，使生理和心理的压力在无形中增加了许多，因而也最为可怕。

孤独，是最高贵的自由，是获得自由应付的代价，是孤独者最强烈的向往与追求。只有在自我的精神家园里徜徉，他才感到充实和满足。肉体对于精神，是沉重的负担，是难以突破的樊篱，是不可逾越的鸿沟。肉体的本能是欲望，欲望需要享乐、舒适。精神的家园无须金碧辉煌——那是神的殿堂。灵魂栖居于陋室茅屋恰恰给予精神与天地万物融为一体、思考生命真谛、探究宇宙永恒的自由。精神的渴望与追求和肉体的渴望与追求有着本质的不同。沉浸于精神愉悦的人，追求的是崇高的境界和内在的充实，尘世的喧嚣他充耳不闻，人间的纷争他视而不见，衣可保暖，食可果腹，乏可休憩，有一个健康的躯体可以支撑，足矣！功名利禄等，世人孜孜以求的一切，于他而言，与粪土无异。选择孤独，要有敢于忍受孤独的勇气，要有与孤独为伍，以孤独为乐为荣的信念。正如尼采所说："一个人知道自己为了什么而活，他就能够忍受任何一种生活。"真正孤独的人，不曾感到孤独。因为，孤独才是救赎孤独者的唯一良方。

还是一首诗写得好：不是所有的人都喜欢孤独，也不是所有的人不喜欢孤独。孤独如萧瑟的秋风，有人称其潇洒，有人谓之悲凉；孤独如缥缈的烟雾，有人爱其朦胧，有人怨其虚无。

三

人生的任何第一次都非常艰难！那是受知识与经验的限制。人生的有限性与知识的无限性是一对无法调和的矛盾。但只要迈出了"第一步"，即使跌倒，或者失败，无疑都会给我们继续"走"下去的勇气与信心。

四

任何一个平凡者或多或少都存有嫉妒心，唯有超凡脱俗的高人与嫉妒无缘。

嫉妒的产生一般有两个条件：一是能力、水平、地位、环境、机遇等因素，甚至包括阅历与“我”相同或相似，在世俗的竞争中，却在一些方面或者所有方面得到或享受了“我”所没有的地位、待遇，他的快乐、幸福，恰恰成为“我”的悲哀、痛苦和厄运。因此，它是对别人的快乐不满而产生的怨天尤人的阴郁和愤懑心理，甚至由此心理生成不良的动机和行为。这种情形的嫉妒，可以称之为起点平等，而结果不平等。二是对一个各方面条件原本不如“我”，但却享有高于“我”的地位、待遇，以及对在各个方面超越“我”的人的不服气，或者因无法接受眼前既成的事实所产生的仇视、怨恨心理，从而生成一些具有明显针对性的动机与行为。这种情形的嫉妒可以称为起点不平等，结果也不平等。在这两种情形中，有一个共同存在而却非常隐蔽的东西——时间，正是不断推移的时间，才使原来的现实发生了改变。由因到果的改变，是嫉妒产生的原因，但在事实改变的过程中，其实有一些因素与条件也发生了改变，或者发生了根本性的改变，才换来当下的结果。产生嫉妒的人，往往没有注意或没有看到这些变数。因此，嫉妒是一成不变的“陷阱”，是绵延不绝的“怪圈”，是荒诞不经的“光环”。这种心理定式是那样固执而强烈，只能使主体在嫉妒中愈陷愈深，徒增痛苦与烦恼。如果任其继续下去、自由发展，一个人就会因妒而生恨。当这种阴郁的不满与仇恨超过一个人承受的极限时，这个人就会痛不欲生，人格分裂，精神崩溃，从而进入天地混沌的魔界。嫉妒，决不会把人带进天堂，但一定是把人抛入地狱。

对于一个能力、水平、际遇远远胜过我们的人，我们一般不会产生嫉妒，无论在时间上，他出生于我们之前还是之后，在空间上无论他距离我们是近是远；对于一个与我们既不相干，又不相识的人，无论他多么快乐、幸福，我们也不会嫉妒。即使他低为平民，贵为富豪，高为总统。比如，我们既不会嫉妒任何一位古人的幸运快乐，也不会嫉妒“我”作古之后任何一位非常幸运的后人所享有的极大快乐，不会嫉妒西方失业者，甚至于乞丐所享受的非常高的社会保障待遇，也不会嫉妒像尼克松这样的人成为美国的总统。所以嫉妒行为的发生事实上与时间和空间成反比。俗话说：同行是冤家。嫉妒之风的盛行，应该是在同一个领域，或者是在同一领域的同一个行业。这种情况司空见惯，妇孺皆知，无须赘述。

在我看来，羡慕也是要不得的，因为羡慕可能成为嫉妒产生的动因。羡慕别人拥有的良好条件以及由此带来的成就、荣耀，而当意识到自己使尽浑身解数终究要付之东流时，羡慕就会演变，嫉妒就会滋生。有一点必须明确：嫉妒是弱者的品质，是自卑者的“本能”反应。要想减少或者克服嫉妒，只有一条途径，就是从自己的内心抹去自卑的阴影，把自己真正塑造成一个强者。

我世俗，我必平凡，也必定有所嫉妒；我嫉妒，则我必平凡，且一定世俗。谁能从世俗中解放超脱，谁才有资格说：我没有嫉妒！没有嫉妒的人活得必定潇洒、飘逸、自在。不知嫉妒，没有嫉妒的人，一定会使有限的生命从质量上得到提高，在一定程度上使生命的意义和价值得以体现与拓展。那才是不枉人世走一遭，对仅有一次的生命珍惜、负责的态度，唯有如此，才能为达到一种更高的境界提供可能。

五

对于一个不肖子孙，或者一个不成器的人而言，同情者、怜悯者、帮扶者愈多，只能加速他的惰性的养成。当依赖性成为一种心理定式时，压力感就会消失，独立生活的能力自然下降。随着创造性的泯灭，忧患意识的丧失，一个人对所有的危机必然会熟视无睹。就像一个乞丐，之所以心甘情愿沦落为乞丐，是因为只要装出一副可怜相，就会使人动恻隐之心、怜悯之情，便可以换得一时的温饱。

在乞丐看来，辛勤劳作的人才是“傻子”。世间的财富皆为身外之物，生不带来，死不带走，求之何为，而且还要付出相当辛苦的劳动才能获得，真是得不偿失。乞丐虽然吃了上顿没下顿，但他在任何时候、任何地方都不会有压力，他坚信只要自己装扮得逼真，凭借可怜兮兮的样子，温饱问题是不必发愁的。因为世上总是好人多，所以乞丐也乐意成为乞丐。

古人云：生于忧患，死于安乐。是啊，唯有持续不断的压力，方能激发一个人的创造性，从而变压力为动力，变荒漠为甘泉，变穷途末路为通向“天堂”之正道坦途。

有的人，之所以一条路走到黑、走到头、走到死，是因为他坚信总有“山重水复疑无路，柳暗花明又一村”的奇迹出现。他的理由是：地球始终是圆的，怎么可能会走上绝路！

六

少年儿童时代，充满美丽天真的幻想。只要把这幻想稍做加工，以曲折的故事，迷离的情节表现出来，就是一篇美妙的童话。这个年代，经验被想象所取代，激情为幻想所掩盖，我把它称之为“激情缺乏的年代”。

青年时代，由于趋向成熟，容易冲动、激动，对理想充满信心，对未来有着美好的憧憬。只要把四射的激情用语言表达出来，就是一首感情浓烈的诗。这个年代，人被激情所淹没，甚至为激情所控制，是一个充满诗意的年代，我把它称为“激情燃烧的年代”。

中年时代，经验大于知识，理性胜过情感。如果能把对世界，对人生的感受、思考和理解真实地记载下来，那就是哲学；如果能够顿悟永恒与神秘，并把它记录下来，就是宗教。这个年代，激情为理智所控制，至于“炉火纯青”、看不出炽热、说不出温度的地步，是人生最为创意的年代，我把它称为“燃烧激情的年代”。

老年时代，由于肌体的衰败，官能的式微，欲望趋于湮灭，使人失去创造的活力，大多数时候乐意重温往日的旧梦，沉醉于过去天真烂漫的无邪和风华正茂的辉煌。只要把甜蜜温馨、痛苦磨难和影响一生的东西（无疑是重要和非常重要的）记录下来，就是极有经验价值的回忆录。这个年代，人被激情所遗忘，依靠回忆而生活，我把它称之为“激情泯灭的年代”。

七

就大多数人而言，一生有许多的不如意。有的人在经过多次不如意之后，感到人生就是痛苦与无聊，因此而沮丧、颓废，以致堕落下去，这是自暴自弃者的选择；有的人在经过多次的不如意之后，相信在冥冥之中有一个无形的主宰，世间的一切皆是定数，非人力可以改变，因此，他只做生活下去应该做和必须做的事，这是天命论者无奈的选择；有的人在经过许多的不如意之后，则更加坚信命运就掌握在自己手中。于是，他更加仔细地进行自我设计，更加勤奋地自我奋斗，以期最终达到自我实现。这是孤独漂泊者的自愿选择。

现在的你，属于哪一种人，相信你自己已经明了。无论你现在是什么人，只要你聚焦于将来想成为哪种人，今后的路你依然可以选择，谁也无权替代。无论哪种人，应该说都有存在的价值。人生的意义是人自己赋予的，人生的价值是人自己认定的。生命的价值不是以生命的“长”与“短”作为衡量的标准。只有成为独特的“我”，你有限的生命才能得到升华。这才是我对你殷切的期待和真心的企盼！否则，你也只能是“茫茫人海”中的一人，“千人一面”中的一面。有与无，多与少，都无关紧要。

八

不是所有的人既要闲适安逸，又贪图功名利禄；也不是所有的人，只想得鱼而不顾熊掌。不是所有的人心甘情愿违心地趋炎附势，要变得世故圆滑；也不是所有的人弃“原则”于不顾，丧失良知去说话办事。不是所有的人都能够一专多能，也不是所有的人都百无一用；不是所有的人都感到怀才不遇，也不是所有的人都能够得到施展才华的平台、实现抱负的机会。

有的人夭折，却让人时时记起；有的人英年早逝，却给人留下了宝贵的精神或者物质财富；而有的人虽然活了很久，却没有什么值得提起的东西。

九

无论我身处何时何地，总有一份思念，一缕牵挂，一种企盼。

企盼，是热锅上的蚂蚁，身不由己要忍受那难以忍受的痛楚；企盼，是汹涌洪水中的稻草，被牢牢抓住不放，是因为已把它视为救命的唯一；企盼，是刀板上的鱼，总是心存侥幸，期望执刀者善念突现；企盼，是秋后的蚂蚱，明知无能为力，还要做最后的挣扎。企盼，是永存的“不到黄河心不死”的奢望。

十

对人，在很早的时候，我就不以好坏来做简单的划分。但对确定的好人，我比好人还要好，此谓“滴水之恩，涌泉相报”；对确定的坏人，我也期望“魔高一尺，道高一丈”。然而，期望是随时会破灭的肥皂泡，所以期望始终只是期望！我也有情，我也有爱。曾经爱得热烈，爱得癫狂，不敢自吹不失深沉；也曾经仇恨过，恨得咬牙切齿、不共戴天。这是个性与风格，又是缺陷与不足。明知这样很难让人接受，也不想因此而有丝毫的改变，因为如果发生改变，我将不成其为我。同化、异化并非我的本质。在群体中，我因我的独立性而存在。我如果不是我，我又是谁，谁又是我？我如果不是我，我又是什么，与我又有什么关系？我如果不是我，我会是你，会是他吗？如果真是这样，就不应该有你、我、他的概念和区分。我是为我而活，还是为他人而活？事实上，我不能成为别人，别人也无法成为我。我相信没有人首先是为他人活，然后才为自己活。我绝对相信我先为自己活，然后才为亲人、朋友、社会而活。我是社会人，同时又是自我的人。作为社会人，就要有社会的责任和义务，就要有社会道德感，守住良心与道德的底线；作为一个自我的人，就要有为仅有一次的生命认真负责的态度，就要确定活着的目的，探寻生命的意义，追求人生的价值，使仅有一次且有限的人生绽放出亮丽的光彩。我承认，社会人与自我有隔膜、有误会、有矛盾，但也有折衷、有妥协、有调和。是人，建设了社会，社会，反过来为人服务，但社会提供的服务是以大多数人认可为前提条件的，而不是依据个人的意愿。这就是自我设计、自我奋斗、自我实现者真正痛苦的原因。

作为一个社会人，我坚信：只有爱自己，才可能爱别人，爱众生，博爱的宏愿产生的基础正是爱自己。我怀疑一个连自己都不爱的人，怎么可能爱他人、爱社会？只有我为人人，才能有人人为我的环境和局面出现。但作为一个自我的人，我只能借用一句名言：走你的路，让别人去说吧！否则，你还是趁早打消成为自己的念头吧。康德曾经说过："不能只以别人为手段，而同时也不以别人为目的。"就是说，自己才是自我超越的手段，而自我超越则是自己的目的。成为真正的自己（自我超越）绝非轻而易举，而是非常困难的。片面发展，恰恰背离了人性的要求，而人的全面、自由发展，既需要良好的社会环境，更需要良好的自我环境。

十一

一般而言，美不是人或物的特质。花，吐芳争艳，色彩斑斓，不是因为它们觉得这样很美，只不过是以妍丽夺目吸引蜜蜂、蝴蝶，依靠它们采蜜从而达到传粉受精，绵延种群的目的。热带海洋生物之所以五彩缤纷，研究者认为，出于安全的需要，就是通过伪装自己，达到恐吓敌人，保护自身的目的。因此于它们而言，缤纷的色彩、婀娜的姿态与美无关，在它们的敌人看来，自然也无美可言。因此，美只是人对他人和物的感受，就实际情况来看，这种感受为人类所特有，这种对人和物的美的感受就是美感。由此可见，对美的感受，必须满足两个条件：一是人是一个感受的主体；二是在主体之外有一个被感受的客体（对象），缺少任何一个条件，美感就无从产生。与美感相反的感受就是丑感。无论产生美感还是丑感，主体只有（心）游于对象之外方才可能，若游乎于对象之内（对特殊对象的执着），主体将被异化、同化，为对象所支配，感受就失去了基本的条件。对人或物产生美感或丑感，是因为人类有自己的美丑标准。这个标准有大众的，也有自我的。俗话说：情人眼里出西施。在一个人看来是美的东西，在另一个人看来也许一般、不怎么样，甚至于认为是丑的。但许多的自然景色、艺术品，之所以能引起许多人的共鸣，正是因为这些事物符合大众的审美情趣与标准。维纳斯雕像就是由于创作者依照人类普遍公认的审美标准进行了个性化的艺术创造，从而被大众公认为是美的化身，美的艺术品的典范。

美，只是人的一种感受。就是说，人与物本身并无美丑之分。只有使人产生美感的东西才是美的。虽然大众有共同的审美标准，但不同的人的标准与情趣也不尽相同，这是因为，任何一个具体的人都有自我的审美情趣和审美标准。东西方的标准与情趣就有很大的不同。就是同一个生生不息的种群，由于时代的不同，也有古典美与现代美的区分。就炎黄子孙来说，在历史上就有“环肥燕瘦”两个朝代截然不同的审美标准，这显现了审美的发展与变化。但历史上“沉鱼落雁，闭月羞花”四大美女也被现代人所公认，则从一个侧面说明审美标准和审美情趣也可以积淀与绵延。

美，必须保持适当的距离才能产生。距离过近，本来会使人产生美感的东西也会扭曲畸形；距离太远，原本会美的东西也扑朔迷离。美的感受常常使人产生欲求与冲动，如果欲望实现，美就会大打折扣，甚至消失得无影无踪。美是可望而不可即的。唯有如此，美才会不打一丝一毫的折扣，从而充满多种多样的可能性。美，尤其不能为谁所占有，一旦占有，就实现了无限可能性中最低层次的可能性，就失去了其他任何的可能性，就失去了美鲜活生动的特质。记得一位名人说过：美是碰不得的，一碰它就碎了、化了、没了。就像枝蔓上的花，无论多么令人如痴如醉，采摘下来就无多少美感可言。雪山常常使人感觉非常之美，但雪，离开高山，很快就融化了，何美之有？因此，适当的距离是美感产生的重要因素。

其实，在以人际关系为纽带的社会里，人与人之间的相处，也必须保持“一定”的距离。这个距离，既包括行为上的距离，也包括心理上的距离。就是最亲近的人，也只有如此，才能保有猜不透、看不清、常见常新、亦真亦幻的美，似是而非的美、朦朦胧胧的美。

距离致美。

十二

梦，使人似睡非睡；魇，使人似醒非醒。思念，让人丢魂失魄；牵挂，让人胆战心惊。

十三

有位朋友发短信问候：最近可好？我不知道该如何回答。我总觉得：任何人的生活既不可能一帆风顺，也不可能厄运连连，其心情也因所处的环境、际遇有好有坏。一方面我在世俗中生活，另一方面又有自己的精神生活；一方面作为一个社会人而存在，另一方面，又作为自我——一个独立的世界而存在。作为一个社会人，就必须尽社会的责任、义务，在道德、法律许可的范围内约束、规范自己的行为，要有做人的良知，守住道德的底线；作为一个独立的自我，又想逃避尘世的喧嚣，世俗的纷扰，人际关系的复杂，可由于天分低下，修养不够，尚未达到顿悟与“看破红尘”的境界，又根本无法逃避。一方面，我做什么、想什么似乎非常自主和自由；另一方面，不论想什么、做什么，好像都有一种无法超越的樊篱，一种难以突破的圭臬，它们牢牢地禁锢着我的身心，怎么能够自主、自由？也总想在两难的困境中找到一个平衡点，可这样的平衡点到底在哪儿呢？至今对我还是一个未知数。

我毫无疑问地知道，如果选择任何一条路，坚持走下去，我都会走得很远，做得更好，甚至于会获得成功。可另一个“我”却总是以种种理由说服我，阻拦我，甚至扯着我非走另一条路。在两难的困境中徘徊的我，就难免显现出两面性：社会性的人，完全独立的自我。老实说，这两面性非常矛盾也着实令我苦恼，可面对这苦恼，我显得既手足无措而又无能为力。我常常想，人啊，要是能有“四条腿”该有多好！如果真是这样，两条路不就可以同时走了吗？

其实不然。纵然有“四条腿”，也不能同时走两条路啊，除非一个人有各自独立的两个身、两个心。两个身、两个心的人有吗？如果有，也是两个根本不同的人啊，那还是“我”吗？我只能是我，我不可能是他人；他人也只能是他人，怎么可能是我？我所承受的一切，他人不可能替我承受，他人承担的一切，我也不可能替他承担。从这个意义上说，“替罪羊”根本是没有的。

十四

有谁不珍爱自己的生命？又有谁真正珍惜过朋友？如果有人把朋友当作金子，我则把朋友视为脊梁。因为，金子可以用来交易，可是，谁也不愿用脊梁换取金子！

十五

人间少真情，杜鹃啼血鸣。身在云雾里，真假难分明。

十六

没有昨天的今天是空中楼阁，没有今天的明天是海市蜃楼！

十七

在日常生活中，常常会听到这样的感慨：“林子大了，什么鸟都有。”看似说物，其实是指人，有点借物喻人，含沙射影，“指桑骂槐”的韵味。林子大，生存空间广，食物品种多，能满足各种鸟的生存需求，且安全系数高，自然成为鸟类的好去处，鸟种繁多就是必然。

在社会这个大舞台上，由于道具完备、角色多样、背景复杂、偶然因素与必然因素的相互交织，每个人的际遇、经历截然不同（世上没有两片完全相同的叶子，人不可能两次踏进同一条河流），从而使人间故事纷呈繁复，情节扑朔迷离，结局云山雾罩。

人生的多样性、复杂性与不可重复性，使“人间戏剧”无休无止地不断上演。一个个角色因死亡的突然降临而退隐，取而代之的新角色又会在看似无序的有序、偶然的必然中纷纷登场。所以，人间戏剧犹如潮涨潮落，此起彼伏，生生不息。各种各样的角色，由于信念不同，追求各异，在执着的奋斗追求过程中各显神通，竭尽所能。在人生的过程中，有的人碌碌无为，一事无成，有的人持之以恒，终生无悔；有的人超越自我，登上巅峰，有的人沉沦堕落，跌入谷底；有的人彪炳风流，名垂千古，有的人衣冠禽兽，遗臭万年。世界之大，无奇不有，人之复杂，难以明述，命运之谜，不可揭秘。奇事不断，啥人都有。有漂亮的，也有丑陋的；有善良的，肯定就有丑恶的；有光明磊落的君子，难保没有阴险狡诈的小人；有谋财害命的暴徒，也有挺身而出的英雄……

十八

俗话说：“物以类聚，人以群分。”以个人的经验、体会仔细琢磨不无道理。

物之所以同类相聚，除却它们因为遗传基因、密码的相同，而具有相同的生存习惯与规律外，更为重要的是，由于心灵信息的相通，在协同作战的过程中，渺小软弱的个体组成的团体变得伟大刚强，从而使个体的生存有了一定程度的依靠和保障，使个体得以绵延，种群得以不息。

人之所以群分，深思熟虑之后，觉得不外两种情况：

一是因共同的利益而组成的临时群体。一般而言，这种临时群体很不稳定，当有更大的利益诱惑时，利欲熏心者就有可能背叛这个组织。最后的晚餐总是有人共进，而“犹大”也会在意想不到间出现。“近朱者赤，近墨者黑。”君子交君子，小人结小人，“鱼找鱼，虾找虾”。这似乎已成规律，在坏人堆里，你不可能找出一个好人，但可以找到品质更坏的人；在好人堆里，绝不可能有坏蛋，但也可以找到品行逊色一筹的人。好与坏，没有可以绝对的标准，只是相比较而言。既没有绝对的好，也没有绝对的坏。就是这种比较，也往往因人而异，看问题的角度、前提不同，结论也会不同，甚至会得出截然相反的结论。

二是因共同的思想基础或相同、相近的精神生活追求而结成的社会团体。这种团体因为执着于理想、信仰，没有世俗的功利目的，追求精神的自由和心灵的愉悦，一般比较稳固。但也有例外，比如，当个人追求的境界层次不同时，由于各自的执着，没有折衷、妥协，在逃避各持己见、互不相让的窘境时，不得不分道扬镳。由一个组织的流派与分支的赫然林立可见一斑。但是，这种“分道”，只是“心路”历程的不同，“扬镳”，则是意见、看法的针锋相对。不是人格上的仇视，也不是品德上的蔑视，更不是行为上的敌视。即使道不同，也可能顺利到达预定的目的地，当然也不排斥殊途同归，道并行而不悖的可能。

人各有志，岂能勉强，更不能相迫相逼。格格不入的人就像水火，是根本不能相容的。“道不同，不相为谋。”最常见的应该是在追求根本不同的人之间。古今中外，你可曾耳闻目睹有哪位君子与哪位小人结成过同盟？“君子坦荡荡，小人长戚戚。”其中有着质的不同，根本的差别。水与火各有其势，在它们之间有一道无法逾越的鸿沟，根本不能调和。只有排斥，没有吸引，只可能异化，绝不可能同化；不是“玉石俱焚”，同归于尽，就是有我无他，有他无我。这，就是水与火的品性和本质。于人而言，就没有这么绝对，因为每个人，都有生存生活的权利，这种权利是“天赋人权”，任何人都无权剥夺。在人类历史的长河中，不乏草菅人命的人与事，但在今天相当文明的社会中，惨痛的一幕幕历史经过精心的包装仍然在重演！警钟，又一次向世人敲响。不过，面对历史耻辱柱上那锈迹斑斑的血泪记载，不同的人定然有不同的想法与感慨。我们不可能对暴徒寄有菩萨的奢望，撒旦与基督有着本质的区别，上帝与魔鬼也可能并行不悖！无论你是哪种人，哪类人，你尽可以视你的异己为“眼中钉，肉中刺”，结党营私也好，党同伐异也罢，但人本、人道、人性以及道德、法律不允许你以个人极其充足的理由除之而后快。

十九

“种瓜得瓜，种豆得豆。”“龙生龙，凤生凤，老鼠的儿子会打洞。”这是我们在生活中经常可以听到的谚语。是说，对动植物而言，遗传是唯一重要的，是决定性的因素。但对人来说，遗传已不是决定性的因素，后天的习得对人的一生才是最为重要的。否则，就把社会性和精神性生活的人降格到了一味适应自然的动物层次。

在中国，几千年以来，一直占统治地位的儒家哲学认为，人的本性是善的。从此前提出发，因为人人都是善的，恶就不应该存在，恶行也不会发生。退一步来讲，如果有恶存在，有恶行发生，也不应该得到宽恕赦免。但事实上，恶及恶行充斥于社会的角角落落。何以会发生这种情况呢？既然人的本性是善的，那么，这种现象的存在只能有一种解释：恶，是后天习得的，是社会教会了人去作恶。如果我们把目光局限于这一结论的对错，我们就大错而特错了。问题是，这一结论会给人误导，使人堕落，跌进泥潭，坠入深渊，而难以自拔。试想，既然是社会教人作恶，一个人恶行恶举的责任、后果应该由谁来承担？毋庸置疑，当然是社会。如此一来，就为个人的肆无忌惮、有恃无恐、任意妄为、胡作非为失去道德监督，免受法律制裁找到了坚固的壁垒保护。如果真是这样，人哪里还有善恶之分，社会还有什么正常的秩序！既然每个人作恶的责任应由社会来负责，那么，这个社会就不应该被原谅，被宽恕；这个社会就应该被推翻，被打倒。“只有推翻一个旧世界，才能建设一个新世界。”可是，是人构成并创造了这个社会，而不是相反。因此，“人性善”这一前提是根本站不住脚的，由此前提推导出的“是社会教会了人作恶”的结论必然是错误的。

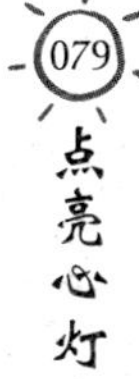

西方哲学认为，人的本性是恶的，基督教也认为，人有原罪。正因为本性恶，社会才有责任和义务把人向善的方向改造。正因为人有原罪，与生俱来的恶是无法避免和消除的（只能在数量上减少，在程度上减轻），所有的恶，才应该得到宽恕或赦免，才需要“上帝”的引导、普度和救赎。但是，从实际情况来看，有一样东西还是不能宽恕这一切。就是社会的法律。法律是为了维护社会的公平公正大家自觉自愿共同商定的，每个人都应该自觉遵守，无条件服从。在法律面前人人平等，这是一条重要的原则。这个平等，体现在两个方面，一是起点的平等。起点的平等，就是以统一的规范和标准把大家约束在同一个圆圈内，要求不“逾矩”。二是结果的平等，对逾矩者，将视范围、程度，情节轻重，危害大小给予相应的惩罚。如果社会宽恕了一个人的恶行恶举，对于没有作恶的人而言，就是一种不平等，无形之中也就有怂恿、诱导他人作恶的嫌疑。怂恿、诱导的结果只能是每个人失去善恶准则，立足个人的欲望，从各自的需求出发，在不健康的攀比和病态的心理驱使下，争先恐后地去作恶。长此以往，“恶”性循环，人还成其为人吗，社会也必将不成为社会。问题是，如果人的本性是恶的，由人自觉自愿制定的法律为什么不能宽恕所有的恶呢？与自己的本性“为敌”，难道所有的人全发疯了！个别人的发疯，尚可理解，也情有可原，如果是所有的人“发疯”，一定有着充足的理由和深刻的根源。这个理由和根源就是“人的本性是恶的”这个前提。如此看来，这个前提与人的实际也是矛盾的。

从以上两方面的分析，我们可以明确：人的本性既不是善，也不是恶。那么，人的本性到底是什么？

如果对人的历史与现状加以理性的分析，我们不难得出这样的结论：人的本性有着趋于作恶与向善的本能冲动！正因为人有这两种截然相反的冲动，才使相同环境中的偶然因素造就不同的人成为可能，也使不同环境中的必然因素造就相同的人同样成为可能。一个关键就是，主体的自由选择与客体方法的引导的有机结合，使作恶与行善成为一个人的本质。就像种子的萌发，既需要适宜的土壤，也需要适宜的湿度和温度，缺少任何一个条件都难以达成。既然人具有趋恶向善的两种本能，那么人便有了多种多样的可塑性，这也就为人的多面性提供了可靠的依据。当然，一个人最终会成为什么，是多种因素综合统一所形成的结果。其中，既有自己的自由选择，也有社会的约束激励和引导影响。毋庸置疑，个人的选择，才是至关重要的。如此一来，个人、社会对行善与作恶的责任就非常明确了。行善也好，作恶也罢，对此负责的只能有两种因素：一个是社会的道德、良知；一个就是个人的良心，自己的灵魂。从根本上来说，一个人作为独行的主体，独立的宇宙，他的行为以及其由此所带来的一切后果，最终只能由自己来承担。人，毕竟有别于动物，是有羞耻感的生命，有道德的堤坝，更有良心的底线。对一个人的动机、行为和效果而言，“自律”远比“他律”显得重要。因此，行善与作恶的主因不在社会，全在自身。只有认识到这一点，无论作了小恶还是大恶，灵魂都会不安。从真正的意义上来讲，社会的道德、法律等，只能教育、引导人，并不能从根本上改变人，一个人的本质完全取决于自己。只有在灵魂的追问下，在良心的谴责中，人才能“痛改前非”，实现向善的飞跃，超越自我，从而趋向完美。一个人的恶行恶举，纯属个人的行为，所以，作恶所带来的一切责任、后果只能由自己来负，社会、他人是不能做“替罪羊”而代为承担的。“勿以恶小而为之，勿以善小而不为”恰恰从本质上说明，行善与作恶取决于每个人的愿望、动机、选择与实践行动。

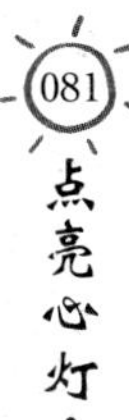

第三篇 札记·漫笔

写博有感

上个月的今天，是我在新浪开博的日子。今天，是我写博的“满月”！在这整整一个月里，通过与网友的交流沟通，觉得收获多多，受益匪浅。一个月，对于任何一个人而言，都是非常短暂，对我，却好像是很长的一段时间。也许是因为刚刚开博的好奇心使然。老实说，在这一个月里，我几乎是把闲暇所有的时间用在关注自己和博友的博客上了。关注自己的博客，基本上聚焦于网友的帖子、留言、纸条，对于网友的看法、提问、质疑，谨记“来而不往非礼也”的古训，自己尽量做到回帖、答复，而对于气势汹汹、咄咄逼人的评论，则淡然处之，以免把交流沟通的场所演变为唇枪舌剑、剑拔弩张的战场；关注博友的博客，主要本着取长补短、相互支持、共同进步的目的，当然少不了有感而发，提出自己的意见，表明自己的态度。如果在不经意间驳了哪位的面子，伤害了谁的感情，真心希望不会成为隔膜的芥蒂，封闭的疮痍，期盼海涵见谅！

关于我的网名，确实引起了一些网友的种种疑问和猜测。我在跟随“柳枝儿绿了”的回帖中虽然做了简单的答复，却不能让有的网友满意，好像我开博客存有不可告人的目的。在此，想表明取“淡淡如水”的本意：一是借用庄子“君子之交淡如水”之意；二是重视心智的修炼，精神的愉悦，隐含身在尘世，心归山林之意；三是有倾慕女性（女人是水做的）之意；第四，在博客里，也没有与人争高下的意思；第五，在博客里，我认为，任何人都是以文会友，寻找对话者，无论什么身份、性别，一律平等，都是“人”这一点就足够了，当然，就没有必要贴上“男”或“女”的标签。我永远相信，误解的力量有时比正解的力量要强大得多，无论谁多想客观、公正地评价一件事、一个人，有时那只是一种美好的理想。这正是人与人之间产生误解的原因。不过，在此，我还想补充一点：我出生于20世纪60年代初期，男性，80年代末期毕业于某大学中文系。现在工作于青藏高原——距离太阳最近的地方。有这点简单的情况在握，也许可以使有的网友消除诸多的顾虑，可以把原本需要猜测的时间用在与更多博友的共同探讨和交流上，当然，不排斥把宝贵的时间用在有的放矢的留言和评论上。如此来看，补充就绝非多余，而是非常的重要和必要。

工作之余，我最大的爱好和兴趣就是思考人生。其思考记录在地区报刊发表6万余字（《魂兮归来》第一辑全部，第二辑大部）。《魂兮归来》的第三辑、第四辑（尚在完成中）均为新作。四辑内容有着必然的联系，公开在新浪，其目的是希冀通过网友的批评意见，在互动式的交流探讨中，能够进一步提炼观点，充实内容、修正错误，使其在自己看来趋近完善。

无端地浪费大家宝贵的时间了，实在抱歉。对不起！但不想图财，也无须说害命吧。

宽人与恕己

老实说，写下这个没有新意的标题，是颇费周折和思量的。“宽人”，纯属生造，在此的本意是宽厚待人，本来“宽容”是一个现成的词语，能够充分表达“宽人”所隐含的意义，但是却无法与“恕己”相对应，此是第一思量；宽人，等于恕己吗？这是第二思量；宽人，不等于恕己，甚至于是束己！这是第三思量。有此三思，才确定了这样一个不伦不类的标题，想来，如此确定一篇文章的标题恐怕也是少有的。

无论宽容还是宽恕，其实也是谈论颇多，甚至于是要被谈破的话题。老生常谈，换汤不换药，非但没有意义，也没有什么生趣，自然要免谈的。但自人类历史形成以来，所有问题的提出，必然有它的意义和道理。歌德曾经坦言：“所有值得思考的问题早就被思考过了。”新的问题是：值得思考且被思考过的问题是否均有“解”？即使有解，这个解，是正解，错解，还是误解？解，是唯一的，还是多样的？历久弥新才有意义。我们知道，历史上，怀疑派对人类的贡献非常大，追本溯源，其丰硕成果无不得益于他们的“怀疑精神”。怀疑，是要揭去面纱，从而暴露出真相；怀疑，是对早已有之，或对现成的结论的反思，是对“盖棺定论”的反叛，从而揭示出奥秘；怀疑，是反思的反思，它的价值不可低估。在日常生活中，我们非常习惯于“随大流”，而事实上，真理往往并不掌握在大多数人的手里。沃伦就强调指出：我们没有任何理由假设今天的多数就是“正确”的。一种与众不同甚至异僻的生活方式如果没有干涉别人的权利或利益，就不能仅仅因为它不同于他人就遭受谴责。

与神的完美相比，人的局限是明显的；从神性出发，即可证明人性的残缺不全。金无足赤，人无完人。人对自身现状的正确认识完全基于主、客观两方面的现实。既然每个人并不完美，也不能做到完美，原谅伤害，宽容过错，宽恕罪孽就有了充足的根据。有人曾一语道破玄机：宽容别人，实际上是在宽恕自己。我以为，即使宽大的气量，其本意并非是宽恕自己的借口，至少也是为别人宽容“我”找到了例证。屠格涅夫认为：不会宽容别人的人，是不配得到别人宽容的。宽容别人，其实就是给自己留下一片海阔天空。佛教有一副非常著名的对联：“大肚能容容天下难容之事，开口常笑笑世间可笑之人。”已把世间人与事了悟得透彻至极。世界很大，度量清楚非常困难；世界又是何等渺小，用心就可以悉数度量。因此，雨果就感慨万千地说：“世界上最宽广的是海洋，比海洋更宽广的是天空，比天空更宽广的是人的胸怀。”

谈宽容和宽恕，我以为不可不谈原谅。一则因为它们是近义词，二则因为它们有着非常密切的内在联系，在程度、含义上又有着微妙的区别。原谅，是指对人的疏忽、过失或错误宽恕谅解，不加责备或惩罚。宽容，是指宽大有气量，不计较或追究。宽恕，则是指宽容饶恕。由此可见，它们三者在含义上既有交叉重叠，又有程度上的区别。我的理解是，原谅的对象是由于主、客观原因造成行为或道德上的过错；宽容的对象未必以道德上的过错为必要条件，比如，在政治上持不同政见者你可以宽容，单纯的学术观点，人生观、价值观我们也不可强求一律，允许百花齐放，百家争鸣；宽恕的对象则必然是主观上具有道德的过错或者行为人对自身行为控制的不自由。简而言之，原谅的对象一般是属于道德的范畴，罪与罚属于法律范畴，罪与赎（宽恕）则属于宗教范畴，就是说，这两种对象的过错，在程度与性质上已经有了很大的区别。宽容的对象则是由于政见的不同，学术观点的差异，人生态度与看法的偏颇。由此可见，原谅与宽恕的对象在行为上已经出现过错，而宽容的对象则往往只是观念上的不同或者敌对，因此，它有时属于学术范畴，有时属于道德范畴，但它永远不会属于法律、宗教范畴。所以，原谅、宽恕面对的是行为，而宽容面对的仅仅也只能是观念。由此来看，宽容仅仅意味着一种不含价值尺度的中立，它是无条件的，也没有任何的时限。宽容就是容许所有的人表达自己对任何问题的解释和理解，哪怕是真正错误的。而原谅与宽恕则有着明显的价值尺度和价值观念，它本身就是一种价值，当然，这不是唯一的价值。基督教明确认为，对于一个忏悔者，罪可赎，更需要恕。它的依据是：拒绝一个忏悔者的忏悔，有似于让一个犯罪的人再去犯罪。不原谅、不宽恕也是一种价值。一部分人认为，宽恕恶魔，实在是一种滥恕，本身就是怂恿之罪。比如，对于法西斯主义以及反人类者的罪恶行径，就不能姑息，宽恕、隐忍无异于养痈遗患。因此，有错必究，犯罪必罚，才能警示他人少做错事，不去犯罪。既然原谅、宽恕的对象有过错的行为，而过错的行为必然有伤害者与被伤害者，因此，原谅、宽恕的主体只能是受伤害者，与第三者无关；但宽容的对象因为不一定有过错行为，面对的仅仅是观念，施于的主体就可以是任何一个人。

有人认为，宽容别人，实际上也是宽恕自己。这个判断有点对，前提是人非圣贤，不可能做到完美。我宽容了别人，也希望别人对我宽容；我原谅、宽恕别人，也期盼别人的原谅、宽恕；我宽恕了别人的过错、罪孽，也就为宽恕自己的过错、罪孽找到了依据。但我真正想说的是，宽容别人，实际是为了束己。就是从别人的过错中，在原谅、宽恕别人的行为过程中，从前车之鉴吸取教训，不致重蹈覆辙，提高人格品性，使心灵得到净化与升华。这无疑是一种崇高的境界。追求这种境界，离不开“宽人”，才是真正意义上的恕己。

文债自付

——告博友书

我是一向慵懒惯了的。自开博以来，文章的更新以蜗牛爬行的速度自喻毫不为过，常来常往的博友对此想来认识深刻。我对于欠债甚多虽说自知肚明，因为多年的积习，实在无奈能使之得到有效的改观。尽管对一些网友的更新速度颇有怨言微词，对自己却历来“宽容”为怀。圣人云：己所不欲，勿施于人。可见，求全责备总是指向自身以外的主、客体，是忘记了圣训的。

老实说，现在大家所看到的我所有的博文，是我十几载的心血凝结。十几年的光阴，十几万字的文章，真是微不足道，当是懒惰的最好见证。如果不是，大概只能归于智障之类了。起初，写下文字的动因，只是当作纯粹的“私人写作”，记录自己的心路历程，以期让时间倒流，在美好的回忆中度过人生最难的最后时光。是朋友的规劝，让我产生了公开发表的念头，由此观之，公开，已背离了自己的初衷，至于说，是否欠债，则是要把谎言误作真实。

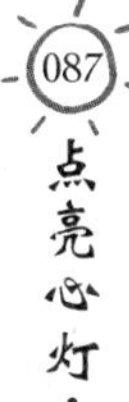

为了公开发表的写作，我曾有过，相信今后仍然会有。但与属于私人的写作有着本质的区别。尤其是受体与对象不同，在遣词上、语气上、情感的表达上就有了太多的想法，这是两者不一样的根源。想想写作文与写日记的心态，这一点就可基本明了。公开发表的东西，有“文责”，文责自负，已约定俗成，作为惯例沿袭下来。应约稿写作的文章，属于准发表的东西，或者打算、计划写作发表的东西，对人对己而言，是有文债的。是债，不但要负，重要的是要付（还）。文债当不例外。

自开博以来，因休假四十多天不曾更新，尚属首次，不过，我确实无法判断这是否是唯一的特例。我设想过，今后应尽量去杜绝，但不知是否可以如愿。写不出来的时候，不硬写；文章，应该是心流的自然喷涌，或以情胜，或以意远，或以物美，或以境高，或以味醇。总之，读后能给人留下一些什么为妙。无病呻吟、作秀式的文章最好别写，这是我写文章的准则。但既然自认有债，任何理由、借口纯属多余，岂有不偿还之理？文债应付，我当努力付诸行动。

神奇的土地

西藏，因为多数人信仰藏传佛教，区域范围内笼罩着一种绝无仅有的庄严、肃穆、虔诚的浓厚氛围，也因为是地球上人类集中长期居住、生活，却没有工业污染的一方净土，给世人的整体印象是极其神秘的。神秘，是一种诱惑，它，刺激着敏感者一探究竟，这就是人们要去西藏的原因。

柴达木，也有诸多神秘、神奇的元素。比如，它有古老的昆仑神话和西王母传说；由于复杂的地质运动，它有我们难以想象的丰富宝藏；它有海洋生物的遗迹——诺木洪贝壳梁；它有象征坚贞爱情的"情人湖"；它有让人疯狂的"金子海"；它还有目前人类无法解释清楚、依据思维惯性认定的"外星人遗址"。与其他任何地域相比，柴达木，似乎更富有传奇色彩。它的神话故事、传奇历史至今众说纷纭、莫衷一是、迷雾重重。根据这些神话、传说，我们找到了西王母当初居住的玉虚峰和她为众仙子举办蟠桃盛宴的瑶池；关于克鲁克湖与托素湖的来历，则有更为凄美的传说故事；由于贝壳梁等多处海洋生物遗迹的存在，人们相信，在300万年以前，这里曾经是一片汪洋大海。在我们站立的脚下的任何地方，都可能埋藏着以千、万、亿计的矿产资源，因为，在这里，价值连城的资源地比比皆是；在这里，每一种资源发现、揭秘的背后，都隐藏着无数可歌可泣的故事；在这里，每一座城镇诞生的过程中，都有感天动地的无畏壮举。

柴达木的每一寸土地，都出人意料得超乎想象：除了神奇，还是神奇。

如果把柴达木盆地看作一座负载下沉的矿床，格尔木就是这座矿床的主脉。如果把柴达木比作资源王国里的王冠，格尔木就是镶嵌在王冠中央的钻石。

站在历史的角度，格尔木充满神秘，昆仑神话及西王母传说即由此声震华夏，名传海外。站在现实的角度，建设西部中心城市的条件已经初步具备，富集的资源，为经济的发展提供了强有力的物质保障；青藏铁路、公路，格库（库尔勒）铁路、公路，格敦（敦煌）铁路，格柳（柳园）公路及近十条空中航线在这里交会，交通枢纽的地位，为经济一体化奠定了坚实的基础；智慧城市的建设，为经济腾飞注入了无穷的活力。一个迅猛崛起的高原明珠，初露端倪。

无论怎样变换审视的角度，它的形式都意味深长，它的内容都丰富多彩。一言以蔽之，格尔木，在揭开它的面纱，发现它的独特之后，就像色彩斑斓、熠熠生辉的钻石，散发着迷人的光环。

谈及格尔木，还得从柴达木说起。格尔木声名鹊起是近二十年之内的事，而柴达木——聚宝盆——举世闻名的地位在六十年前已经奠定。尤其是，无论在自然的演变过程中，还是在行政区划上，格尔木都是柴达木的重要组成和不可分割的部分。

记得上中学的时候，在地理教科书上初次读到柴达木盆地一节时，我就被它神奇、荒诞的特性所深深地吸引。一是对它复杂多变气候的描述：一日有四季，十里不同天；早穿皮袄午穿纱，抱着火炉吃西瓜。二是对它异常丰富资源的描述不胜枚举，毋庸赘述。这一切，让我对柴达木有了一个初步的感性认识。

大学毕业前夕，在支边动员会上，学校团委书记对素有聚宝盆之称的柴达木大肆渲染，当然，也谈及它的荒凉、沉寂，仿佛它就是败絮其外，金玉其中的财富宝藏。只有在以后的岁月里，我才真正认识到，这绝对不是夸大其词。他感情浓烈的演讲极具煽动性，让骚动不安、尚有很大可塑空间的青年人激动不已、热血沸腾、踌躇满志。最后，他以饱满的精神状态热情洋溢、声情并茂地演唱了王洛宾的《在那遥远的地方》和当时我们谁也听不懂的青海“花儿”。浮现在我们脑际的是“天苍苍，野茫茫，风吹草低见牛羊”的草原风光，人民安居乐业、和睦相处、幸福吉祥、载歌载舞的热闹场面。

追根溯源，作为建政历史至今不过六十年的新兴城市，格尔木在 20 世纪 80 年代撤县建市时，百业待兴，人才奇缺。对有志创业的青年，揭开它神秘的面纱，创造新的传奇，是多么巨大的诱惑！能不蠢蠢欲动？是啊，伟大领袖说过：一张白纸，可画最新最美的图画。

20 世纪 80 年代的一个金秋时节，作为一个志愿者，我只身风尘仆仆踏上前往——位于昆仑山北麓、柴达木盆地西南边缘的新兴城市——格尔木之路。坐在蜗牛般爬行的火车（燃煤的蒸汽动力机车牵引）上，我的眼睛始终盯着车窗外，生怕因为一时的疏忽错过什么，仿佛要把一路别有一番洞天的风光美景尽收眼帘、珍藏心底。当一望无际、水天一色、碧波万顷、靛蓝如海的青海湖迎面扑来的时候，我感到从未有过的震撼，大自然的鬼斧神工何以如此精妙绝伦？！过了青海湖，先前突如其来的兴奋、激动早已消失得无影无踪。沿途的荒凉、死寂景象长时间地压抑着从各种途径获取的对柴达木的执着情感，不断地挤压、排空，仿佛就为了让这种情感销声匿迹、荡然无存，令青春年少的我，几近改变初衷，另谋他途——挺进拉萨。

懵懵懂懂走出格尔木火车站，我的眼前不禁一亮：江源路两旁绿树成荫，五彩缤纷的鲜花正在恣意盛开，尤其是那难得一见的格桑花，让人感到从未有的敞亮。我的身心即被戈壁荒漠中突然出现的绿洲所震慑（没有任何过渡，就像广阔的平原上拔地而起的高山，令人匪夷所思！后来，见多识广了，常常为当时那种不谙地理知识而产生的特别感觉而感到可笑：世界上所有的绿洲概莫如此）。

移步前行，街道绿地、花坛、单位院落里到处盛开的格桑花、大丽花、罂粟花和一些叫不上名字的鲜花构成的姹紫嫣红景象让我目不暇接。不经意间，在花的海洋里徜徉，这是我久违的一个愿望，却在这里意外地实现，让我内心里又迅增好感：美哉，格尔木！它，远没有像我从侧面所了解，沿途观感推断出的境况那么可怕！也许，正因为一开始尽力去美化它，继而，由沿途的景象又把它想象得过于闭塞、落后、荒芜、破败不堪，一睹真容的初次印象才能那么良好。实话说，如果不是想象与现实之间强烈的反差，当初怀揣忐忑不安漂泊之心的我，就不可能淡静下来，也就不可能在此扎下根来。

弹指之间，近三十个春夏秋冬就被甩在了身后。人，只有在挫折、痛苦、磨难和厄运的困扰中才会有度日如年的感觉。在广地域、多民族友好和谐相处，多种文化相互碰撞交流、相互包容的格尔木，我不感到孤独。因为，这片土地上，有一种恢宏的气魄和非凡的度量。当然，在格尔木，我也意外地结识了同学校的几位学长，几名学弟，除了个别人是因为家属和孩子的户籍原因到这里工作外，我不知道，这些校友是因为经不起柴达木的诱惑，还是因为受到我们尊敬的团委书记的怂恿、蛊惑。但是，无论什么原因，有一点可以完全肯定：我们团委书记高超的演讲技艺与水平潜移默化地发挥了一定的作用。我承认，并非在格尔木所有的日子都开心，所有的事情都顺利。但我不得不承认，从踏入格尔木那一刻起，我是真正地爱上了它，并对它的未来充满希望和企盼。有希望的人，能不时时处处感到幸福？

在格尔木工作之后的时间里，随着对它的了解愈来愈多，越发坚定了我在格尔木坚守到底的信念。

格尔木辖区面积 12.6 万平方公里，境内金属与非金属资源、石油天然气资源、动植物资源、旅游资源、中药材资源异常丰富。自然造化的偏爱，本身就是奇迹。如果把这些资源的种类、品位、储量等尽数罗列，繁杂的统计数据构成的庞大系统对人的大脑无疑是一种挑战和考验。（有多少人会对此感兴趣？）退一步来说，目前，国家对柴达木各级各类资源的地质勘探项目，大多只实施到普查阶段，尚无定论。所以，下面，我只想通过简单的对比法和枚举法予以挂一漏万的介绍。这里，戈壁荒漠广袤无垠，却又湖泊众多，河流密布，直到 21 世纪初期，人们惊奇地发现，除了丰沛的地表水，在格尔木市山前冲积平原，埋藏着我国干旱—半干旱内陆盆地罕见的调蓄能力极强的巨型地下水库。这一发现可有力缓解柴达木盆地日益凸显的水资源匮乏问题。

这里，有万山之祖的昆仑山，虽然没有香火特别旺盛的寺庙道场，却是释道儒的发祥地，也是中国文化的总源头——昆仑神话诞生之地。同时，也是集真善于一身，拥有不死之药的西王母以及有战神之称、授黄帝以《阴符经》，让曾经“九战九败”之后的黄帝，重整旗鼓，于涿鹿一役大败蚩尤，从而固中原、定乾坤的九天玄女居住和生活的地方。

这里，雄浑、荒凉，植被稀少，却是进出可可西里——野生动物（藏羚羊、野驴、野牛等）乐园——最为便捷之地。国家级可可西里野生动物保护管理局就常设在格尔木。

这里，许多地方寸草不生，完全一副积贫积弱景象，却在“衣衫褴褛”的身躯下掩盖着丰富的矿产资源。就盐湖来说，大大小小就有近十处。以举世瞩目的察尔汗盐湖为例，湖中储藏着 500 亿吨以上的氯化钠，可供全世界的人口食用 2000 年。察尔汗盐湖还伴生有镁、锂、硼、溴、碘等多种矿产，储量均居全国前列。其钾盐资源极为丰富，占全国总储量的 97% 以上，全国最大的钾肥生产基地就兴建在这里。

夏秋交际之时，在达布逊盐湖（位于察尔汗盐湖以北）一带，经常可观赏到极其罕见的海市蜃楼。

这里，有丰富的石油天然气，涩北气田探明储量 2768 亿立方米，目前，已形成 49.63 亿立方米 / 年的开采能力，全国第四大油气田横空出世。

这里，有连绵起伏的昆仑山，山中物产极其丰富，有色金属和稀有金属时有发现（尚未实施普查和详查，种类、储量难以确定），黄金储量可观。

这里，水晶与玉石储量可观，盛产昆仑美玉，2008 年北京奥运会的奖牌（金镶玉）所采用的玉就是驰名中外的昆仑玉。

这里，由于一年四季雨雪天气极少，阳光明媚，日照强烈且时间长，成为全国最大的太阳能光伏城。太阳能，作为一种洁净能源，在格尔木广阔的地域（大多数为戈壁荒漠）内，具有不可限量的发展空间，也必将大有作为。

中科院一位院士对格尔市的评价是：在中国乃至世界范围内，还没有一个城市像这个城市一样拥有如此丰富且匹配极好的资源。

这里，有鲜为人知的全国最大的雅丹地貌群，即辉煌壮丽的柴达木雅丹林——西域魔鬼城。柴达木雅丹林占地面积 2.15 万公顷，相当于甘肃敦煌雅丹地貌面积的 55 倍。新疆昌吉、罗布泊等地也有雅丹地貌群，但没有柴达木这般浩瀚如海，奇幻万千。柴达木雅丹林，有千奇百怪的风蚀形态，有的酷似狂啸的雄狮、有的如亭亭玉立的少女、有的如嬉闹的群猴、有的如海豚、有的似鬼怪，因此，有“魔鬼城”之称，是地貌研究的活标本。

这里，还有罕见的高原荒漠景观：昆仑六月雪，万丈盐桥，盐湖夕照，大漠胡杨（也是世界海拔最高的天然胡杨林）。

……

格尔木，因为巍巍昆仑，昆仑圣泉，玉珠峰（终年白雪皑皑，国家级登山训练基地），玉虚峰，西王母瑶池，既有神气，也有灵气；格尔木，因为慕生忠将军，从一条路、一棵树、一栋楼发展到一座城，又从兵城、塔城、移民城到盐湖城、光伏城，无不充满传奇色彩；格尔木因为独（奇）特的自然景观，成为观光旅游胜地，成为摄影爱好者取之不尽、用之不竭的资源宝库；格尔木，因为富集的资源，具有无穷的发展潜力，从而魅力四射。

格尔木的天，蓝！格尔木的云，白！格尔木的水，清！格尔木的人，热情、豪放！格尔木的资源，举世无双！！

格尔木，集神秘、神奇、传奇于一身，它让生活在这里的人感到无比骄傲与自豪。

格尔木，神奇的土地！

故乡的小河

2015 年中秋节前的一个清晨，一个激灵突然把我从梦中惊醒过来。睁开双眼，窗外黑魆魆的。没有鸡鸣狗吠，没有鸟语花香，没有车辆的喧嚣声，没有行人的脚步声，天地混沌，万籁俱寂。在静悄悄的黎明，能够清晰地听到自己的呼吸和心跳声。与我记忆中嘈杂热闹的清晨田园世界有天壤之别。

我慵懒地侧过身躯，从床头柜的烟盒里摸出一支香烟含进嘴里，顺手摸起打火机点燃，恢复平躺的姿势，盯着三米之上的天花板，陷入纷扰的思绪之中。无论早睡晚睡，如果不是过于疲惫，身体形成的生物钟已经在固定的某一个时辰会自动敲响。我经常听长辈说，人老了，瞌睡就少。他们过去借以自嘲的话，仿佛分明是针对现在的我：你也到了这一天！早睡早起，在我的记忆里是长辈们一直以来养成的习惯，让我经年难忘。因为经济短缺，物资极度匮乏，早睡可以减少许多不必要的浪费。比如，点灯熬油；比如，由于缺少油腥、蔬菜和副食品，营养不足，消化吸收加快，省却了午夜加餐的需要，否则，就难以入睡等。关于这个习惯，他们诸多的理由和谆谆教诲能让饥肠辘辘满腹怨气且贪睡的年轻人的耳朵长满茧子。在我们老家（渭北平原），房子开间历来的讲究是高大、宽敞、亮堂。我揣测，这是房舍狭隘逼仄的普通百姓对个别大户人家住房宽裕情形羡慕和推崇并张扬盛传的结果。我慢慢地吸着略带刺激味的香烟，一阵阵舒心惬意沁入心脾。意识由朦胧逐渐变得清晰起来。大约五分钟之后，我习惯性地把烟蒂掐灭。回顾返乡（这是连续四年之中唯一的一次休假）一周来在一种莫名情愫的催促下重走多年以前熟谙的地方和所见所闻，隐隐感觉还有一个最大的缺憾由蛰伏而苏醒，并在心中蠢蠢欲动，异样的悸动是如此

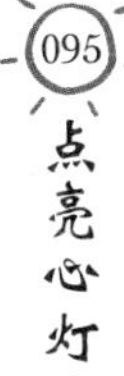

强烈，以至于让我的喘息都急促起来。于是，我迅速起身穿衣，走出卧室。洗漱完毕，周围的一切已经清晰可辨。

我拉上门出来，右拐行走了几十米，踏上穿村而过的混凝土大道，一直向北走去。不知在沿路谁家的外墙上隐约看到一幅斑驳的宣传标语：要想富，先修路。其实，在回乡途中，这样的标语随处可见。当然，也有“生男生女都一样”的宣传标语不时映入眼帘。不过，在农村，人们对这种标语的态度和认识大不以为然，甚至认为，是城里人不识乡情的矫情，或者是因为错误判断而得出的谬论。方圆几十里的大街小巷，清一色都是混凝土路面，国道、省道以及县乡（镇）公路均为柏油路面。与以前车辙沉陷、尘土厚积、面目狰狞的黄土路形成鲜明的对比。在心底里，我暗暗惊叹：农村焕然一新的变化远远超出了我的预期。虽然背井离乡已有近三十年的时光，可每隔三五年我会返乡作短暂的停留，在这短暂的三五年里，常常会梦回故乡，那是因为经年不忘的童趣、少时的梦幻、成年之后的憧憬，莫名其妙地会突然袭上心头，那种心血来潮的冲动和幽灵般的袭扰、驱使说明在潜意识里深深地镌刻着一种与生俱来、挥之不去的乡愁情结。然而，一旦返回故里，对曾经熟悉和司空见惯的一切（灰头土脑的平畴田野、沟沟坎坎、小桥流水）的兴趣又骤然大减，聚焦点自然而然地转向外面精彩纷呈、风光旖旎的世界。这次返乡，我似乎厌倦了紧张忙碌的旅游奔波，只想待在故乡熟悉的大地上获得片刻的休憩和宁静，这是以前从来没有的闲情逸致。在茶余饭后，我徒步走遍了方圆三公里之内的大街小巷、村村寨寨。寻找童年的记忆，追寻逝去的时光，说明在生理上行将就木，在心理上也已经衰老得可怕了。

脚下的这条混凝土大道，我不知道是什么时候铺就，但斑驳脱落、隐约可辨的宣传标语无意间好像传递着什么隐秘的信息。凭直觉，我相信这条大道至少应该建成了五年的时光。此前很长的一段时间里，它一直是人工用黄土碾压而成的一条大路。这种情形在黄土高原随处可见。在不落雨雪的日子里，大多数时候，由于车辆碾压、行人踩踏，脱落的黄土日积月累，会在路面上形成厚厚的积尘，老家人管它叫“塘土”，越积越厚的塘土经常会没过鞋面，触及脚踝，行人走在上面，就像踩在面粉上，有一种软绵绵、滑溜溜的感觉；每当车辆飞驰而过，其后必定是尘土飞扬，烟山土雾绵延几十米，让人分不清天南地北。如果下了一场来势凶猛却短暂的大雨，由于路面较高，很难形成积水，路与田尚且分得清楚；倘若下了一场淫雨，其坎坷不平、坑洼相连、泥泞不堪定会让人望而生畏，感慨这哪儿是路！

走过大队部原址（现在是一片苹果园，村委会已搬迁至一公里之外、村小学旁边新建的两层楼内）几百米，就到了坡口。坡的形成，是日益萎缩的河流长久冲刷，黄土不断下陷，形成断层的结果。也说明在过去的某一个时期，河床宽阔，流量极大。站在坡口向下看，倾斜路面的坡度最多有三十度，坡长足足有一百二十米。下到坡底，一眼望去，又是一片平展展的田畴，笔直而宽阔的路面把田畴分成不均等的东西两半，一直向前延伸，由面成线，并在第二道坡前不知去向地突然消失。在我的记忆中，一道坡原来的坡度应该有四十五度左右，坡长也就六七十米，而且，在坡底，这条路急速右拐，沿着悬崖曲折蜿蜒前行，直达坡下的村庄。村民大多居住在窑洞里，在窑洞之外的院落里，零星地有几十间不规则的土木结构房舍。这个村庄叫作瓦岗寨，提起这个村子的名称，不由让人浮想联翩。它是否与隋唐时期的瓦岗寨存在某种渊源，就是我的爷爷辈也说不清，至于祖爷爷，连爸爸也未曾见过，还有谁说得清！

我猜想，道路行进到第二道坡前，原来左折前行的道路之所以消失（明显地，成为整片农田的一部分），一定是处于道路取直、节约用地的考虑，从坡顶直接开道的结果。

站在一道坡口，凝神静气，我看到，路的左前方，是一片上百亩的桃园，树叶虽依然葳蕤，却依稀有土黄色和暗褐色夹杂其中。毕竟是深秋之际，枯萎的迹象随处可见。把目光回收，左侧脚下，就是一片核桃园，透过墨绿的树叶，可以看到累累果实与树叶在微风中摇曳婆娑，就像波光粼粼的绿色海洋。坡道的右侧，原来曲折蜿蜒的小路已经无影无踪；过去绿茵茵的良田，现在，则是一望无际横看成行、侧看似岭的砖垛子。砖垛右侧几十米的地方，是一座砖窑。下到坡底，我改变了一路直行的计划，绕行到砖窑旁查看。砖窑有五六米高，十多米宽，三十多米长，横向南北两边各有七个孔——进出生砖和熟砖的径道，顶端的两个大烟囱正在冒着缕缕青烟。据司窑人员介绍，这个砖窑一次可以吞吐生熟砖四五万块。由于砖厂实行的是计件工资，使管理制度、约束措施形同虚设。工人们非常努力，靠自觉行动都能超额完成老板预定的任务。再远一点的地方，是偌大的制坯车间。工人们一丝不苟、聚精会神、心无旁骛地忙碌着各自的工作，在我进出车间的整个过程中，他们视而不见，或者说是对工作之外的一切行为达到了无视的程度。我清楚，在机械化的流水作业线上，容不得他们有丝毫的马虎大意，尤其在计件工资的激励下，他们不能让时间和自己的血汗白流。车间右侧不远处的土崖下，一台挖掘机正在忙碌着，一台装载机紧随其后，不紧不慢、有规律地往两台循环往返的车辆上重复着单调的装填动作。我目测，取土场的空地面积已经有两个足球场那么大。净高三十米的悬崖，在机械作业下，自西往东齐刷刷地向南推进了约二百米，丝毫没有再行逾矩“侵犯”的意图。让我疑惑的是，规模如此庞大的砖场，仅凭眼下几台机械设备和有限的取土场所，何以能满足它敞开的胃口！再者，我也纳闷，家乡还有这么大的市场需求吗？

事实上，从踏上家乡熟悉的地界起，我就注意到，许多家庭已经建起了楼房（二层到四层不等）；即使为数不多的家庭没有高大的楼房，起码也建起了偌大亮堂的钢筋混凝土平房，它们零星地散落于款式各异、高低有别、体量不等的楼房之间。从砖厂返回大道，继续向北，走到第二道坡前，果不其然，原来左转前行的道路已经了无痕迹，取而代之的是从崖顶直达崖底的坡道。在五六十米高的悬崖上，硬生生地被劈出了一条宽约十米、长约二百米的路面，直达坡底。形成眼前的坡道，可想而知，既耗时耗工，尤其费力，在以前没有任何机械设备，全靠人力的情况下是不可想象的。

步行仅仅七八分钟的光景，我就站在了坡下“引渭工程”的东干渠边。确实，从崖上新开辟的坡道，与先前缓缓前行、弯弯曲曲的道路相比，至少节约了一大半的路程和时间。在干渠边我徘徊了好久，数十万亩的良田灌溉，得益于它的建成。20 世纪 60 年代初期，关中平原连续三年的旱灾，由于经常性的饥饿，虚脱浮肿的人比比皆是。痛定思痛，宝鸡市委、市政府发出了建设冯家山水库和引渭工程大会战的动员令，临近三县发动三十万人，经过整整两年废寝忘食、夜以继日的艰苦奋战，终于使该项系统工程得以竣工。这项决策的实施，让食不果腹、衣不蔽体的人们受益匪浅，终生难忘。顺着东干渠旁边的道路，我迟疑不决，思虑再三，选择了西向而行，这与我的初衷完全是背道而驰。多花费一点时间，无非是想看看原来下坡的小径（其宽度仅仅只容一辆架子车通过）现在到底是个什么样子。步行约一公里，终于找到了原来小径的出口，它就静静地横亘在干渠旁边道路的西南角上。

小径出口的西侧，就是引渭工程工作量最大的"万米隧道"。我不知道因何以此命名，也许只是为了方便、省事。其实，这个隧道的长度有 32 千米，即 3.2 万米，宽度为 8 米，高度超过 12 米，顶部是混凝土浇筑的半圆形穹庐。我沿着曲折的小径向上行走了十多米，眼前出现的人工断崖就让我走投无路。于是，我折身返回，开始新一轮的尝试。在我沿小径向南走了仅仅五六米的时候，就发现，在小径左（东）侧的垄田里，有一些塑料管纵横交错。我纳闷，这些低劣的塑料管（显然是再生的）到底是干什么用的呀？强烈的好奇心迫使我要一探究竟。所谓"垄田"，其实就是被塄坎分割的土地。分割开的一垄一垄的土地正在被塑料管导出的水浸泡着。循着塑料水管的来路，我发现了一口水井，正是汲水的源头。这里地势低洼，打井取水非常方便容易。在我行进过程中，一直有机器、车辆的轰鸣，嘈杂喧嚣声不绝于耳。可是，我怎么也看不到喧嚣声的来源。于是，我放弃了先前的小径，踏着垄田向前走，我相信，登高才能望远。谁料仅仅向前走了不到十米远，就被尽收眼底的轰轰烈烈的场面震惊了：在二十多米高的土崖下，三台挖掘机呈"品"字形展开，同时挖土作业，三台装载机紧随其后，为络绎不绝、鱼贯而来的汽车、拖拉机、三轮车装土。这么多的车辆拉运黄土，到底要干什么呢？我随着穿梭往来的车辆调整目光的焦距，看到一些车辆离开取土场，从我刚才下来的第二道坡路蹒跚着往上爬；在另外一侧，有一些空车从坡道急速下滑，然后拐进取土场。凝神屏息，极力眺望，我发现上行和下行的车辆全是一溜排开，就像蚂蚁往来搬运食物一般，各行其道，丝毫不乱，清晰地形成了极其壮观的两条长龙。其实，在我下坡道的时候，上下往返的车辆一直未曾间断，由于自己一门心思，只想着去河滩的事，专注让我并未在意、思量。此刻，我恍然大悟，它们正是在为上面那个砖场运土啊，难怪第一道坡下取土的机械设备稀稀拉拉，看来，是这个土场取代了上面的土场！在“垄田”上大量灌水，一则为了挖掘起来松软，二则拉运的湿土，可以直接制成砖坯，一举两得。由此可以肯定地说，砖厂的老板并不简单，为了获得最大的利益，颇费了一番心思。只是不知道同样是取土，为什么要舍近求远？这个疑问的打消是我回家之后的事。对于这个问题，我弟弟似乎了如指掌。他说，砖厂的生产经营，关键在于取土。而取土必须与土地经营者达成协议。先前的取土场，由于崖上是良田，价格较高，老板难以接受；而新的取土场，因为土质相对贫瘠，租地价格较低，便很快达成协议。虽然拉运距离较远，整体权衡，成本相当，而且避免了许多口舌，不致因为停工造成更大的损失。

俗话说，风水轮流转。看来，绝对不是妄言啊。如今的农村，结束了农民“面朝黄土背朝天”的历史，使农村大量富余劳动力涌向城市，在土地以外拓展了收入的渠道。也许仅仅是为了抚慰留守儿童或者空巢老人孤独的心灵，好不容易积攒的钱，主要用于两个方面：一是建房子，二是大肆操办婚丧嫁娶红白喜事。在三十年前，就是做梦．也梦不到，今天的变化竟然如此之大。由砖厂气势磅礴的场面可见一斑。

从小径下来，我又到分水闸前驻足徘徊。引渭工程，简单些说，就是在渭河宝鸡峡冯家山段建立一座水库，然后通过“万米隧道”，引水上塬，浇灌渭北高原的田地。通过隧道引上来的水，经过分水闸进入东干渠和北干渠，两渠之间，还有一个退水渠，退水渠的主要作用就是在水量丰盈的时候，把多余的水排进河道，防止造成涝灾。分水闸不仅仅是工程的一个枢纽，而且还是东西南北道路的交会处，所以它就成为标志性建筑。望着分水闸旁边北去的路，我的思绪纷飞，沉渣泛起。由分水闸北路下行数百米，在路西的土崖上，不知是谁发现了“观音土”的存在。于是，这里就成为家庭中缺少食物的人们，这个阵营非常庞大，经常光顾的去处。我与弟弟去河边割草的时候，常常会鬼使神差走到这里驻足流连。虽然我清楚地知道，这里，并非大自然的神奇造化之地，却时刻让我牵肠挂肚。在“低标准”年代，吃不饱、穿不暖的家庭比比皆是。秋黄不接之时，许多个夜晚，大多数人由于饥饿无法入睡，唯一的办法就是吃几口观音土充饥，欺骗一下空空如也的肠胃。虽然观音土没有什么怪味，当然，也没有任何营养价值，吃多了，也会遭罪，拉不出来的感受是生不如死。更为奇妙的是，距观音崖几十米的北侧，竟然还有一个“白土崖”。在我们老家，有一句口头禅：“穷过富过，都得过年。”每年“祭灶”（即腊月二十三“小年”）前，家家户户是要“扫舍”的，类似于今天所说的家庭卫生大扫除，所不同的是，我们家乡过年，有一个谁也不大说得清的习俗：房屋里里外外的墙壁一定要粉刷一新。在温饱问题尚不能完全解决的那个年代，许多商品是凭票供应的。使用涂料是奢侈的行为，要遭人嚼舌根的，这是人人都异常忌讳的事，即使个别有钱人不愿“同流合污”，有心用时髦的涂料把自己的墙壁粉刷一新，也不敢冒天下之大不韪让人唾弃。即便偶尔有偷偷出售的廉价石灰，在大多数本来就干瘪的口袋里是挖不出几个子儿来的。“白土崖”的白土就成为每个家庭粉刷墙壁的天然涂料。那一年，我们哥弟仨与同村的十多个老少爷们带着家伙什浩浩荡荡开进白土崖，去挖粉刷墙面的白土，由于我与弟弟年龄尚小，哥哥及成年人不让我们进窑，只能在窑外看管物品。天长日久，白土窑挖得很深很大，由于土质松软，又没有什么支撑，不料顶崩坍塌，三人被埋进厚厚的黄土里，其中一个就是我的哥哥。当时，大家的哭喊声、刨土声响成一片，好在最后悉数救出了所有被土掩埋的人，他们不同程度受伤。我哥哥的伤势最重，以致无法行走，是我们用架子车把他拉回家的。静养数天后，才得以恢复正常。从此以后，大家心照不宣，对白土粉刷墙壁的事噤若寒蝉。每年过年前，室内的墙壁均代之以贴年画和废旧报纸，至于外墙，只能通过清扫，查漏补缺，以干净无脏物将就了。

过了小年，喜庆的气氛会越来越热烈，也预示着年味会越来越浓。平时再抠门的家庭，也会拿出仅有的积蓄，为孩子购买一两件新衣，还要添置厨房的日常用品，自制美味佳肴，比如，扎肘花，熬皮冻，煮瘦肉（主要用作凉菜），做蒸碗（花样最多，有红肉蒸碗，白肉蒸碗，八宝饭蒸碗等，不一而足），炒臊子，剁饺子馅，压面条，蒸馒头、包子……除夕“封神”前，过年的准备工作必须一应俱全宣告结束。贴好对联、门神，针头线脑入盒，剪子菜刀封存，“不过十五，不动刀剪”，全部吃现成的（只需把早已装盘入碗准备好的东西蒸煮一下，端上桌子而已），就连所有的窗户都要贴上窗花、剪纸。如此重视，如此丰盛，只为一个目的：企盼来年有一个新气象、好光景。总之，过年，是我孩提时代最向往和最幸福的时刻。不但可以穿上光鲜的衣服、新鞋（大多数时候，是自制的粗布衣服和鞋子）四处招摇显摆，对馋涎欲滴的美食海吃海喝，还可以无拘无束地玩乐，即使偶尔犯错，也不会受骂挨打。大人们相信，良好的开端，吉利的关键，一顺应百顺；开头不吉利，一年都会有麻烦。因此，他们会竭力克制自己，容平常之不能忍。

沿着干渠一路向东，二十多分钟之后，我来到一座村庄前。看到每家每户门前绿树成荫，不大的菜地里一片绿茵，一些树上挂满了橙黄色的柿子。我知道，在农村，门前和院落里种的菜，才是供自家吃的，为了解决吃菜单调的问题，各家可以相互调剂，随心所欲地交换。自备菜地，既不打农药，也不上化肥，施肥一律是清纯的农家肥。不像供出售的大田和菜棚里的蔬菜，一味要求产量和光鲜。很显然，这座村庄被田地三面包围着，进口同时也是出口，面向大路，无疑是在平坦的田园上新建的，其规模要比从前爬坡下坎狭小逼仄的村庄大出许多。凭记忆，去河滩的道路，应该就在新村庄附近。东瞅西望，这儿的一切，已经面目全非。我感到扑朔迷离，无所适从。我把四周仔细观察一遍，记忆中崖下的窑洞、破败不堪的院落已经了无踪迹，当年的参照物已经荡然无存，进出河滩的路口会在哪里呢？

不能前功尽弃、徒劳而返！我不断鼓励自己，只有坚守信念的人，才有希望达成目的。今天出行，确定的目标就是到河滩，看看家乡的小河，看看很多年前公众洗衣的场所。三十年来，家乡的小河，让我记忆犹新，难以忘怀。弯弯曲曲的小路到河边后，豁然开朗，那是河流最宽阔、溪水最浅显的地方，从西北向东南，再转而向东北依次绵延排开的扇形洗衣场景，既宏大又热闹，好像镌刻在脑颅上一样挥之不去：石头做桩，石板为面。三五一伙，八九成群的老妇人、小媳妇和少女们，在捶打声、搓洗声、说笑声以及儿童的嬉戏声中乐悠悠地浣洗着家人款式、色彩不尽相同的衣服。在她们身旁，有各种各样盛装衣服的器具，盆子、篮子、背篓……这里是最热闹的所在，一年四季人声鼎沸，洗衣声此起彼伏。传统节日之前，往往是人海如潮；小年前后，是洗衣者最密集、最集中的时期，几乎所有的石头石板上挤满了人，就连河边也密密麻麻布满了站着、蹲着、坐在小凳上的洗衣人。晚到的人是没有插锥之地的，只有悻悻地到上游或者下游狭隘的地方孤寂地浣洗了。有些时候，我们几个割草的少年会与本家洗衣的女人们结伴而行，帮助她们把要洗的衣物带去河边。在女人们洗衣服的过程中，我们几个少年就会肩挎背篓，肘挽竹笼，手提镰刀，到河岸边寻找水草最为肥美的地方去为牛羊割草，为自家的浆水缸增添新鲜的水芹菜，到河床边的水草中捕鱼摸虾，自娱自乐。因为，不知道是什么原因，我们家乡的人是从来不吃鱼虾的，厨子也不会烧鱼焖虾。可现在，鱼虾好像是红白喜事不可缺少的美味佳肴。经济条件的改善固然是一个重要原因，但更为重要的原因应该是心理的原因：城市人喜欢吃的，农村人也喜欢。在不少农民亲兄弟的心目中，不但有“旧时王谢堂前燕，飞入寻常百姓家”的自豪和骄傲，而且还有比城市人吃的食品更生态、更环保的沾沾自喜。在心中，我不免有此一时，彼一时的感叹。用水芹菜泡制的浆水，是许多家庭必备的绝佳面条配料，在炎炎暑期还具有清热解毒的功效。大汗淋漓的时候，我们会选择水比较深的地方，“扑通”一声跳进清澈见底的溪水中惬意地畅游；疲惫不堪的时候，我们会步履蹒跚地慢慢滑进河流中解乏……小河，故乡的小河，不仅是我们的衣食父母，甚至是我们永恒的依靠。

我不再希望从印象中的参照物获得任何线索，而是果断采取行动，直接穿过村庄，把目光投向广阔的原野。在一番绞尽脑汁的比对、斟酌之后，终于在村庄的一角找到了很不起眼、难以发现，甚至于有些隐蔽，儿时常去河滩割草、捕鱼、薅水芹菜的小路。踏上久违的小路，那么熟悉，那样亲切，我无法抑制内心的激动，甚至有一种暗暗得意的疯狂，功夫不负有心人。因为多年失修或者很少有人问津，原本迤逦的小路荆棘丛生，坎坷不平，野草就像宽大而绵长的被子，几乎铺满整个路面，一路走来，是无穷无尽的类同、重复，视觉与心理上的疲劳，让我无心眷顾眼前的一切，唯有星星点点开放的野菊花不时让我眼前一亮，鼓舞我完成郁积于心底的夙愿。脚下总有一种软绵绵且慢慢下坠的感觉，就像走进原始森林多年积累的叶被上，不知掩盖着多少陷阱，让人忐忑不安。野草虽然暂露枯萎的迹象，但此前的恣意疯狂、葳蕤茂盛可想而知。每前行一步，都得有如履薄冰的小心、谨慎，如果因此摔伤或者崴脚，只能徒添伤感。

我的故乡，一贯秋季多雨，由于湿气重，清晨的温度低，湿气在草丛上凝结成露珠，纵然是微弱的光亮，也足以让它们晶莹剔透，宛若银河中数不清的星星。随着吸收了阳光热量的湿气蒸腾而上，与农家的炊烟交融，在霞光照耀下，天地一片氤氲。在烟气迷蒙中，很快我发现，自己的裤脚打湿了，皮鞋内外已经湿透。一丝丝凉意从脚底逐渐漫上心头，不由打了几个寒噤。我小心翼翼、步履维艰地行走了二十多分钟，才听到汩汩的流水声。我庆幸，没有半途而废。我感叹，怀抱希望的人是幸福的。我惊喜，终于看到了魂牵梦萦的雍水河。雍水河，我家乡的小河；雍水河，美丽的风景河；雍水河，我日思夜想的母亲河；雍水河，我小小的情人河。我凝视着小河的流水，钩沉着记忆的碎片。仔细辨别，今昔的色彩、气味迥然不同，有天壤之别。那时的淙淙溪水，清澈碧蓝，透明见底，时常能够看到鱼虾在其中肆意游荡，那种惬意，让我渴望，让我羡慕，让我快乐。现在，呈现在面前的河水，微微发黄中透出暗红，刺鼻的蚀味让人恶心，浑浊得看不出深浅。河岸边光秃秃的，既无树，又无草，原来郁郁葱葱的景象消失了。“昔我往矣，杨柳依依。今我来思，雨雪霏霏。”河面，明显地变得狭窄，平均不超过一米，河床下降了一米五左右。河道两侧的田地，如果没有河床的阻隔，就要连成一片了。这与以前平均宽度三四米，最宽处超过十五米之多的洗衣处根本不可同日而语。眼前荒芜沉寂的景象，埋葬了往昔的岁月，埋葬了从前的秀丽，埋葬了我美好的记忆。怅然若失。无可言状。无言以对。我欲问天问地问河，何故如此？为什么，为什么？！可我清楚地知道，一切都是徒然，一切都无法改变。心情异常低落，心绪难以诉说，心境泛起层层涟漪。在河边犹豫彷徨，久违的小路，久违的小河，我始终抛不开对昔日景象不舍的情结。我欲移步换景，调整心绪，可满眼都是空荡荡死一样荒凉恐怖沉寂的原野。我暗自抚慰灼伤的心灵，无奈地跨上屹立在河面的大桥—— 钢筋混凝土浇筑。站在桥上，环顾四周，一望无际是空旷静谧没有生机的田野，当年的洗衣处逃遁得无影无踪。这又怎么可能？我百思不解。可是，清晨的原野，四处杳无人迹，没有谁为我释疑。在桥上逡巡徘徊，徘徊逡巡，以期参透这其中的奥秘，可想而知，只能以无解而终。失落至极的我，又沿着小路前行了五十多米，就被农田阻挡，无路可走！

因为没有达到预期的目的，我不想踅转。走回头路是人生最大的忌讳。然而前无行路，进退维谷，不知如何是好。就在犹豫不决的时候，我听到了手扶拖拉机由远及近的“哒哒”声，我随着轰鸣声望去，一位老农驾驶着拖拉机正从我身后的崎岖小路而来。我感到奇怪，大清早，他跑到荒无人烟静谧得让人多少有些恐惧的田野里来干什么。秋作物已经收获入库，秋播（主要是播种冬小麦、油菜之类）的时间应该在一周之后。我带着满腹狐疑折身返回的时候，他的车在一堆玉米秸秆前停了下来，并开始把扎成捆的秸秆一捆一捆地往车上装。因为陌路邂逅，不想打扰人家干活，我便装作一本正经、若无其事行路的样子。回到桥上，我伫立不动，在疑虑消除之前，我并不急于回家。以桥梁所在的位置，我寻思，应该就是当年的洗衣处。然而，似乎它已经销声匿迹了许多年，否则，怎么可能连一丝一毫的残迹都不留？心绪烦闷，百无聊赖，踌躇徘徊。我无事找事，来回用脚步一次又一次地丈量这座桥梁。我确信，宽度不足四米，长度仅有七米。当年的洗衣处，其实根本不是专门为居民洗衣而构建，而是为了河两岸的居民往来通行就地取材，搭建的时断时续的简易桥梁！成为大众公认的洗衣场所，凝结了妇女纤毫毕现的敏锐观察力。距离这个洗衣处二里的下游，有三棵老碗口一般粗的槐树躯干横卧在小河上，算是就地取材搭建的一座木桥；在一里的上游，有一座保留了数百年的水磨，童年时的我，曾经有幸多次陪着家人在此磨面。我在惊叹之余，对慧眼独具、匠心独运的磨坊建造人耿耿于怀——他竟然可以利用这很不起眼的溪水“坐享其成”。由此上溯三里，还有一座非常坚固的石拱桥。这两座桥，是附近小河两岸居民出入往来的仅有通道。除此以外的通行往来，唯一的办法就是涉水而行。雍水河，由于发源地在雍城附近而得名。雍城，即现在的凤翔县城所在地，追根溯源，可以上溯至秦朝。据可靠记载，秦朝在此建都有长达 294 年的历史。由此不难推断，对于逐水草而居的秦朝子民而言，当时雍水河的水量一定是既丰沛又充盈的。

在此，需要补充说明一下，这里虽然有日夜流淌的雍水河，从逐渐下陷的一道道坡坎可想而知，小河是每况愈下、日渐萎缩的。在我童年的时候，它的水量仅仅能够满足小河岸边的农田灌溉，一旦发生旱灾，进入枯水期的小河会因为上游的灌溉而断流，这就是居住在小河边上，我的家乡还要建设“引渭工程”的根本原因。

石拱桥，相传是一位“得道”的陈姓人独立所建，耗时仅仅七个晚上。由于白天没有人干活，据此，传说是“陈道爷”于夜深人静时作法，召唤天堂或者地狱里的能工巧匠在纯阴的时辰里修建的。因此，他被当地人热情地称作陈道爷，石拱桥名之为道爷桥。陈道爷寿终而寝，葬在小河的南崖上。据说，他死后，跟随他拉运建桥材料的马驹，不吃不喝几天而亡。人们感慨其对主人的忠诚，把它随葬在陈道爷墓旁。陈道爷的墓不明就里地长大长高起来。后来，传说有人在除夕子夜时分路过，发现有一匹金黄色的小马驹绕着陈道爷的坟墓跑，每绕一圈，陈道爷的墓就长大长高一些。由此人们推断，道爷墓的膨胀，完全是金马驹在起作用，金马驹不但是吉祥物，还可以肯定，绝对是宝贝。于是就有人打定主意，在金马驹出现的除夕夜予以捕捉。不料，金马驹不愿就范，辜负主人，在盗贼穷追不舍下，情急之中跳进一口水井里。陈道爷的墓就定格在金马驹离开的那一刻，停止了生长。儿时的我，一时心血来潮，曾经专程到陈道爷的墓前实地查看，我在攀爬坟墓的过程中，一直忐忑不安，攀上坟顶，更是恐惧得战栗起来。在心中默默祈祷：请您原谅并宽恕！我只是出于好奇，丝毫没有冒犯您的意思。虽然经过上百年的时光，那座墓依然有十个逝者的坟茔那么大，高度也有普通坟茔的两三倍。

因为金马驹的缘故，在我们家乡就有初一清早打第一桶水的习俗：唯有第一桶水才有可能打捞到金马驹。谁家打捞上金马驹，谁家的苦日子就到头了。换句话说，红红火火的好日子就开始了。因为家庭清贫，许多年，我都与哥哥或者姐姐在新年的钟声敲响，燃放完鞭炮之后，争先恐后地去打捞金马驹，只有我的弟弟死活不情愿打这一桶水。我知道，他压根儿就不相信这个传说。也不知是否是时间错位的原因，还是因为那仅仅是个传说，或者说是封建迷信，我们家贫苦的日子并未得到改变，但大年初一打第一桶水的习惯却一直保留到我大学毕业之前。我们家生活的真正改观是改革开放多年之后的事情。现在，家乡村村户户通上了自来水，打捞金马驹的美梦早已没人去做了，如果偶尔有谁提起来，也只不过是借以自嘲或者调侃的笑料而已。

脚下，曾经的简易桥梁，之所以成为约定俗成的洗衣处，道理其实非常简单：河水长流，用之不竭，干净方便。不像靠人力辘轳一桶一桶从井中取水那样繁琐劳累，会比在盆中洗涤得更加干净，且没有任何的危险。

在桥上我迟疑了许久，又返回到往拖拉机上装秸秆的老农身旁。他的脸庞黑黢黢的，头发花白，背微微有点儿驼。我主动搭讪，询问他的姓氏、年龄及家庭生活情况，他一一作答。他是在为村上的奶牛场送秸秆，每天上午定量运送。我原以为他比我大，谁知，他竟然比我要小整整两岁，足见他历经沧桑，饱受风霜的洗礼。

我向他作了自我介绍。他说，我与你弟很熟，知道你们有弟兄三个，知道你在青海格尔木工作。前年我到过西宁，还去了一趟青海湖。当初也想到格尔木看看，一打问，还有七百多公里，就放弃了。我赶忙双手递过去一根香烟，并把我的疑问一股脑儿向他抛出。这时，他停下手中的活，在一处凸起的草地上坐下来，一边抽着烟，一边不厌其烦地回答我的问题。归纳起来，大概有这样几层意思：一是前面看到的混凝土桥梁，其前身为石头、石板构筑的简易过水桥梁，也就是当年人们洗衣服的地方；二是河流两岸的树木在短短几年时间里被砍伐殆尽，河流很快也随之干涸；三是现在河床里的流水受到污染，水中已经没有活物了。四是由于农药化肥的大量使用，就连田鼠也是偶尔才能看到一只半只。不过，以前在平原上难得一见的野鸡（雉鸡）却成了气候，随处可见，早出晚归的人在不经意间常常会被突然“扑棱棱”箭一样射出的野鸡在战栗中惊出一身冷汗。

听完他的话，我的心情非常沉重，也没有作任何的评论。我原以为，故乡的小河，从往昔流淌到了今天，必然会从今天流淌到明天，绵延不绝，万世可鉴。可现在我知道，并确信：此河非彼河，彼河已成空，此河岂可待！从前的雍水河，我记忆中的雍水河，已经不存在了，逃遁了，消失了，湮灭了。逃遁得无影无踪，消失得无牵无挂，湮灭得无迹可寻。悒郁良久，在苦闷无奈的纷扰中，我低垂着沉重的头颅，默默地踏上回家之路。

在故乡，我不止一次次喟叹：大部分的人，是相见不相识，许多的事，是闻所未闻了。

在路上，我忽然想起了一首歌：

我思恋故乡的小河
还有河边吱吱唱歌的水磨
噢，妈妈
如果有一朵浪花向你微笑
那就是我 那就是我 那就是我
我思恋故乡的炊烟
还有小路上赶集的牛车
噢，妈妈
如果有一支竹笛向你吹响
那就是我 那就是我 那就是我
……

——晓光词，谷建芬曲《那就是我》

关于思考的思考

个人认为，下定义是专家的事，这与我懒散、不严谨有关。所以，遇到具体的概念，我只能泛泛地谈谈自己的理解。所谓思考，是指经过大脑分析处理信息的行为（反应）过程。简单些说，就是遇到问题动脑筋、想办法，其目的是通过这个复杂甚至艰难的过程，为抉择取舍、采取行动、解决问题提供依据。研究证明，动物遇到问题不会经过大脑思考，完全依据本能反应。所以谈及思考，只能说，是人在思考。思考，关键在于直觉和思维，是一种反本能。一般而言，在动物身上，根本没有这种的能力。

经验的积累、沉淀，大部分可以通过遗传保留下来。这一点，在所有的生命物身上，都可得到印证，而在人及动物身上尤其明显。动物的生存，得益于两种先天性本能：一是条件反射，另外一种是遗传密码的指示。譬如说，沸水煮青蛙，它会立即逃脱；但在慢慢加热的冷水、温水中，青蛙即使被煮死也没有过激的反应。譬如说，南美洲亚马孙河流域的棕熊、水鸟会在河流落差较大、鲑鱼回游产卵难以逾越、积蓄力量的“驿站”等候捕杀，大肆饱餐，为越冬积攒充足的能量。譬如说，非洲稀树草原上的食草动物在迁徙途中，常常会被各种肉食动物设伏，围追堵截，成为“王者（大型猫科动物——狮子、老虎、猎豹）的盛宴”、食腐动物的饕餮大餐，但它们却依然一成不变地踏着先辈们的足迹进行着大迁徙。无论捕食者还是被捕食者，无一不是循规蹈矩地遵循着遗传密码的引领。当然，人类的本能行为在日常生活中随时随地可见。譬如，遇到恐怖、危险时，人人几乎有相同，或者类似的反应。

人类与动物最大的不同在于，他既保留了本能——遗传的复杂反射——基因的硬连接，更重要的是，他还具有动物所没有的反本能。

思考，依赖直觉和思维，是人类区别于其他动物的本质特征，是人类生存生活的要素，是人类的诸多专利之一。人类，离开思考，就与其他动物无异。严格意义上来说，社会生活的巨型画面，是由思考与行为两个因素构成的。人的行为，除了小部分属于本能反应，大部分都来源于思考，是思考的必然结果。思考，是抉择和行动的前提。没有思考的因，就不会有行为的果。没有人不去思考，没有未经过思考的社会生活。

狭义上讲，社会生活是指物质生产活动（特别是物质资料的生产活动）和社会组织的公共活动领域以外的社会日常生活方面。譬如说，对以下这些方面问题的思考，动物是不会有的：工作的、事业的、爱情的，过去的、现在的、未来的，物质的、精神的，肉体的、灵魂的，生与死、神与鬼……在现实生活中，思考，已经成为人类一种普遍的行为现象，它也构成了生活的主旋律。没有思考的生活，是没有的！“我思故我在。”存在，就不能不思考，不得不思考，不敢不思考。离开思考，就不会形成有别于大自然的人类社会；离开思考，就不会有人类的社会生活。

思考，是认识自我和身外世界的渠道、途径。当我们通过思考认识自己，洞悉自然世界奥秘，发现社会生活真谛的时候，就会像哥伦布发现新大陆一样欣喜若狂。布莱希特断言：“思考是人类最大的乐趣。”因为乐趣所在，人类的思考，由单一到多样，由简单到复杂，由物质到精神，构成了难以想象的庞大工程：人自身的问题需要思考，与人生活息息相关的社会问题，人与自然的关系问题……

想想看，离开思考，无论工作，还是休憩；无论干事业，还是去旅行；无论是注重物质的享受，还是追求精神的愉悦……一切都不可能进行。由于每个人的出发点、落脚点不同，思考的对象、方式、角度和侧重点不同，追求的方向、目标也就多种多样，从而造就了人与人的迥然不同，生活方式的千变万化，生活现象的丰富复杂，生活色彩的缤纷斑斓。

有一句精彩的犹太谚语：人类一思考，上帝就发笑。

为什么？

米兰·昆德拉认为，其关键在于：人在思考，却又抓不住真理；人越思考，一个人的思想就跟另外一个人的思想相隔万里；人永远不是自己所想的那样。

我以为，正是人类对自身能力的怀疑，才创造出一个万能的上帝（超人）来弥补这种不足，为自身的局限寻找一种慰藉。人类之所以不能成为自己所想的那样，是因为人类还不够智慧和强大，尚不具备成为超人的条件。

人类通过思考创造的那个“上帝”嘲笑人类的思考，说明思考存在缺陷，甚至于因为智力的局限陷入误区，所以我们才不断地思考，不断地怀疑、反思自己的思考，不断地纠正思考的方式方法，在猜想与反驳中确立人的地位与尊严！

人生，自我完善的过程

人生，就是从出生到死亡的过程。对于这个过程，不同的人有不同的看法：人生，是一个不断选择的过程；是选择取舍、得失的过程；人生，是一趟单向旅行；是驰向坟墓的旅行；人生，是一出戏，既有喜剧、悲剧，也有正剧、闹剧；人生，是一场宴席，既有渐入佳境的序曲，有高潮的热闹喧嚣，也有曲终人散的凄凉；人生，是一场梦，有好梦、美梦，也有噩梦，还有梦魇；人生，是自我实现的过程……

人生，是自我完善的过程。从实质上说，我们一生所做的一切，只有一个目标：完善自我，超越自我。

人的本能是趋乐避苦，让本能支配我们的思想、行为，就把自己降到了动物的层次。罗斯福总统的夫人埃莉诺曾经说过：“幸福不是目的，而是一种副产品。这种副产品是在过程中产生的。”重目标的人，必然苦多乐少。

乔治·桑认为：“即使快乐无比巨大，它也会转瞬即逝。快乐和其他感觉一样，不过是一种肌肉电流，是不能储蓄下来的。”任何一种单纯的快乐，都是暂时的感受，不可能保持长久。

持久的快乐，不是单纯的，只能在自我完善这个系统工程中得到实现。

自我完善，基于对世界、社会、生活的认识理解。无垠的宇宙，经过亿万年的演变，才成为一个有机联系的整体；人类社会在外观上是一个封闭系统，事实上，与整个宇宙也发生着诸多的联系；生活，是纵横交错的网。所有这一切，自成体系，又相互联系，天衣无缝。

自我完善，基于自我意识的培养和树立。自我意识，是在与宇宙、社会的比较中产生的，是在知识不断丰富的过程中逐渐形成的。一叶一世界，一人一宇宙。

自我完善，基于自我的不足与缺陷。茫茫人海中，“我”充其量不过一滴水，一粒粟，微乎其微。离开群体，就失去了存在的条件。正是每个人献出了一丝光，发出了一分热，才构筑了亮丽和谐的社会。

无论横向分析，还是纵向比较，天外有天，人上有人，不足、差距十分明显，完善自我的路程漫长而又遥远。

老子说：知足不辱，知止不殆，可以长久。认识了自己，知道自己的长处与短处，优势与缺陷，就为设立一个合适的奋斗目标奠定了坚实的基础。

我国民间一直流传着一句谚语：“男怕入错行，女怕嫁错郎。”虽然这是父系社会男尊女卑思想观念的一种体现，但是，所有的存在都有充足的理由。事实上，社会分工有它自己遵循的规律，尽管也有失之偏颇的规范。比如，男主外，女主内。耕耘、收获，支撑家庭经济的大事非男人莫属，男人是家庭的支柱、脊梁；女人，只能干一些做饭、洗衣，相夫教子等辅助性的工作。譬如，怎么样，男人才像男人，女人才像女人。宋代词人李清照在《夏日绝句》中赞誉道：“生当作人杰，死亦为鬼雄。至今思项羽，不肯过江东。”其实，这样的看法，是许多人共同的心声，项羽无疑最为符合“男子汉”的标准。

时空的阻隔，是造成人生不平等的先天因素。在顺境中取得成功，不足称道，在逆境中拼搏，难能可贵。如果沉溺于境况、遭际的不平，怨天尤人，必将虚度宝贵的年华。

古人云：达则兼济天下，穷则独善其身。如果不能惠及他人、社会、自然，起码可以做到完善自己。自我完善的程度，通过自我价值的实现程度得到体现。

人的可塑性无疑是一切生物中最大的。数千年来，中国人已经普遍形成了一种惯性思维模式：知识，就是力量，可以改变命运。因此，教育就成为人生中非常重要的阶段。读书的重要性从古人总结的几句话可以显现出来：书中自有千钟粟，书中自有黄金屋，书中自有颜如玉。只要勤奋读书，想要的一切都会随之而来。

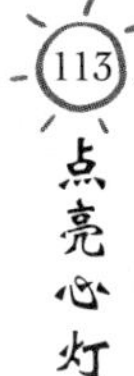

步入社会生活，除了丰富的知识，与他人没有什么可以比拼的东西。读书，考取功名就成为往昔人生的一条绝佳出路。

汉民族似乎特别具有“状元”情结，对于“状元是怎么炼成的”、历代状元的文治武功会津津乐道，佳话连连。“三百六十行，行行出状元”，正是状元情结的延伸与拓展。这从一个侧面告诉我们，社会需要为我们提供了广阔的选择空间。任何一个行业，都值得一做。值得做的事，只要做好，你的价值就得到了实现。很多时候，个人价值与社会价值并不对立，甚至就是一码事。

人生的价值，不在于拥有多少财富，实现了几个目标，获得多少成就，而在于你是否成为自己。世上没有相同的两片叶子，怎么会有完全相同的人？

古人说，一事精致，足以动人。齐白石之所以成为国画大师，世界文化名人，与他对国画的兴趣爱好与毕生的执着追求有极为密切的关系。成名之前许多年，他就是依靠卖画生活的，其艰难没有谁知道，只有他自己有深切的感触和体味。他选择了国画，而国画成就了他的人生。

韩磊虽然现在成为著名歌星，可是，早年不过一名歌厅、街头混饭的歌手而已，正是由于锲而不舍、持之以恒，才成就了他的梦想。

离开自我的不断完善，个人价值就无从实现。个人价值，就是社会价值的缩影。

比尔·盖茨说过：“在我们最感兴趣的事物上，隐藏着我们人生的秘密。”唯有热爱和坚持，才能把某一件事做到极致。

人生过程，既短暂，又漫长。这要看我们以什么为参照。不要感叹什么“人生苦短”，与晨生暮死的蜉蝣相比，人的生命已接近无限。

著名作家柳青在《创业史》中说过：“人生的道路虽然漫长，但紧要处常常只有几步，特别是当年轻的时候……个人生活上的岔道口，你走错一步，可以影响人生的一个时期，也可以影响整个人生。”

在中国积贫积弱的困难时期，钱学森，为了报效祖国，费尽周折，克服重重阻力，冒着生命危险，从美国归来。他的回国，让中国的原子弹、氢弹、导弹的爆炸和发射，提早了十几年。黄大年，抛弃了英国的花园洋房，毅然决然回国，在短短的几年时间里，废寝忘食地工作，让横行霸道的美国航母后退一百海里。

“林中路”的抉择异常艰难。因为我们不知道每条路的长短，路上有多少艰难险阻。人生之路，没有捷径。投机取巧实现不了梦想。抉择的要义在于懂得取舍和得失，虽然努力是实现梦想的重要保障，但关键时候的抉择，比努力还要重要。人生，如棋局，“一着不慎，满盘皆输”。

人的一生毕竟有限，学贵于勤，业精于专。如果这也想做，那也想干，必将一事无成。

目标，只是我们前行的方向和坐标，并不能决定一个人的幸福与快乐。

臧克家在他诗歌《有的人》里有这样一句：有的人死了，他还活着。

中国人历来看重死后的名节，寄希望自己人生的历程和印痕能够给后人带来启迪，从而活在人们心中。人生就像过眼云烟，无论富贵贫贱，结局都一样。锦衣玉食也好，荆钗布裙也罢，没有谁可以逃脱仅有一次人生的自然劫数。

人，不可能永生。可是，通过“立功、立德、立言”，人类长生不老的梦想，照样可以与现实达成和解，虽然只是曲折地达成。

有所为，必然有所不为；有所不为，恰恰是为了有所为。

人生，需要追求的最佳目标不是最有价值的那个，更不是最辉煌或者自己最喜欢的那个，而是最有可能实现的那个。超越自己能力极限的目标，不但不能实现，还会严重挫伤进取心，从而沮丧、颓废；太容易实现的目标，则会让人骄傲自满、沾沾自喜，从而故步自封，裹足不前。

雷锋，没有什么远大的目标，没有轰轰烈烈的行为，时时处处以助人为乐。看似目标非常简单，却又极难实现。正如毛主席所说，一个人做点好事并不难，难的是一辈子做好事。雷锋，把自己有限的人生，投入无限的为人民服务之中，在平凡中彰显了伟大。

袁隆平，为了解决我国人口的吃饭问题，一生致力于杂交水稻的研究与试验，取得了前无古人，后无来者的巨大成功。在海水稻种植试验成功之后，八十多岁的他，不顾体弱年迈，又致力于增产实验。他心里只装着农民的利益，国家的粮食安全。

他们获得的巨大社会价值，就是自我价值的放大。

人们追求的是持久的快乐，而不是昙花一现的强烈感受。成功，只是造成人生快乐的因素之一，更多的快乐恰恰是在奋斗追求的过程中获得的。

人生，既然是一个过程，无论怎样，过程的精彩就比什么都要重要。在前行的道路上，我们不必在乎起点与目的地，就可以尽情享受沿途旖旎的风光与美景。

生命的长度，是无法延展的。但是，生命的宽度却可以拓展，生命的密度也可以加大。

如果把人生当作自我完善的过程，尽管不会达到完美，也会有遗憾，却可以自豪地说：我的人生，没有虚度！足矣。

信仰的力量

——《天慕》观后感

2018 年 9 月 21 日，电影《天慕》在全国公演。影片公演之前，我通过电影资讯以及宣传海报，对其进行了必要的了解：这部以格尔木为背景，以慕生忠将军在青藏高原极端恶劣的自然气候环境下，带领军民克服重重困难，修筑青藏公路为主题的影片，集真人真事于一身，以再现和表现历史的恢宏气度，谱写了青藏公路的筑路史，结束了格尔木没有史诗的历史，似这种精神食品，心灵慰藉，对于格尔木军民乃至青海各族儿女无疑具有强烈的吸引力。

作为一名在格尔木工作了 31 年的人，像许多在这片神奇的土地上抛头颅、洒热血，献了青春、献子孙的创业者一样，我对这部影片充满了好奇与期待。带着淡淡的乡愁与癫狂的热爱，9 月 23 日，我约了三位朋友，并为大家购买了电影票，与潮水般的人流汇入盐湖数码影院观看了这部影片。耗时 99 分钟的影片，真实地再现了“沧海桑田”的艰难历程，让大家接受了一次灵魂的洗礼，在感动之余，充满对新生活的热爱与珍惜。以过去观影的经验，其长度应该说是比较适中的。影片开头，一支浩浩荡荡依托骆驼和马进行运输的队伍，高唱着《中国人民解放军军歌》在戈壁荒漠中依次前行，把大家的思绪带回到从前那个艰难困苦的年代。没有任何机械设备，运输队两次克服高原高寒缺氧的困难，每次运送 200 万公斤的粮食到拉萨，历尽千辛万苦，还要付出 30 人的生命，400 余匹骆驼的代价。然而，一个多月的艰难跋涉，运送的粮食，相对于拉萨十多万居民的生活，无疑是杯水车薪，根本无法保障。慕生忠将军深入集市了解到，粮食及日常生活必需品的价格高得出奇、离谱：一斤牛粪需要三块银圆，一斤面粉要四块银圆，一斤青稞值五块银圆，一斤食盐价值七个银圆。非常直观地再现了拉萨当时物质极端匮乏的境况。像这样浓笔重墨的细节性画面，在整部影片中还有不少，为将军立志修筑青藏公路，保障基本供给做足了铺垫，也使人物形象更加丰满。一位传奇式的英雄，在大家的心目中，必定是粗犷豪迈、气吞山河的，然而，他却心细如发，有着难以言传的内敛与柔情。他的人格魅力，不是通过说教，而是通过一些细节得到淋漓尽致的表现。

影片以慕将军带领军民修筑青藏公路为明线、主线，真实、生动地再现了“格尔木之父”和“青藏公路之父”的丰功伟绩。整个过程跌宕起伏，在各种资源严重不足、高寒缺氧的条件下，修筑一条长达 2100 公里的公路，仅靠 1200 多人的力量，是何等艰难的任务。为此，慕将军绞尽脑汁，颇费思量。名义上是军队筑路，实际上将军所带的军人极其有限，与“光杆司令”无异。在招募人员的过程中，他用自己的忠诚和智慧，以自己的人格魅力留住了骆驼客，更为难能可贵的是，把以抢劫为生的土匪，改造成筑路大军中的有生力量。在世界屋脊，修筑公路，无先例和经验可循，困难重重；对于一群人生地不熟的外地人，可想而知，更是难上加难；而筑路队伍人员构成极其复杂，仅仅依靠军令显然行不通。因此，人的因素，就成为解决所有问题的第一抓手。慕将军审时度势，用真情真心温暖并感动了大家，不但留住了人心，还达成了共识，众志成城，使所有的困难迎刃而解。用七个月零四天的时间，竟然打通了青藏公路，创造了一个人间奇迹，树起了一座高耸云霄的丰碑——天路。

在值得大家记忆和回味的筑路历程中，影片穿插了一对蒙古族和藏族青年的爱情故事，无论真实与否，对于调节气氛、心态，杜绝单调、枯燥，减缓视觉与心理上的疲劳，都有很好的作用，值得称道。同时，展开了（西）康（西）藏公路、格（尔木）敦（煌）公路两条暗线、辅线，避免了场面和情节上的机械与重复。社会生活实践证明，在任何时期、任何地域，纯真的爱情都是存在的，也是值得人类传颂、讴歌的永恒主题。新中国成立初期，物资极度匮乏，百废待兴，基础设施建设，特别是公路建设对于保障人民生活，巩固人民政权，实施有效管理有着极其重要的现实意义和历史意义。青藏公路的建成，打开了西藏与内地联系的通道。不仅是人类创造的奇迹，更是人性辉煌的写照。

看完整部影片，我的感触异常深刻。

影片表现了一种崇高之美。在突出表现慕生忠将军崇高的英雄主义和“侠骨柔肠”情怀的同时，积极把爱国主义、现实主义与浪漫主义电影艺术表现手法相结合，还最大限度地展现了大美青海的戈壁、荒漠、溪流、雪山……把青藏高原的广袤辽阔、雄浑粗犷等崇高之美，与气吞山河的大无畏英雄主义精神有机地融为一体，使英雄人物的性格、气质与大漠戈壁、高原雪山交相辉映，相得益彰。个人认为，这种表现方式，类似于音乐多声部有机结合的复调形式，行云流水，七彩斑斓，波涛汹涌，铺天盖地，让我们目不暇接。既是格尔木的史诗，又是英雄的传奇，更是大美青海的强劲展示。

影片充满了正能量。艰苦奋斗，不怕牺牲，人定胜天是影片表现的一个极为重要的主题。在筑路过程中，尽管遇到了不少艰难险阻，但是，筑路大军始终是前赴后继，高歌猛进，踏歌前行的。影片通过一些细节画面，从侧面把格尔木的昆仑玉、野生黑枸杞呈现在世人面前，不露痕迹地撩起了柴达木“聚宝盆”的神秘面纱。格尔木，既然是河流密集的地方，作为“三江源头”的地位就顺理成章地令人信服！从感性上来看，影片的确给大家带来了视觉和听觉上的震撼，从隐喻的意义上来讲，丰沛的地表水与地下水、昼夜温差大、日照时间长，也为高质量枸杞、藜麦产出提供了得天独厚的自然条件，肉质鲜美的牛羊，也撩拨刺激着每个人的味蕾。对格尔木，对青海是一种无声的宣传与推介。不能不说，有限的时间、空间，容纳了出人意料的内容，在历史与现实之间架起了互通的桥梁，说其有博大的胸襟毫不为过。通过主题与线索，情节与细节，弘扬了正气，使正能量不断得到提升。剧组人员真的是匠心独运！

影片演绎了一曲优美的人道主义赞歌。其中有不少细节，意味深长。比如，慕将军收养了一名哈萨克孤儿，并与他建立了一种深厚的情感，他管慕生忠将军叫“父亲”，就是出自内心真情的见证。比如，在抓捕了土匪“二当家的”，许多深受其害的骆驼客，义愤填膺地要杀死他，慕将军却给了他一次生存的机会，希望他浪子回头，洗心革面，改邪归正。虽然他一直干的是抢劫的营生，甚至袭击了运输队，造成了人员伤亡，罪不可恕，死有余辜。但是，干土匪的营生，也许并非出自本心，是艰难困苦的生活逼迫出来的。佛家有偈云："救人一命，胜造七级浮屠。"任何生命，都是自然的造化，有存在的理由，任何人无权剥夺；土匪"二当家的"，在月夜引诱慕生忠将军的细节，其实是考验慕将军的胆识、气魄，从而使他下定决心，跟着将军干的必不可少的片段；还有，当公路修筑到羊八井，眼看着马上要到达西藏，全线贯通的时候，他忐忑不安地去找慕将军，得到"路正"这个"赐名"时欣欣然的样子，意味深长，既说明他的本质尚好，良心并未泯灭，同时，也表现了慕将军的慧眼识人。

影片让我感到，信仰的力量无穷无尽。骡马组组长齐天然与慕生忠将军关于身上伤疤、各自一段经历的对话，更是让我浮想联翩。原国民党少将师长齐天然在解放战争期间，毅然率部起义，投身革命，提供了大量的军需物资，为人民解放事业做出了自己应有的贡献。现在，依然像许多革命战士一样，不怕吃苦，不怕牺牲，默默无闻地奉献着自己的青春。而在枪林弹雨中出生入死的慕生忠将军，身上有许多伤疤。用他自己的话来说，"一道伤疤，就是一枚勋章。"更为难能可贵的是，当中央红军到达陕北吴起镇的时候，他带领自己的部队亲自迎接了中央红军。当时，陕北红军顾虑重重，一些指挥官对中央红军持排斥态度，还有一些指挥者认为，中央红军经过长征，人员损失不少，力量不如陕北红军强大，非常不情愿把陕北红军的领导权交给中央。而慕生忠将军，在东北、华北相继沦陷之后，从民族生存的大义出发，义无反顾地支持中央，支持红军北上"抗日"，毫无疑义，他是一位坚强的爱国者，称得上是民族英雄。仅仅这一点，就充分说明，他是一个有全局观念和大局意识的领导者，是一位名副其实的共产主义战士。下级服从上级，全党服从中央。这是党章规定的内容，也是每个党员必须具备的基本常识。从影片的大背景而言，修筑青藏公路，是为了能够把物资及时运进西藏，是为了保障拉萨军民的生存与生活，是为了巩固人民当家做主的政权。慕生忠将军面对骆驼客因为修路可能会死人，纷纷准备离去的场景，斩钉截铁地说："修青藏公路会死人，而不修公路，死的人会更多。”他清楚，修筑青藏公路就是一场与天斗与地斗的战争，与“愚公移山”出于太行、王屋挡住了出入之路的“私心”不同，慕将军筑路，完全出于对党对人民负责的“公心”。尽管修路“没有硝烟”，却不比战争容易、轻松，戈壁荒漠中的风沙，高寒缺氧、沼泽冻土……一切艰难险阻都阻挡不了他的决心，越是艰险越向前。这就是对共产主义坚定信仰滋生的生生不息力量的源泉！有信仰的人，无所畏惧，是幸福的，也是不可战胜的。

影片从整体上而言唱响的是新时代民族团结进步的主旋律：五十六个民族，是祖国大家庭中不可缺少的分子。汉族离不开少数民族，少数民族离不开汉族，各少数民族之间也相互离不开。大力弘扬了人民军队“一不怕苦，二不怕死”的英雄气概，对于今天生活在物质充裕时期的消费型青少年无疑是清醒剂，具有振聋发聩的作用。

影片不但讴歌了筑路“大军”创造了人间奇迹，铸就了一个时代的辉煌，还通过慕生忠将军对待巴特尔、拉姆，土匪“二当家的”，对待家人的态度，采取不同的方式方法，塑造出了一个有血有肉、有情有义的复合型人格，避免了空洞的说教，克服了英雄人物扁平化以及高大上的问题。

金无足赤，人无完人。影片有很多值得肯定与称道的东西。略显美中不足的：一是因为再现和表现的内容过多，镜头转换频繁，突兀，让我有凌乱之感；二是把一些 20 世纪 80 年代之后才发现与走进百姓生活的元素，比如昆仑玉、黑枸杞，采用了“时光倒流”之法，让它们在过去的历史中出现，过于牵强附会。如果把它们放在结束曲中予以恰当地展现，效果也许会更好！

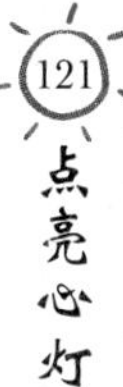

第四篇
人生二重奏

序 言

（一）

对人生问题的探讨，从古希腊迄今，已经有几千年的历史。人的一生，一般“不过百年”。以年龄来划分，不外四个阶段：婴幼儿时代、青少年时代、中年时代、老年时代。在同一个阶段，有着大体相当的认知范围与求知意向，相比较而言，每个人的认知程度却有着很大的差别。在雅典，戴尔菲神殿镌刻着两行字，第一行是“认识你自己”，泰利士认为这是人生最难的事，苏格拉底则常常以此自省，并实现了希腊哲学的“人类学转向”，他一生都在告诫人们：“未经省察的人生是不值得过的”，当是最好的诠释。第二行是“凡事勿过度”。神的完美，使人仰慕，以至成为人们顶礼膜拜的对象。神殿里的话，岂非隐喻神的旨意？对人必定有着深刻的影响。

（二）

如果对人生进行沉思，真正回到自身，不难发现，认识自己确实很难。生命是自然造化的奇迹，人作为唯一的一种精神性生命存在，则是这奇迹中的奇迹。科学认为，人是由亿万个游离的原子以复杂而又奇特的某种方式聚集在一起而形成的，但是，任何一个组成他的原子都是没有生命的。地球上的普通物种只能延续大约 400 万年，而人类的根源却要上溯至 38 亿年之前。任何在地球上幸存下来的生命，都极其微妙。比如，我们熟知且早已灭绝的恐龙，仅仅是其中的一种。因此，人类无疑一种令人难以置信的奇迹中的奇迹。人这种存在，与其他生命物相比，具有极大的可塑性（动物只是适应环境，而人则在一定程度上可以改造自己周围的环境），人类强烈的求知欲望，使人掌握的知识不断充实和丰富（但是，人不可能穷尽知识），由于知识左右甚至决定着人的行为，从而使人的可塑性增加了更多的变数。知识的无限性、不可穷尽性，一方面对于充满强烈好奇心和求知欲的人，具有更大的诱惑；另一方面，也只能使人至于"知不知，为知"的真实境界。穷尽知识的奢望永远只是人类一厢情愿的"单相思"。就求知的实际情形而言，个体的行为无异于"坐井观天"，人类的行为只能是"画地为牢"。亚里士多德在他的《形而上学》一书中开宗明义地说："人类天性渴望求知。"求知，不是所有动物的本能，是理性动物（人）对自己提出的要求。因为，人这种自认是天地间最高级的智能动物所不知道的东西太多了，要消除自身的局限（从根本上说，这是不可能的），改变人类的现状，必须借助知识这个有力的工具。

由于在人的身上和心里，隐藏着诸多的变数，所以，对人的认识与定义就非常困难。每个人都因自己的特点而成为自己，但是，这个特点并不是绝对的，而是相对的、变化的。形成这个特点的正反两个方面的因素也是可以转化的。任何人都有自己的长处和短处，一个人最大的优点有时会演变为致命的弱点，一方面的局限恰恰为另一方面向纵深发展提供了可能。尺有所短，寸有所长。辩证法无处不显示它的威力。随着一个人阅历的增加，经验的丰富，处世的方式方法也会发生改变。有时，读了一本书，经历了一件事，或者看了一场电影，就会疑窦顿释，豁然开朗，幡然醒悟，就与以前的自己有了一些不同，甚至会有很大的不同。人，是用心灵去体验和感受一切的，然而心灵是骚动不安的，就像激流穿越险滩与暗礁，会使方向和力度发生很大的改变，从而使心灵的感受和体验稍纵即逝。就是说，任何的体验与感受都是瞬间的事，不会持久，更不可能永恒。这无疑增加了人对事、对物、对自己认识的难度。"存在主义哲学之父"克尔凯郭尔就不无感慨地说，对每一件事物对我来说都是难以理解的，而最不难以理解的是自己。人，永远不满足于自身现状和处境的原因，是因为与神的完美相比，还有很大的差距。这就注定这种现状与处境是要不断被超越的，“超人”概念的提出，就是人性对神性的向往，就是人趋向完美之梦想的表达，就是崇高理想驱动所开辟的一种途径。但超越自我，必须以认识自我为前提。

至于做事不要过度，也是非常不容易做到的。任何人做事，总要受自己性格、习惯的限制，心境、情绪、经验、阅历的影响有时也难以排除。赫拉克利特说过：“一个人的性格就是他的命运。”性格的改变既困难又缓慢。习惯，被认为是作为过去经验的结果而形成的，我则以为，它是迎合、媚俗的偏执，有时也表现为与众不同、独树一帜、“标新立异”的作秀。无论是偏执，还是作秀，习惯，本身就是迎合大众的一种心理。如果不能很好地调控自己，心境、情绪也会使人背离正确判断的标准。有人说过，任何一个人，要想完全不顾前人的经验，一切从头做起，那是不可设想的；在总结经验的时候，要想完全不顾前人的理论，在空白的基地上独自建立全新的理论，也是不可设想的。无论前人的经验，还是自我的经验，从根本上来说，只对曾经发生过的一切有用，对即将发生和以后发生的事也许没有多少借鉴与指导意义。历史绝不会“重演”！类同的事情可以再次发生，完全相同的事情却不可能发生两次，因为，条件和因素已经发生了很大的变化。人不可能两次踏进同一条河流。但一次能踏进同一条河流，一次能踏进两条甚至于两条以上的河流吗？人，在认识外在和内在两方面都有很大的局限，却极端地认为自己是这个世界的主宰，是衡量万物的标尺，在自以为是，自作聪明的误区里故步自封、固执己见、沾沾自喜。在宇宙中既找不到自己的位置，也摆不正自己的位置；有“超人”的梦想，却永远超越不了自身的限制。

人是由高傲的灵魂，自由的精神，堕落的肉体组成的统一体。灵魂渴望不朽，精神要求自由，肉体却会衰亡、泯灭。灵魂、精神、肉体各有其表现的形式。但在人这个统一体内，它们三者极难达到默契、和谐、统一，在相互的对峙中，在没有硝烟的战争中，在永不停息的抗衡中，此起彼伏、此消彼长。因此，使我既有多面性，也有可变性；有时我是我，有时我又根本不是我，我找我时找不着；有时我是灵魂我的显现，有时我是精神我的显现，有时我是肉体我的显现；有时我是它们相互折衷、妥协的混合体。深陷于诸多顾虑和重重矛盾中的我做任何事，在心态、行为上很难保持平和与适度。

其实，神殿里的两句话，有着深刻的内在逻辑关系。认识自己是做事的前提，但是再深刻的认识，也不如脚踏实地的行动重要。沉溺于个人的嗜好，执迷于设定的目的，也许可以使人达到专注和忘我的境界，这境界，令人向往，有多少人梦寐以求尚不可得；这境界，对于追求知识、探究世界的奥秘非常有用，但也有迷失自我的危险，也会使自己跌入“过度”的深渊。当事者“不识庐山真面目”的原因，也许只有旁观者道得明，说得清！

（三）

有人说，人生之路漫漫，遥遥无期；有人说，人生恍然如梦，如白驹过隙；有人则说，人生是一场永远没有谜底的游戏。由于参照系的不同，结论自然迥异。与宇宙的绝对、永恒相比，人生的有限、短暂是显而易见的；站在人生的任何一点，或者人生的任何阶段来看人的一生，其道路漫长又是不言自明的；至于说人生是没有谜底的游戏，是因为无论怎样奋斗、追求，任何人到人生的终结，仍然有着诸多的迷惑与缺憾！

无论人生短暂还是漫长，活着是第一要求，但不是唯一的要求，生存，是所有动物的一种本能。人，绝不满足于活着，怎样活着对人才有非常重要的意义。从人的实际出发，所有的人把为什么活着，当作人生的目的，这应该是不错的。有的人把幸福、快乐当作人生的目的；有的人则把创造、贡献当作目的；有的人聚焦于物质的满足和享受，有的人重视精神的愉悦与丰盈，有的人看重灵魂的净化与升华。这是，杰出者与平庸者的区别，攫取者与奉献者的差异，世俗者与超越者的分野。每个人都有自己的梦想，都有自己的活法，其他的人对此可以有自己的看法，但是，却无权干涉。人在满足了活着的必需条件之后，会滋生其他的需要。人与其他动物有着本质不同的原因恰恰是，他不能也不会停留在生存的层面，满足于物质的占有或者享受。物质的富有，并不能保证精神的充实。精神的无聊，是可怕的无聊，灵魂的空虚，是终极的空虚。精神的追求，灵魂的探索才是人的本质所在。对外在的追求，是人的要求，但它只是生理机能的实现；对内在的追求，是人的根本要求，是自由精神的延伸和拓展，是灵魂的飘荡和张扬。精神的超越是真正的超越，灵魂的拯救是终极的拯救。

人，不是一架复杂的生理机器，人生，不是这架机器的机械运转。“三位一体”的人，物质的需要是基本的保障，精神的充实尤为重要，灵魂的安宁才是关键。从灵魂的角度来看，物质是精神的桎梏，是灵魂的牢狱；从物质的角度来看，精神是物质的驱动者，灵魂是物质的主宰，物质是灵魂的奴仆。人需要的东西比自然界实有的、能够提供并可直接和间接使用的东西多得多。人，在温饱得到保障后，还有安全的需要、尊重的需要、爱的需要、审美的需要、自我实现的需要、信仰的需要等，而这些需要，大多数已超出了自然物质的层次，属于精神财富和灵魂生活的范畴。人只有在精神生活的领域才会追问为什么活着？开始了对生命意义、价值的思考、探寻。灵魂的探究，则把触须伸向终极，追问我从哪里来，要到哪里去？于是产生了求本溯源的动机，对人生真相的揭示，当然也少不了对最终归宿的描述。对永生、不朽的猜想，根本是人类超越自身局限，作为“行者”，始终能够走在至真至善至美之路上的一种崇高信仰。

（四）

关于人类的起源，在神话传说与各种宗教教义中都有比较接近的朴素解释，即人乃神造，人的基本构成元素为：世俗界的泥土和超然界的“灵魂”。人，其物质形态来自尘土，最终也必将回归到尘土；灵魂，来自永恒的上帝，它必将在宇宙中永存。这种“来龙”受启于“去脉”的诠释，使人的来源与归宿得到了能够自圆其说的圆满答案。人类生生不息，并不单纯指世代的更替、物质的绵延，实质是指精神的“永续”继承与发展、灵魂的永恒拯救与安宁。从哪里来，再到哪里去，“叶落归根”是大众最为信服而且容易接受的“理论”。它在人的心目中，胜过科学结论。比如，科学认为，生命起源于海洋，人类的祖先大约于2亿年前由海洋转入陆地生活，人最终由猴子进化而来。善于思考的人们不仅要问：为什么有些猴子至今还是猴子，而没有进化为人？猴进化为人需要哪些条件？还可以再问，但许多问题由于人类自身智慧的缺乏、条件的限制，从而使科学的解释显得苍白而又无力。在这个意义上来说，科学所揭示的真理，只是人对真理（本真存在，或者柏拉图的理念）的感受，是对真理的印象，与真理本身还是隔了一层。

（五）

对人而言，人生有一些根本和基本问题需要弄清，比如生与死、灵与肉、爱与恨、轻与重、战争与和平、宗教与科学，等等。只有这样，人在改变自身现状、提高生活质量、有意义活着和不断超越自身的过程中，才会把握住正确的目标和方法。但事实上，对这些问题我们根本不可能彻底弄清。关于人性和人的本质，至今仍然众说纷纭，莫衷一是。人之多种多样，且并非一成不变的需要，怎么可能满足？人与人的不同以及际遇的差异，使他们的需要，对人生问题的认识、看法也不可能同日而语，岂能一概而论？

如果人生的诸多问题得到圆满的解决，或者有一个公认解决的模式、标准，人的一切需要无一例外地得到满足，人就会失去追求的动机、梦想的空间、精神的自由。人将会成为什么样子？我们也难以想象人类的生活以及怎样去生活！如果可以想象，那么，人类的生活必定会以规范化的标准模式，有定论的公案形式永久封存。那绝不是人所想要的、所希求的生活，这样的生活，绝不是历史的精粹，而是历史的尘埃。由于每个人看问题的出发点不同、角度不同、目的不同，关于人生的意义、价值，也可以说是“仁者见仁，智者见智”，“公说公有理，婆说婆有理”。怎么可能得出一个“放之四海而皆准”的结论呢？

正如蒙田所言："生命的用途并不在长短，而在我们怎样利用它。许多人活的日子并不多，却活了很久。……你活得够与否，全在你的意志，而不在年龄。"人生有长度，也有厚度，更有深度。长度是人生的时限，寿命的长短与生命的意义、人生的价值并没有必然的联系，与生活质量的高低并不一定成正比；人生的厚度是纵向于后人而言：其影响的长短、远近；人生的深度则是横向相比：其精神的丰盈深刻程度，以至灵魂升华所达到的境界。下面，我们将循着这一思路，展开对有关问题的探究。

生与死

所有的生命物都是大自然的神奇造化，在大自然中处于平等的地位。人，作为一种生命物，与其他任何生命物并无什么特别之处。人把自己当作万物的主宰，衡量一切的标准、尺度，受欲念的诱导、支配，由此产生了罪恶。人一生遭受的不幸、苦难等，是在为自己赎罪。

所有的生命物有生有灭。活着，曰生；死去，为灭。生，是为死而准备，生命从诞生开始，就一步一步向死亡迈进。死是趋向，是归宿，是生命最终的目的。

生，是死的开端。死，是生的结果。这是定数，任何生命无法回避，也不可能逃脱。长寿也好，夭折也罢，没有不死的生命，生命也没有永生和不朽的。死，是把生带进永恒的虚无，是生的绝对寂灭。正是死的虚无，彰显了生的存在与真实；没有死的阻隔，也就没有人生的过程与人生活的历史。

（一）生的形式——活着

关于生与死的明确提出和探讨，从古希腊至今，已有五千多年的历史了。柏拉图在他的《斐多篇》里对死与真知做了具体的阐述和议论，并提出了“哲学就是（一种）死亡的练习”的观点。蒙田则直截了当地探讨，哲学就是学习死亡。西塞罗认为，哲学不是别的，只是准备死。这些观点不能不引起人们的关注与重视。纵观哲学史和人类思想史，我们不难发现，从很早的时候，人们就把哲学界定在人生的范畴，也就把哲学作为人生的最高境界和人生追求的最高目标。孔子说：未知生，焉知死。世界范围内的大多数积极乐观的入世哲学（古希腊、古罗马哲学除外）都教导人只需关心生，重生轻死，乐生安死。而消极悲观的出世哲学则把死放在与生同等的地位，甚至更加重要的地位来加以考察。弗洛伊德就认为，生的欲望与死的欲念都是人的本能。当代哲学家周国平则从与孔子截然相反的角度提出：未知死，焉知生。在他看来，死，对于人生是非常重大的事情，死是生命的绝对毁灭，从中不可能发掘出任何正面的价值。但是，思考死，对于生却是有价值的，它使我们能以超脱的态度对待人生的一切遭际，其中包括作为生活事件的现实中的死。不论出发点与落脚点在哪里，生与死无疑是人首先要考虑的问题，也是人生的根本问题。

生，我认为至少应包含三层意思：一是出生；二是活着；三是有目的地活着（即怎样活着，这一条最为重要）。“人是被抛到这个世界上的。”是说，任何一个人来到这个世界，来到某一国度，某一家庭，都是非常偶然的，没有必然，也没有绝对。这就是说，对做父母的而言，哪一个“你（子女）”来到他们的家庭，他们没法选择；对任何一个“我”而言，出生在哪一个国度与家庭，自己也没有选择的权利。任何一个具体的我的命运，都掌握在上帝的手中，都是他玩游戏、掷骰子的结果。但凡来到这个世界上的每一个人，都有绝对的理由和根据，条件是充分具备的。出生、活着，是“生”的表现形式。一个没有出生的人不可能活着，一个没有活着的人绝不可能是在生，一个曾经活着的人是曾在生，不是现在生，一个曾经出生的人也不见得是在生，只有一个曾经出生而又活着的人是在生。所谓“人生”，是指人的一生，即一个人从出生到死亡的整个过程，依实质来看，既包括“生”，也包含“怎样生”。从过程的开始（出生）看，我们不知过去，从过程的结束（死亡）看，我们不知未来。我们所能拥有的，只有包括过去、现在和将来这个“生”的过程。

叔本华说过，人生摇摆于痛苦与无聊之间。这个判断非常片面，因而有很大的局限，我不敢苟同。尼采说，人生是一个试验。是试验，就可以参与，可以感受，可以体验。问题是，试验可以重复，人生可以重来吗？因此，我也不想恭维。但我确乎相信“人生在苦与乐中摇荡”，在生与死之间挣扎。在面临死亡威胁时，人有求生的欲望；在生的痛苦、烦恼面前，人也有死的欲念，甚至行动。没有挫折、苦难，你感受不到幸福、快乐的滋味。祸兮，福之所倚。这是“身在福中不知福”；没有幸福、快乐，你无法理解挫折、苦难的价值。福兮，祸之所伏，这是“否极泰来”。德国有句谚语：一次不算数，一次等于什么也没有，只有一次的人生等于未尝活过。倒是有着非常深刻的道理，因为仅有一次，所以就没有参照系可以用来比较，也就无法检验究竟是哪种生活方式更为正确。因此，有人把人的一生比作是一张永远不能成为正式作品的草稿，是一场永远不能登上正式舞台的彩排，倒是非常恰当和贴切。只有一次的人生，大约百年左右的光阴（当然，现代医学，生物工程，通过器官移植、克隆、基因重组，等等可以使人的寿命得到最大限度的延伸，但这种延伸也是非常有限的），即使寿命很长的人，也总共只活大约 100 万个小时。相对于宇宙的绝对与永恒，跟没有，跟“零”有什么本质的区别？无，可以生有，有，必走向无，最终归于无。就像“生”，从一开始，就趋向死，最终以死结束，了无痕迹。

（二）生无目的，但有意义

1

单就活着的人来看，又各有不同，这取决于活着的目的。柏拉图与亚里士多德认为，所有的存在物在宇宙中都有它的目的。但是，经过后代哲学家的长期探索，却得出了一个令人失望和尴尬的结论：人生是没有任何目的的旅行。既然人生没有目的，所能拥有的，只有这个旅行的过程，人总不能坐以待毙，等死寻上门来。死，既不能回避，也不可能逃脱。由此看来，人，只有对过程的选择。对过程的选择既是手段，其实也是目的。正如史铁生所言，一个只想使过程精彩的人生是无法被剥夺的。

2

对死亡的恐惧是人类共有的心理活动，这是敬神的起源（神是永生的、不朽的）。死亡，不仅仅是毁灭，也是难以想象和无法承受的虚无。活还是不活，是困扰人的大问题。活着，是一回事，怎样活着，是另一回事；死，是一回事，怎样对待死，又是一回事。作为理性的动物而活着，人总得有所为。正是我们的所为（比如，职业、事业、工作等），转移了目光的焦点，分散了注意的对象，从而使我们很少有闲暇顾及死亡。这也不失为消除死亡恐惧的一种方法。然而，随时会到来的死亡，常常威胁着人的存在，正如贺拉斯所言："死袭击我们的方式何止一端？没有凡夫能够预防那时刻来临的灾殃。"只有一次的人生和不可逃脱的死亡，使人们不得不展开认真的思考，因此，引出了人生的意义问题。周国平认为，对意义的寻求，是人的基本需要。当这种需要找不到明确的指向时，人就会感到精神空虚；当这种需要有明确指向却不可能实现时，人就会有受挫之感。对大多数人来说，这种需要因为认识的不同，知识的局限，其指向有着很大的差异。有的人为家庭而活着，于是，便有了"孝子""慈母"；有的人为国家、民族而活，于是，便有了"英雄"；有的人为职业（或者事业）而活，就有了各种各样的专家和学者；有的人为名利地位而活，于是，就有了高贵和贫贱的区分，就有了权贵和寒士的不同，就有了成功者和失败者；有的人为"爱"而活，就有了"情痴"、"情狂"、"情魔"和慈善家；有的人为理想、信仰而活，于是，就有了种种"主义"和宗教的倡导者、实践者。因此，可以说，人生的意义并没有标准的答案，也没有固定的模式。意义，因人而异，因理解的方式方法、渠道、途径不同而不同。

不少哲人认为，人生的意义是人自己赋予的，思考人生的意义，本身就说明了意义的存在。退一步简单地说，怎样活，怎样死，和为什么而活，为什么而死，就是人生的意义所在。通常认为，寻求生命的意义有三种途径：一是创造，以实现内在的精神能力和生命的价值；二是体验，借爱情、友谊、沉思、对大自然和艺术的欣赏等美好经历获得心灵的愉悦；三是肯定苦难本身在人生中的意义，比如，苏格拉底、耶稣就不愿放弃“最后的内在自由”，以尊严的方式承受苦难，这种方式就是“一项实实在在的内在成就”，这种苦难本身就昭示着深刻的意义。受儒家文化的深刻影响，我国几千年封建社会形成了一种传统观念，认为人生最大的价值，最重要的意义就在于达到“不朽”。达到不朽的途径被认为有三条，即“立德、立言、立信”。每个人活着，都有他自认的目的（在大多数情况下，目的被认为是与价值和意义相通或者相同的），从这个角度来看，每个人都是一个人生哲学家。尼采曾说过：“一个人知道自己为什么而活，就可以忍受任何一种生活。”如此一来，从人的思想与行为分析，人生的意义就有了两种截然不同的趋向：一种指向身外的资源，崇尚物质的拥有和享受；一种向内，指向精神的丰盈和灵魂的安宁。所有的物质财富是暂时寄存在我们这儿的，我们生不带来，死也不能带走、谋事在人，成事在天。财散财聚非一己之力可为，生死富贵也由诸多的偶然联系成一种必然。对人而言，作为一种融物质活动、精神活动为一体的生命物，精神财富才是真正属于我们所独有的财富，因此，精神的追求对人才具有真正的意义。

3

从表象看，人是一种生理性存在，对物质的需求似乎根深蒂固；从实质来看，人根本是一种精神性存在，这正是人与其他生命的区别所在。是物质的存在掩盖了精神的存在，是精神的存在支撑了物质的存在。从自杀行为进行分析，这一点不言自明（精神的我可以毁灭肉体的我）。是精神的存在，制约着肉体的存在。人实现各种欲念的动机、行为，起源于物质的诱导，决定于自由的精神，但是，人对于自己的作恶、犯罪所有的羞愧感和负疚感。一个人的动机，别人是没有评判的根据的。良心的审判，其审判者与被审判者只能是人自己。人生的意义怎么能从人之外找到呢？这意义由精神所产生，必由精神来实现。史铁生在他的《病隙碎笔》中就说过："生命的意义本不在向外的寻取，而在向内的建立。那意义本非与生俱来，生理的人无缘与之相遇。那意义由精神所提出，也由精神去实现，那便是神性对人性的要求。"

无论我们如何认定生命的意义与价值，并循着这种认定去活着，而活过，当死亡之神降临时，无论高贵者还是贫贱者，仍然有着许多的缺憾，这说明人的需求是多向的拓展、多维的建构，根本不可能满足。人的物欲没有特定的指向，也没有终极的目标，因此，不会止步于一隅。任何人不会停滞于某一种需要的暂时满足，其实，不论位极人臣、权倾朝野，还是身为“九五”之尊，人的欲望根本没有满足的时候；精神的追求也不是单一目标的达成，而是一系列目标的实现。所谓“欲壑难填”，在我看来，是一个中性词，并非是贬义词，它非常精确地说明了人对物质与精神追求没有止境的实际。欲望，是生命的卫道士，是精神得以不断超越的动力之源。一个欲望的满足，意味着另一个欲望的产生。人，既是欲望产生的主体，也是欲望实现的客体。人生，就是欲望不断产生，不断实现，不断否定的过程。是欲望诱惑着精神，驱动着精神；是精神抉择取舍着欲望，控制调节着欲望，并决定着欲望实现的方向和途径。

4

在搞清“生”的意义之后，还得明白“生”的特征与本质。生是受苦，生是刑罚吗？圣经中关于普罗米修斯、西西弗斯、潘多拉盒子的故事，象征着人生就是受苦受难。换句话说，就是：人生是在永恒的苦难之中。我对此持怀疑的态度。大多数宗教都相信人生是一次苦旅，然而，人生之苦出自人的欲望。倘能灭断欲望，苦难就不复存在。这就预设了一种可能，生命中的苦难完全可以消灭，它的前提是断念。即消除所有的欲望，不存任何尘世的念想。智者有言：人有一种坏习惯，记得住倒霉，记不住走运。应当说，这才是人生苦难的真正原因。赫伯特·马尔库塞明确指出：记忆的能力被引向回忆义务而不是回忆享乐。记忆与不幸和罪孽相联系，人们记忆的是不幸与苦难的威胁，而不是自由与幸福的许诺。事实上，人生的苦难与幸福是相辅相成的，没有苦难，哪里有什么幸福？苦难正是幸福的肇因。如果生是把人置于永远受苦受难的高岗，没有乐趣，没有幸福，谁还会留恋这人生！如果今生的苦难恰是来世幸福快乐的条件和原因，那么，为了来世的“极乐”（应该是每个人的终极愿望），可以想象，任何人绝对会舍弃今生今世所有的幸福快乐，心甘情愿地投身于各种各样的苦难之中。有目共睹，事实并非如此。这说明，人间不是地狱，也绝非天堂！人生并非是苦难的同义语，生活有苦的成分，也有甜的依据；也说明，即使有来世，对来世的地狱之苦、天堂之乐，人们持怀疑甚至否定的态度。然而，这种怀疑与否定又有什么依据来证明？除非受过地狱之苦的人，享过天堂之乐的人来告密。因此，这种怀疑本身就值得怀疑，这种否定我们也有理由予以否定。正因为如此，大多数人才把追求尘世的幸福快乐当作人生的意义和价值，这无可非议。

5

世界的神秘，往往以奇迹来展现。毋庸置疑，谁也不愿自己的一生是受苦受难的，在内心里，只有对好东西的企盼，都想使自己的一生过得愉快，活得幸福。可是又有谁一生得到的全是好东西？好与坏，并没有绝对的标准，而且它们是相互依存，密不可分的。有坏才能有好，没有好又怎么来界定坏？企盼，就因为它不是现实，就因为它还是梦想。说明这种无形的思绪有着一定的基础和根据，这个基础和根据就是：大千世界，无奇不有。自然的奇迹人类有时难以预料，也超出了我们想象的能力。对所有不可能的东西存在幻想，是因为我们始终坚信大自然会以奇迹的形式给我们以惊喜。然而，谁会对现实存在梦想？残酷的现实正是美好梦想的根源。

6

苦难与幸福，在时间上没有绝对的次序，在空间上没有绝对的界限。像约伯一样，默默地承受各种各样的苦难，便会时刻处于幸福之光的沐浴中。命运的宠辱对人本无幸与不幸。不幸、厄运、苦难只有在与之相反因素的感受对比中才被分离出来，一旦作为孤立的存在，它们也就失去了任何价值；它们只有回归人生的过程，融入生活的内容之中，方才显示出自己应有的价值。对人生而言，它们不但有价值，而且具有非常重要的价值。不经历风雨的历练，哪能有美丽彩虹的出现？挫折、不幸、苦难，犹如钢铁经过淬火处理，可以大大增强我们抗击抗压的能力。这是生活中的强者应有的遭际，这是受人敬仰者的必由之路。孟子曰：故天将降大任于斯人也，必先苦其心志，劳其筋骨，饿其体肤，空乏其身，行拂乱其所为，所以动心忍性，增益其所不能。在生活中，无论强者还是弱者，任何人也无法逃避尘世的苦难，所不同的只是量与程度上的差别，没有质与绝对的区分。苦难是人生的必有内容，它是为人生的幸福而存在的。正是它的存在，才为快乐准备了条件，才使幸福成为可能。人与苦难有不解之缘，这就是人的现状，这就是人的宿命。不断的苦难恰恰是不断幸福的原因。即使是最幸运的人，也有忧愁、烦恼、痛苦，哪怕小小的苦难，他也会认为是苦不堪言。苦难，是始终伴随我们的影子，或迟或早我们有与它正视的时候，侥幸逃避只是一种美好愿望和自由意志，永远不会成为现实。不幸的人时而与它遭遇，因而对幸福的感受最为深刻，就是别人认为最不起眼的幸福，他也会认为弥足珍贵，倍加珍惜。在人类历史的长河中，留下深刻影响的人，往往是一些经历过苦难、沉重打击，但并没有沮丧、颓废、沉沦的人。仔细想一想，因苦难而让我们时时想起的人可真不少：苏格拉底、孔子、耶稣、司马迁、贝多芬、爱伦·坡……伟大的受难者如同伟大的创造者（其实，许多时候，这两种品性熔于一炉，集于一身）一样，受到人们世世代代的敬仰，就在于苦难本身就是对意志的磨炼，就是对人格的考验，就是对精神的隆重检阅。苦难是人的宝贵的精神财富，所有人所承受的所有苦难共同构成了全人类的精神财富。承受苦难就是人的尊严和价值的体现。假若伟大的受难者，没有遭受过那些（那样）苦难，也许，我们根本不知道他们的名字和曾经存在过的事实（当然，这绝不是他们追求的人生意义和价值），正是他们承受苦难的方式方法，启迪我们如何对待苦难，引导我们思考苦难的价值。其实，真正承受苦难的并非是我们的肉体，而是精神。只有精神不垮、精神不倒的人，才能从苦难中发掘出潜在的价值，从而通过他们特殊的行为和方法体现出人的尊严与伟大。正如海明威在《老人与海》中所说："一个人并不是生来就要被打败的，你尽可以消灭它，但就是打不败他。"在这个世界上，真正的对手只有自己，因此，真正能够打败我的只能是我自己。无论我们愿意与否，所有降临的苦难我们都得被动地接受、忍受、承受，但承受苦难的态度和方式方法我们却可以自由地选择。

命运，不是逻辑推理的结果。在苏格拉底看来，社会的不合理之处在于，不是每个人都能得到与他的才能相匹配的位置。永远不会，这就是命运。这从一个侧面告诉我们，尘世的许多痛苦是人自找与自己认定的，庸人自扰的事在人间还少吗？苦难，对于人生本来就不会间断，人为的因素，更增加了烦恼的频率和苦难的分量。史铁生就明确指出："背运的时候谁都可能埋怨命运的不公平，但是生活……从来就布设了凶险，不因为谁的虔敬就给谁特别的优惠。"除过不可抗拒的自然灾难以外，人间还有诸多的苦难我们既难以预料，也无法躲避。比如生病、瘟疫、残疾、死亡。苦难既然不可避免，与其恐惧地逃避，还不如勇敢地面对，以尊严的方式承受苦难，正是人高贵品质的体现。陀思妥耶夫斯基说过："我只担心一件事，我怕我配不上自己所受的苦难。"苦难愈深，对幸福的感受就愈为真切，对人生和自我的认识、理解就更加准确、深刻，对自我的超越才成为可能。苏格拉底认为，苦难所能给予人的东西，远比快乐给人的东西要多。一个人所能承受的苦难大小，与他的人格、精神伟大与否成正比。透过苏格拉底的饮鸩、耶稣背负的十字架、布鲁诺的火刑，我们所看到的是人格和精神的伟大，但昭示给我们的何止一端？其实，苦与乐是相对的，人间哪里有绝对的苦难和欢乐？与罹难的人相比，受伤害的人是幸运的；与患病的人相比，没钱的人也是幸福的……依此类推，在人生所有的不幸与苦难前面都可以再加一个"更"字。任何苦难，不但不能把人逼上绝境，反而给人抉择和超越自我的机会。

抉择，就是一种价值的体现，人生，就是一系列价值实现的过程。弗兰克指出，即使处在最恶劣的境遇中，人仍然拥有一种不可剥夺的精神自由，即可以选择承受苦难的方式。人最大的优越性就在于他有梦想，他有精神的自由。周国平就肯定地认为，梦并不虚幻，它对人心的作用和它在人生中的价值完全是真实的。一个没有梦想的人，我们既看不出他活着的意义，也不能确定他存在的价值。梦想的存在使“追梦”成为可能，使“梦想成真”成为人们相互间最良好、最真诚的祝愿。周国平说过：“一个人通过承受苦难而获得的精神价值是一笔特殊的财富，由于它来之不易，就绝不会轻易丧失。”精神的自由和价值，是任何物质性东西难以剥夺的！

（三）生的主要特征：感受与创造

1

人的一生，是抱着享受快乐幸福的美好心愿的。但是，如果没有不幸与苦难作陪，没有不幸的悲伤，厄运的折磨，苦难的痛楚，快乐、幸福的滋味我们是无法真切感受的。因此，要享受快乐幸福，就得认可并承受厄运、苦难，没有绿叶陪衬的花有多少美感可言？没有山重水复的疑惑，怎能体会柳暗花明的胜境？

感受来自现实，它永远是鲜活的。只有在对比中形成的感受最为生动，最为深刻。任何人只能有一个（次）人生，你错过这一次，就永远地错过了。人生的短暂纷呈、丰富多彩、赏心悦目、美轮美奂，确实值得我们好好地享受。蒙田就把善于享受人生看作是至高至圣的美德。他说世界上一切意见尽在此：快乐是我们的目的，虽然方法各有不同；否则，人类在开始的时候便要把这种方法抛弃了，因为谁肯听信那把痛苦与悲哀当作我们目标的人呢？我们的最终目的，即使在道德方面也是快乐。

从人生的实际看，享受，不外两种：一种是物质的享受，一种是精神的享受。由于身体的孱弱，不堪重负，它只有对物质生活的期望，而精神的享受却不同。悲剧，对于身体是没有任何意义的，也不存在享受；但对精神的升华，灵魂的净化作用却是显而易见的。这种升华、净化，既是一种心灵愉悦，也是一种精神享受。物质享受，从本质上来讲，只是资源的损耗与消费，依然停留在较低的层次。享受人生的含义，不单纯指享受人生既有的一切物质文明与精神文明，更重要的是指，在享受这些文明成果的同时，还要生发开去，创造那人生尚没有但应该有的新内容，从而使人类享受的生活内容更加绚丽多彩，更加丰富全面，使人的多领域、多方面、多层次需求成为可能。

2

创造的享受最直接、最真切、最彻底。没有创造，人类就会永远停滞在诞生之初的野蛮与蒙昧状态，人类社会的内容与生活将是千篇一律，社会也就不会走到现代的高度文明。享受人生，其含义不是指片面地追求感受快乐、幸福等一切好的东西，而是同时也把不幸、厄运、苦难等人们认为不好的东西一起拉入精神，全面地加以认真感受。如果把一个人所承受的苦难从他的生活中剔除，同时也就把他的幸福剔除了。苦难与幸福是一对孪生兄弟，从起始就相互依存，这是偶然中造就的一种必然，其联系不能割断，如果割断这种必然的联系，任何一个都不可能独立存在。加缪就曾指出：苦难不是孤立的。只有把人生遭遇的一切全面感受时，才没有割断，没有取舍，才是在享受完整的人生。史铁生说过："梦想使你迷醉，距离就成了欢乐；追求使你充实，失败和成功都是伴奏；当生命以美的形式证明其价值的时候，幸福是享受，痛苦也是享受。"而这样的感受，只能来自坚强的精神，绝不是软弱的肉体所能承担得了的。

3

细想人生，无论富贵浮华，还是贫困潦倒，因为死亡的隔断，所有的一切，都成为过眼烟云。死，把我们最终带进绝对的虚无，死的平等淹没了生的不平等，使每个人的人生（无论是暗淡还是亮丽，是失败还是成功，是悲壮还是辉煌，是平凡还是伟大）一样烟消云散。站在这个角度，来看人生的好与坏，生活的苦与乐，命运的宠与辱，似乎没有什么本质的区别。

愿望，终究是美好的梦想，与现实有着一定的距离。谁能只要好的，而舍弃差的？人生所有应有的内容、精神，一概得感受、得思考、得承担，精神是兼收并蓄的收藏家，这正是它自由、宽阔、高远的原因。徐悲鸿有一句名言：人不可有傲气，但不可无傲骨。傲气，滞留于身体；傲骨，来源于精神，是精神的一个出路和指向。人，绝不是为身体的享受而活着，也不是为权力、金钱、名声、地位、面子等身外之物而活着。人是因精神而活，为精神而活的。诺贝尔奖，令人羡慕。其显赫的地位和声誉，显在的和潜在的价值，多少人梦寐以求，终生为之奋斗，尚且夙愿难偿，而萨特却拒绝接受。这说明自我价值与社会价值不能同日而语，也说明内在的精神需求与金钱、声誉等外在的一切有着本质的区别。死亡，是生理过程的终止，是个体之间的隔绝。但精神，正是由于死亡而得以代代相传，生生不息。精神的“我”远远高于物质的“我”。精神呼唤自由，灵魂祈祷安静。就在于精神可以梦想，就在于它有运用自如的“双翼”（既可做梦，也可想象；既可入世，又可出世）的支撑。

实现梦想的奋斗，不但是自由飞扬精神的体现，也是高贵超然灵魂获得安静的路径；梦想的达成，正是自由精神的实现，正是漫漫灵魂旅程的驿站。一个特立独行的人，正是由于他的自由精神的独一无二。唯有独立的精神，才代表着每一个真正的自我；唯有沉浸于精神生活的人，才摒弃了自己的动物性，才消除了低级的趣味，才配称为真正意义上的“人”！

（四）死是生命的最终归宿

所有的现实存在物都是有限的存在物，有限存在物都有其诞生、成长、消亡的过程。生命作为一种现实存在物，也不例外。在此，我们的本意只想就人类和个体的死亡展开探讨。探讨所有存在物的生成、发展与灭亡，是科学家的事。当然，作为一种知识，并非与我们无关，仅仅由于自身的局限，而不敢妄谈。人类，不是单色的，而是复色的。社会，是由各种各样的组织、行业构成的混合体。人人都是科学家的社会是不可想象的，甚至于是非常可怕的。但是，为了说明问题，有时，我们不得不借助科学研究的成果，借助知识这个重要有力的工具。弗洛伊德认为，人不仅有生的本能，也有死的本能。这两种本能在一个人的一生中争斗不息，互有输赢、胜负。但死的本能最终将占据上风，使生命个体走向死亡，走向毁灭，这是人的一种必然归宿。普鲁柏尔斯说过："任你怎样周密地戴钢与披铜，死亦将从你的盔里把头颅拔去。"必然，是说，无论每个人采取什么方法与措施，都不可能获得永生。

不朽的肉体谁曾见过？精神的永存我们可以真切体会，而灵魂的永生则是人类最美的猜想！人类历史上孜孜追求长生不老的人很多，可又有谁，达到了梦想的目的？即使最有权威的帝王，极尽所能，也没有一个活到"万岁"。永生，岂不是奢侈的妄谈？尘世，既没有智慧树，也没有长生果。方士，作为一种炼丹职业，由于"长生丹"（习惯上称之为"仙丹"）的无效，早已退出了历史的舞台。就是今天的克隆、基因重组也不能使人不朽和永生。

关于永生与不朽的见解东西方有着明显的不同。钱穆认为：一是西方人所说的不朽，是指死后到另一个世界上去，中国人所说的不朽，则是指死后依然留在这个世界内，即一个人死后，他的道德事功言论仍然留在世上。所谓留在世上，则只是指留在后人的心里；二是西方人求自己死后的灵魂在上帝心里得到永生与不朽，东方人则希望死后，其生平事功思想留在亲属、朋友、子孙后代或者他人的心里而得到不朽。

高寿与夭折也是相比较而言，哪里有衡量的绝对标准？鲁克烈斯言之凿凿："任你活满了多少世纪，永恒的死仍将期待着你。"无论寿命是长是短，人总难免一死，终归以死了结；归宿，是说，它是每个人最终的住所，一旦进入，就会凝滞，从此，人再无"漂荡"的可能。死亡，是万劫不复的深渊。贺拉斯对死亡的见地就非常深刻："我们都被赶到同一的终点。迟或早，我们

的籤从摇动的筒 / 跳出来，于是那无情的死船 / 便把我们渡到永久的冥间。”

（五）死是对生的充分肯定

死的绝对、永恒，就在于它彻底结束了人的生理过程，成为人生的永久休止符。它是人生的终极终结者。每个人仅有一次的人生，由于它的涉足，顿时灰飞烟灭，化为乌有，因此被认作是最大的恶。歌德认为：不知死的人是可怜虫。确实，动物平时是不会考虑死亡问题的，逃避死亡只是它们的本能反应，在死亡的边缘，它们的表现常常是默然、麻木和无动于衷，只有在死亡的瞬间才对死有所意识。周国平补充的一句话是：只知死的人也是可怜虫。一个人若不能走出死亡阴影的笼罩，生活在担惊受怕的焦虑、恐惧中，实在是可怜至极。

但是，思考死亡问题却并不是没有意义的徒劳。记得有人说过，回避死亡问题的人，永远不会成熟，一个不能面对死亡问题的民族，永远也不能深刻，自然也就无法真正解决生存问题。蒙田就深刻地说过：“教人怎样死，即所以教人怎样活。”“生把万物的生带给我们，死亦将带给我们万物的死。死是另一种生的起源。”歌德对死的意义的认识尤其透彻，死是自然用以产生更多生命的技巧。确实，如果没有死亡的阻断，就不会有世代的更替，人生的历史生活就没有着落，在世界这个大舞台上，大背景下，“人间戏剧”更多的角色就无从产生，在太阳底下将没有任何新的东西！死是宇宙秩序的一段；是世界生命中的一段。鲁克烈斯对死亡的描述极其形象：众生互相传递着生命，正如赛跑的人一般，互相传递生命的火把。人间戏剧的上演，正是在地球这个大背景大舞台上，一代又一代旧人因幕落而退隐，方使一代又一代新人因幕启而登场，从而连续不断。这幕落幕启的时间过程就是人生的历史，其中的时间过程与空间距离在人身上的有机统一就构成了人的历史生活。德国的弗希特在他的《伦理学体系》一书中，对歌德这句话的解释是：死是自然用以产生历史的生活的技巧。在他看来，没有死亡，就没有人生的历史，就没有人的生活，不死的人们只能形成人的非历史的人生，其内容是任何心灵也无法描述的“生活”。由此，他得出了一个不认真分析思考就难以理解和接受的结论：只要欲望历史的人生，欲望人的生活，就得接受它的前提条件——死亡。

不管一个人是恐惧死亡、反抗死亡，还是逃避死亡、默认死亡，当它降临时，你都得无条件地接受。接受死，就是承认生。没有死，又如何界定生？死，因为生而存在。你怎么样死，就怎么样活，对待死亡的态度，就是对待人生的态度。蒙田的领悟非常深刻地昭示了这一切："预谋死即所以预谋自由。学会怎样去死的人便忘记怎样去做奴隶。认识死的方法可以解除我们一切奴役与束缚。对于那彻悟了丧失生命并不是灾害的人，生命便没有什么灾害。"生与死密不可分，互为因果，相互轮回。生，必走向死；死，将带来新的生。由此不难看出：死，不是毁灭了生，而是造就并肯定了生。

轻与重

（一）概述

对于人而言，生命有轻有重。轻与重，不是身体的负荷、精神的负担、灵魂的感触，而是“灵与肉”组成的生命统一体的体验和感受。生命之轻与生命之重不仅仅是生命的体验、感受和理解，它们其实是生命（在此所探讨的生命仅指人类生命）所经历的两种不同的生活方式。当然，具体过哪种生活，任何人都有权自由选择（天赋人权）和具体实践。

生命的沉重，不仅仅在于人必须从大自然中获得生存的权利，在社会中取得生活的权利，而且还有因敬畏生命确立的信仰、做人的原则、处世的方式、应尽的责任和义务，更重要的是，人在一种连自己都不知道的力量支配下，要去探寻存在的价值、生命的意义。然而，这个价值和意义既没有先验的根据，也没有超验的根据，因此也就没有一个公认的标准答案。正是没有确定的答案，才使建立和探寻的活动得以如火如荼地展开并不断向前推进。求得生存生活已经不易，要尽到自己的责任与义务确实艰难，而要为存在的生命确立一个价值和意义则是难上加难。这就是生命的沉重之处。

但是，生命如果仅仅以生存为自己的唯一目的，它就卸下了沉重的负担，变得轻松自在了。其实，作为一个社会性的动物，一个正常的、有责任感的、追求精神价值和存在意义的生命，恰恰不能承受这样的生命之轻。因为，人的内在渴望使他根本不满足于生存的需要，他有自己生活（物质生活、精神生活、灵魂生活）的目的，并且有为实现目的而努力行动。

在物质极端匮乏和物质过剩的时代，人的追求有着截然不同的价值取向。

在前一个时代，人类为满足生存的需要付出了沉重的代价，然而，以生存为目的的人，与动、植物没有什么本质的区别，生命之轻不言而喻；在后一个时代，由于物资极大地丰富，社会保障的推广与普及成为可能，人的生存、生活权利毫无疑问地得到基本保障，从而退居到次要地位，精神生活的需要就像隐藏在海面下的冰山，凸现在眼前，上升为人的主要需求。精神生活多层次、全方位、宽领域以及越来越高的需求，使生命感到前所未有的沉重。有人就公开劝告，别让心太累！

人，追求精神价值，探寻存在的意义，似乎已成为无法摆脱和消除的一种内在渴望，这种渴望是那样强烈和持久，以至我们不得不相信它已演变为人的宿命，成为生命的引领。

生命的轻与重，全在我们的理解与选择。

（二）轻与重的含义

关于生命轻、重问题的提出，我曾试图求本溯源。在寻找一番之后，我不得不认定这个公认的源头，只能是米兰·昆德拉。因为，对于生命轻重问题的明确提出，似乎就起源于他的著作，即《生命不能承受之轻》。自从该小说发表以来，生命的轻、重问题引起愈来愈多的人的探讨。在我国，这种探讨曾经非常热烈，当人们的目光由生活水平的提高转向生活质量改善的时候，这种探讨将更有实际意义和实践内容，“升温”只是时间早晚的一种必然。生命的轻与重，每个人有自己的诠释，不同的人有不同的理解。

正如有人所言：轻，并非活得一事无成，而是活不出性格，活不出乐趣来；重，不是非得做出什么大事来，而是活出自己的个性来，真正体会到作为人的乐趣！由此来看，生命的目的就在于一个人在不断提高生活质量的同时，使自己的个性鲜花充分地绽放盛开，在自由全面发展的基础上成为独一无二。而生活质量的改善往往滞后于生活水平的提高。就是说，只有在生活条件和生活水平达到一定程度时，才有望重视生活质量的提高。对于贫困潦倒的人，含

辛茹苦，只要求得温饱就很知足，生活质量对于他们只是奢谈，很有些“曲高和寡”的意味。应该说，40 年的改革开放政策取得的成果是明显的，成就是举世瞩目的。调查显示，城市人以前向往的“经济富裕”正在向“身体健康，心情舒畅”转变，这足以说明生活质量的问题已进入大部分城市人的视野范围。这个变化是可喜的，符合马斯洛的需要层次论，也符合人民的愿望。1995 年哥本哈根社会发展峰会明确指出：“社会发展的最终目标是改善和提高全体人民的生活质量。人民生活质量的高低是衡量社会进步的价值尺度。改善和提高全体人民的生活质量是社会进步的标志。”我以为，只有生活质量得到提高，享受生活，才不是空谈与奢望。生活质量虽然以生活水平为基础，但生活质量主要还是个人的主观感受，钱多的人，感觉、感受未必就好。这取决于个人看问题的角度与对比时的视线。真正的富裕不仅是物质上，更重要的则是精神上的。

一个人活着，绝不是为了受苦受难。充分地享受人间的欢乐、幸福是根本愿望，全面、自由的发展是最终的目标。在人类历史长河中留下深刻印痕的人，哪一个不是个性风格鲜明、具有人格魅力的人？人的全面、自由发展与享受生活是生命本质的应有之意。并非所有的人都能成就大事，轰轰烈烈；并非所有的人一事无成，不留任何痕迹；大多数人生都平淡无奇，平平淡淡才是真实的人生。无论哪种人生，只要活出乐趣，活出韵味，无论贫贱富贵，无论生活在哪一个阶层，都是在享受生活，才没有虚度人生，才遵从了生命的内在渴望。乐趣，就是对存在价值与意义的思索、探寻。韵味，就是把人生当作自我陶醉的意境，在大自然的神奇造化中“诗意的栖居”。当然，这种栖居，有着意境的高下之分。享受生活的含义就是享受人生的全过程，就是把人生的过程当作艺术品来欣赏，当作艺术品来创造。而在这个艺术品中，自己就是主角，就是个性风格鲜明的主人公。未经省察的人生不值得一活，没有乐趣的人生不值得一过！

米兰·昆德拉在他的《生命不能承受之轻》里，从德国谚语“只有一次等于一次也没有，只活一次等于一次也没活”出发，他认为，人的一生是一张永远不能成为正式作品的草稿，是一场永远不能登上正式舞台的彩排。是草稿，他人就可以涂改，就可以扬弃；是彩排，他人也可以借鉴，也可以推倒重来。

但是，所有的草稿、彩排不可能被作为标准的模式而被传扬。由于生命属于我们，只有一次，因此，我们自己无法通过比较来检验究竟是哪种生活方式更正确。从数量着眼，只有一次的人生对每个人都是公平的。没有谁因为受到上帝的宠爱能够再活一次。这就是我们看人生必须从数量和质量两个角度出发，且重视质量的原因。在实际生活中，有的人自觉或者不自觉地以生活方式具有极大的可塑性为前提，把任何一次选择并不当回事，随心所欲地享受生活的轻松。而另有一些人，却恰恰相反，把任何一次选择都看得如此重要，以至认为它是生命链条中不可缺少的一环，失去这一环，生命系统将不复完整，或者面目全非。这说明，生命的轻重，不是人的一种宿命，是人选择的结果，是人遵循的生活方式。

同样是享受人生，享受生活，但是不同的人选择的内容和方式也会有很大的不同。有的人侧重物质生活的享受，千方百计追求生活水平的提高；有的侧重精神生活的享受，锲而不舍寻求生活质量的改善。生命之轻，在我看来，有这样几层意思。一是指，人把自己的目光聚焦于生物性存在上，一生没有什么理想、信念，也没有什么宏伟的目标，只求吃饱穿暖，在这个层次上生存的人，与其他动物没有什么本质上的区别。就像帕斯卡尔的比喻，人与芦苇一样脆弱，一滴水、一股气流足以将它毁灭。二是指，那些只有物质需求，满足于物质生活或者社会生活，人云亦云，没有思想意识、精神追求的人。这样的人，为了谋生，可能付出很多汗水，无论他的躯体负荷有多重，其生命也是轻飘的。生命，既然不单纯是由诸多细胞（灵魂不是细胞或者细胞的功能）组成的血肉之躯，他就不会止步于身体的满足。况且，身体所重视、所享受的一切，对生命而言，是渺小的、微不足道的；对灵魂而言，更是本末倒置，是莫名的、沉重的负担，也是不能承受的。因此，准确地说，满足于物质生活的生命所承受的只能是沉重的轻。

生命之重，我的理解是，当一个人以精神目标为目的，把追求精神生活作为自己的生活方式的时候，虽然精神得到愉悦和满足，灵魂得到安宁和慰藉，却使生命感到异常的沉重。比如，一个人有了自己的信仰、理想、抱负，爱、公平、正义、怜悯、同情、牵挂、忧虑等便随之而来，这所有的一切，无疑使生命感到活着真累！其沉重是不言而喻。而这对生命来说沉重的东西，对精神、灵魂而言，却是一种轻松的享受，一种满足的愉悦。因此，可以说，这种重，对于生命，是轻松的重。至此，我们完全有理由说，对于生命，肉体生活为轻，精神生活为重。

（三）生命的承载力是有限的

任何物质，承受外界的作用力都有一个限度，当这个作用力超过它所能承受的限度时，就会使整体结构发生变化，对于生命物则可能足以使它毁灭。这就是说，生命有它可以承受得了的力量，也有它承受不了的压力。对于人这个生命物而言，研究自身远比研究其他生命物更为重要，更有意义。

生命所承受的东西无非轻与重，从实际情况看，轻与重只是生命自身的一种感觉、感受和理解。当然，这种感受、理解往往因人而异。对于一个健康（生理与心理两方面均健康）的人，无论是身体的负担或者是精神的压力，他都比普通人可以承受得更大更强，透彻的理解，可以使精神幻化出无穷无尽的力量，使人“能忍其所不能忍”，承受难以想象的巨大压力，此谓“举重若轻”。对于一个病态的人，在承受肉体或者精神的压力上，与正常的人相比，就可能逊色一些，或者逊色许多，孱弱不堪的身体，萎靡颓废的精神，使一个人的承受力变轻，足以使任何轻微变得沉重，此谓“视轻为重”。

生命的目的，在大多数人看来，应该活出个性，活出自己的乐趣，活出价值、意义。整日沉溺于花天酒地、灯红酒绿、声色犬马之中的人，恐怕是极其空虚无聊的，自己找不到生命的意义，我们也看不出他活着的价值。寻求肉体的刺激，感官的享受，其轻扬、飘浮、猥亵、放荡不羁的生活态度和生活方式是显而易见的，也是生命所不能承受的。而执着于精神追求、灵魂安宁的人，虽然精神生活丰富充实，灵魂愉悦慰藉，但生命因为整日纠缠于琐事而了无生趣，付出的代价是极其沉重的，也是生命所不能承受的。阳春白雪与下里巴人，刘姥姥与大观园的人相比，孰轻孰重看似不言自明，但生命自身的感受却迥然不同，这绝不是哗众取宠，更不是危言耸听！

既然轻与重都是生命所不能承受的，那么，我们完全可以设想，只有压力介于轻与重之间时，才是生命能够承受并乐于承受的，这是因为，中庸成为生命的惯性。由此我们也不难得出这样的结论：生命不能承受单纯的轻、重，但生命最不能承受的却是双重的挤压，即双重的轻，或者双重的重。所谓双重的轻是指，一个人在肉体与精神两个方面都没有大的压力，没有多的需求或者追求，认为自己所遭遇的一切，是命中注定，所有的努力终属徒劳，所有的奋斗也是白费。因此，一切随缘，随遇而安，只要饱食终日，便可无忧无虑，无所事事。所谓双重的重则是指，一个人无论在肉体，还是在精神两个方面都承受着巨大的压力，双重的压力。双重的压力，一般不是生命自觉自愿来承受，而是不得已的必须承受，当双重的压力达到一个人的承受极限时，解脱痛苦的强烈欲望足以使生命本身走向毁灭。比如，一个有信仰、有理想、有抱负、有高贵精神追求的人，却由于沉重的生活负担，不得不违背自己内心的渴望，终日为谋生而忙碌操劳，但他又不甘放弃精神的追求。当一个人因不得已而违心去做一些与自己的兴趣、理想、信仰格格不入的事情的时候，肉体的负荷，精神的压力，都将成倍的增长，这种快速增长的双重压力，以锐不可当、所向披靡、铺天盖地之势挤压着生命，使生命根本不能承受。

每一个生命的承受能力都有一个极限，当压力在极限以内或者达到这个极限值的时候，生命的反应依然正常，但在这个时候，再增加任何一点非常轻微的压力，这个压力就会成为压垮骆驼的“最后一根稻草”！而这最后的一根轻微的稻草，对于人的承受力而言，是多么得沉重！我想，这在常人看来不起眼的些微的压力，正是有的人走上毁灭之路的真正元凶。因此，轻与重，是在对比中的谈论，撇开对比，就没有轻与重，单纯谈论轻或重也是没有意义的。

我们自始至终所放弃的，或者半途而废的，并不一定就是“轻”的东西，我们倾其毕生精力追求的，或者通过一定的努力争取到的，未必就是“重”的东西。最重要的是我们的心灵能否或者乐意承受那份“轻”或“重”。当心灵无法忍受我们所接触的事物时，无论轻、重，都是我们无法承受的。

第五篇
上海印象

上海，很早的时候，就让我心驰神往。

对上海这个名称内涵的纠结，却是2018年冬季到上海之后的事。地名，虽然只是一个指代的符号，却往往有深刻的历史渊源，颇受大家重视，根本随便不得。古今中外莫不如此。比如，秦之都“咸阳”，因其位于九骢山之南，渭河之北，“山南曰阳，水北也称阳”，故名之咸阳。再比如关于“九江”名称之由来，有两种说法：一是“众水汇集的地方”，“九”为虚指，极言其多；二是“以为湖汉九水入彭蠡泽也”，即九条江河汇集的地方。无论哪种说法，无须饶舌，明了至极。

地名当中往往包含着很多知识，譬如，地理位置、地貌特征、宗庙姓氏等等。每到一地，出于兴趣，倘若时间允许，必定对地名做一些了解，通过地名加深对本地的印象，相信冠名的好坏，更名的恰当与否，也是智商情商的一种反映。对流传久远的名称，心中充满敬佩与尊重。如是之故，对如雷贯耳的上海岂能漠然处之？一种说法取自《弘治上海志》中“其地居海上之洋”这句话。个人觉得这种说法除了说出大概的方位，与名称没有多少必然联系；另外一种说法是，有上海浦和下海浦等水道而得名。有些牵强附会，对关键性的因素语焉不详，缺乏逻辑性。史载当时这一带有十八大浦，何以单单以“上海”冠名？两种说法均不能自圆其说。另据《水利书》《宋会要辑稿》记载，宋代，吴淞江下游有一条名为上海浦的支流；“浦”一词原指河川汇合之所或入海处，在吴地常指河川的支流。那时，这一带地区经济发达，催生了酒业的发展，政府在上海浦附近设置了酒税征收机构，称为上海务。这种说法把来龙去脉交代得清清楚楚，我比较认同。

上海，商业化程度极高，城市化进程很快，创新能力居全国前列，上海在中国经济格局中龙头老大的地位，没有任何一个城市可以动摇替代。她，焕发出的光彩与魔力，举世瞩目，媚惑无限，无愧于“魔都”的称号。

与上海有不解之缘，让我匪夷所思。孩子选择在上海工作，并且，也有了自己的孩子。为了尽享天伦之乐，我只有投入她的怀抱，而且有足够的时间感受她的风采和气息。在此之前，由于工作上的原因，也曾两次到过上海，可惜，只有过短暂的停留。上海，真的是太大了！别说静观全貌，其实，连一隅都没有完整走过。觉得除了人多、车多、楼高，树木花草少之外，没有多少印象。

这次从青藏高原一路不停息地来到上海，气候、时空、背景等方面，反差还是很大的。清晨，看见大街小巷蜂拥而来，穿梭而去，蜗牛、乌龟状爬行的车辆；一边风风火火赶路，一边吃着各种各样简便食物的行人，倍感交通拥挤，时间紧张，压力巨大。为了工作生活的便利，上海围绕交通做足了文章，地面道路密如蛛网，四通八达；地下有十几条地铁线路迂回穿梭，还有多条越江穿河的隧道；地面公共交通真正实现了全覆盖，无死角，私家交通运输体系日臻成熟；地上的高架路，立交桥、高架桥使出行更加便捷。如果不是“三管齐下”，上海的内部交通必将处于瘫痪状态，魔都的魔力将消失殆尽。生活原本不易，选择在这里打拼，将会十分艰难。天价的住房，让人望而却步，思而兴叹，行而生畏。

最近，终于放下缠绕，抽身出去游玩了一些地方，相对于还没有去过的那些地方，简直是微不足道。尽管如此，耳闻目睹，感触颇多，体会深刻：老城区的逼仄，市中心的繁华，外滩的异趣，浦东新区的恢宏等，而感受最为强烈的，莫过于独树一帜的海派文化，其大度包容最为难能可贵。东方的，西方的；古典的，现代的；朴素的，时尚的，一切精华，都可以兼收并蓄。在这里，有许多的惊喜和震撼，于我都是第一次：一条地铁线路，还可以分岔，终点与起点，竟然可以有两个；一个地铁站的出口，不可想象，可以多达二十余个；一条高架路可以在城市的建筑群里左突右转悬空绵延四五十公里；跌宕起伏、身临其境的 4D 电影；气势磅礴的维也纳交响音乐会，原汁原味的意大利咏叹调，纯正的美国音乐大剧《乱世佳人》。我不知道在以后的日子里，还有多少个人生第一次，等待着我去感受和体验？近代西方列强利用坚船利炮敲开了中国闭关已久的大门，上海作为租借地之一，包容，成为逼不得已的事情。上海自觉的包容是改革开放之后的事情，尤其是浦东开发之后，外地、外国人才大量涌入，各种文化在这里激烈碰撞，为上海注入了青春活力，使上海的发展建设迈进了前所未有的快车道，她的魔力得到了实质性的突破和展现。上海，也是外国人最喜欢的城市之一，目前，在上海生活的日本人就有数十万之多，由此可见一斑。

对于西餐，我没有多少兴趣与好感。在几次品尝了主打的品种之后觉得，中餐才是地球上最精致最好吃的东西，全世界的西餐合在一起，也赶不上中国一个菜系的花样品种。更加坚信“舌尖上的中国”的确无与伦比，吃在中国，食在广东、四川。

我相信他们的话不是无源之水，无本之木，而是见多识广，分析比较之后得出的有见地的结论。以广州为例，仅来自非洲的黑人就有 20 多万。

（一）漫步南京路

在许多人的心目中，外滩，城隍庙，是上海两张最为响亮的名片。如果没有去过、观赏过，就等于没有到过上海。

走进上海，置身其中，我觉得，这种认识是非常肤浅和片面的。这两张名片，还是有些陈旧，颓废，落伍。它的响亮，属于特定的时代，是作为古董的价值，催人回忆的历史。现在的上海，就有许多时尚的名片：东方明珠，陆家嘴“三塔”，磁悬浮列车，浦东前滩范式，迪士尼乐园，欢乐谷，等等，是多么高雅豪放，多么气度非凡？又是何等潇洒的大手笔！无论怎么铺排形容和比喻，也道不尽她的奥秘与奇巧。

一位哲人说过，过去因为未来而熠熠生辉。因此，外滩也好，城隍庙也罢，在今天，才比昨天更加金碧辉煌，更加热闹非凡。辩证地看，未来，也会因为过去、现在而光芒万丈、璀璨夺目！历史，是无法割断的。昨天，今天，明天，并没有明确的分界线，它们绵延不绝，才构成了历史。

这个周末，恰逢晴天，经过精密的计划，孩子们为我设计了一条非常经济的线路。清晨八点多，乘地铁到人民广场站下车，在匆匆忙忙、南来北往、左右穿梭的人流中，极为恍惚迷离，直至听到广播提醒，才知道这儿是地铁枢纽之一，1号、2号、8号线在这里交会、中转，其出口竟然有18个之多！于是，我才按照路线指示牌找到自己要去地方的出口。地铁站之大，远远超出了我的想象，地下服务设施也让人惊讶，商场、小吃店、银行服务网点比比皆是。

由地铁站出口向东移步，很快就进入全国有名的南京路步行街。这里，熙熙攘攘，人流如织。商品琳琅满目，应有尽有，让人眼花缭乱。当然，最吸引人眼球的莫过于服装了。南京路在全国服装市场中脱颖而出，成为一个佼佼者已经有相当长的历史了，这固然与上海独特的地理位置有一定的关系，但是，思想观念的转变和超越意识的养成才是关键。改革开放之前，在很长的一段时期，上海制造，确实名扬中华大地。比如缝纫机、自行车、羊毛衫、毛毯、钟表手表，等等，不胜枚举。至于服装，上海更是时尚的风向标和晴雨表，让人既羡慕又敬佩。

南京路的服装，涵盖各种群体和不同年龄段的人，高、中、低档兼顾，以中低档为主，种类齐全，以款式新颖著称，是赶潮儿梦想成真的地方。梅龙镇广场，中信泰富广场，恒隆广场分别就是中高档，高档，超高档的代表。国内品牌数不胜数，上海传统品牌随处可见，非名牌服装更是五彩缤纷。无论身份贵贱，地位高低，钱多钱少，都可以买到适合自己的款式搭配。批发、零售兼顾。零售商品，可享受标价的三至五折优惠，批发价格仅一二折，深受消费者青睐。

那一天，我由西向东步行的过程中，自始至终，满眼都是肩扛手提大包小包的人们。我怀疑人们虽然来自四面八方，五湖四海，却因为同样的初衷，不约而同，络绎不绝地邂逅在一条既不长，又不宽的步行街上，是前世多少次回眸顾盼的结果，还是为来世的相遇积攒一分善缘？

南京路向来有“购物天堂”的美誉，绝不是空穴来风。说她是时尚与新潮的代名词，恐怕也不为过。20 世纪七八十年代，在青海流传着一句话：青海人，上海皮。在着装方面，上海，一直是青海省西宁市人瞩目和刻意追逐的“范儿”。难道就因为这两个省市的名称中都有“海”，从而天涯咫尺？我觉得收入水平大体相当，恐怕才是真正的原因。若是没有一定的经济基础，赶潮，岂不是奢望？

南京路上的美食也值得一提。在蜂拥蝶舞的地方，怎么会没有甘之如饴的美味呢？岂不大煞风景！八大菜系任你挑选，西餐、料理比比皆是，软硬环境无可挑剔，不但干净卫生，服务绝对细致周到。你可以随时随地，随心所欲地进餐，让你在购物之际绝无饥渴难耐之虞。

（二）徜徉外滩

逛南京路还是很有收获的。不经意间我还是受到疯狂购物者的影响，终于按捺不住内心的冲动，在人潮中驻足买了两件衣服，虽然属于计划之外偶然冲动的行为，效果还是让自己颇为满意。

饥饿是魔鬼，它的诱惑难以抵挡。在一家湘菜馆用完餐，稍事休憩，先前的疲惫感便荡然无存。看看时间，也就下午四点多钟，天色却已经暗淡下来。不知何时已经变天，下起了绵绵细雨。

步行至南京路的东尽头，就进入外滩。攒动的人头，仿佛潮起潮落。用人山人海形容外滩的盛况最是恰当不过。据说，一年四季，无论刮风下雨，莫不如此，毫无例外。外滩，1.5 公里范围内，一字排开着 50 多栋建筑，每一栋都显得与众不同，却又相辅相成，相得益彰，极其和谐。放眼望去，黄浦江两岸，在霓虹灯的映衬下，形成了两道截然不同的风景线。

外滩的夜景，主色调为古铜色，在金碧辉煌中不乏古色古香的高贵典雅，整体给人以庄严、肃穆和稳固、静谧的感觉，彰显着建筑设计者、亮化美化策划者的聪明智慧和匠心独运，从而使这些中西合璧典范建筑融历史与现代于一体。

隔江相望，东岸的陆家嘴七彩斑斓，瑰丽璀璨，流光溢彩。到外滩的游客，无不深受诱惑，仿佛他们到南京东路尽头的目的就是为了一览她的妩媚花容，外滩那些古老建筑可有可无。这样的背景实在是拍照留念的佳地胜境，如果错过，必定空留遗憾。但是，要拍摄一张理想的照片，实在不是一件容易的事情。如果要拍摄独自一人的留念照片，就不是难上加难能够形容得了的，简直要用不可思议，用大象穿过针眼来比拟了。实话说，我对此仅仅一瞥，就已经心旷神怡。我按捺住自己的激动，还是决定在外滩逗留一会儿，然后再移步前往。当下，只能面对这些近代建筑，任思绪在现在与过去、历史与未来之间随意穿梭。

外滩建筑群素有“万国博览会”之称，名闻遐迩。作为旧上海繁荣景象的缩影和象征，可想而知，在当时非常奢华富丽，其雄伟崇高自不待言。但是现在，无论从骨骼、体量，风韵、形态，还是品位、格调上，它与周围现代化的建筑真的不可同日而语，已经走向龙钟老态的暮年，尤其与黄浦江对面陆家嘴现代化金融贸易区的高大上建筑相比，何啻天壤！如果说外滩是一字排列整齐静卧的骆驼，那么，陆家嘴就是轻盈曼妙的飞天舞者。建筑，作为凝固的音乐，蕴含着时代精神，展现着时代色彩。然而，外滩建筑，毕竟是一种历史的沉淀，承载着一段屈辱的记忆。有必要让它永存于这个大都会之中，时时撩拨国民苦涩的味蕾、切肤的感受。列宁说过，忘记过去，就意味着背叛。有些背叛，就是耻辱的代名词。

外滩，位于黄浦区的黄浦江畔。据说，在 19 世纪中叶以后至 20 世纪中叶以前大约 100 多年的历史中，属于英法租界。它重新回归，是抗战胜利之后的事情。个人认为，这个名称，应该是因为它在旧上海时期的位置而来的。当时，它显然不是处于城市的中心，与“内”相对，而是城市的外边缘，因为靠近黄浦江，一度是滩涂之地。长江下游地区，湖泊众多，河流密集，水系纵横交错，辅之以人工运河，载人载物去任何地方都十分便利，水运极其发达。在当时空运起步不久，陆地运输成本较高的现实情况下，水运才是最佳的选择。除了长江以外，黄浦江，作为上海及其周边地区较大的河流，江面宽阔，水量丰富，适合中小型商船运行，是该地区的主要运输河流，汇集或者分流货物极其便利。这个地理位置，有利于殖民者把掠夺来的物质财富尽快运出去，又方便他们把洋货运进来，从而在主观上形成正常贸易的假象，客观上仍然是堂而皇之、掩人耳目的“洗钱”策略。因为舶来商品由此上岸、储存，继而分散出去，搜刮、掠夺的财富在此集中，等待外运，从而使这里自然而然成为商贸中心。金融投资显然有利可图，这种现状极大地刺激了金融业的发展，世界各大银行争先恐后，纷纷进驻。他们看中的当然是支撑这个中心背后、当时世界最大的市场。因此上，投资不仅仅局限于能分得一杯羹这种短期效益，而是要千方百计把蛋糕做大，甚至于是抱着一劳永逸“滚雪球”的梦想。因此上，一家又一家银行大厦拔地而起，且越建越高越气派，越建越张扬个性，越建越富丽堂皇，以此吸引客商的眼球，招徕业务，进而形成了远东地区金融中心的雏形，这就是“万国建筑群”形成的真正原因。外滩建筑群，荟萃着各国不同时期的多种不同建筑形式。大体上分为新古典式、文艺复兴式、巴洛克式、近现代派等。由于相互影响，又有很大的兼容性。

有人把外滩别具一格的建筑归功于中西合璧，无疑是一语中的。但是把上海的崛起认为是殖民统治历史的结果，简直就是雷人的谬论，不仅让人大跌眼镜，甚至要让人怀疑其居心。

（三）走进东方明珠

由外滩到东方明珠，最近的路线莫过于乘坐江轮了，大约十分钟就可以横渡黄浦江，到达陆家嘴金融贸易区。如果把上海的建筑当作一座绵延起伏的群山，在任何视野开阔地带放眼望去，陆家嘴一带犹如奇峰突兀，就是群山的巅峰。

从码头穿越一段塑胶步道，再经过正大广场高大的立交桥，就进入陆家嘴中心区附近。陆家嘴，也是上海市的中心地带。凭感觉，立交桥的直径足足有200米，高度在60米左右，是目前我见到过最为雄伟的立交桥了。

从上海中心大厦、环球金融中心、金茂大厦侧畔举目，东方明珠似乎近在咫尺。这些让陆家嘴驰名中外的著名建筑，与周围的其他建筑相比，无异于鹤立鸡群。站在高耸入云的大厦脚下，即使抬头仰望也很难看到它们的顶部，必须让自己的面庞与躯干垂直，双眼完全与天空、与地面平行才可以做到。由此继续向前步行十几分钟，就来到了东方明珠。东方明珠与这三座摩天大楼（因与电视塔相对，又称之为“三塔”）一道构成了目前上海最为高大的建筑群，是万众瞩目的焦点。其中，上海中心大厦是一座超高层地标式建筑，建筑主体地上 118 层、5 层裙楼和 5 层地下室，总高度 632 米，建筑面积为 43 万多平方米，截至 2017 年是中国第一高楼，世界排名第二，仅次于阿联酋的哈利法塔（迪拜塔），远眺就像孙大圣的金箍棒杵在黄浦江中，因此，也有人把它称之为定海神针。环球金融中心总高 492 米，建筑面积超过 38 万平方米，截至 2017 年其高度中国排名第三，是世界最高的平顶式大楼，造型为一个巨大的瓶子，寓意可能是聚宝敛财。临近它的金茂大厦，高度 420.5 米，形状像一柄开瓶器（准确点说，是啤酒起子的形状），据说，斥资十亿。东方明珠以 468 米的高度，在上海建筑物中排名第三，在世界同类建筑中屈指可数。这些响当当的建筑，不仅是中国智慧的结晶，也是经济实力的见证和体现，让我不胜感慨，思绪万千。指望别人，所有的愿望都像空中楼阁一样，注定是要成为泡影的。面对如此高大的摩天大楼建筑群，若非亲眼所见，实在难以想象。

大千世界，无奇不有。你不走出去，又如何能够见多识广？若有条件，谁不想走出去拓宽视野，增长见识，阅尽人间繁华，拥抱自然奇迹？这样的愿望，过去一直因为这样那样的原因没有实现，现在退休了，似乎有充足的时间可以闲云野鹤，自由自在。事实上，没完没了的家庭琐事根本不可能让人如愿，尤其身体方面的原因，即使有机会，也已经力不从心。一生当中，不如意事常八九，确实是没有办法的事情。然而，这就是生活本来的样子！我突然想起一位 90 后曾经说过的一句话，再不出去，就老啦！我曾经嗤之以鼻，觉得真是信口雌黄。就拿中年人来说，因为事业、家庭都已定性定型，旅游成为生活的重要组成部分，之后的时光还多着呢，尤其退休之后，有多少可供自由支配的时间？年轻人，刚刚步入社会，至于这么悲观吗？可是，这种忧虑，现在真的在我身上应验了！事物都有两面性，得失寸心间。

夜晚的陆家嘴，从江面到地面，从脚下到半空中，灯火阑珊，璀璨绚丽，流光溢彩，筑起的是一道亮丽耀眼的风景线。从远眺到近观，仿佛人间仙境，美轮美奂，美到极致，妙不可言！一路走来，沿途的风景值得欣赏，让人流连，然而，我的目的异常明确，今天，只为你——东方明珠而来。

东方明珠，名不虚传。无论白昼，还是夜晚，它通体都散发着迷人的光彩。全称为东方明珠电视塔，是上海标志性文化景观之一，具有发射 9 套电视和 10 套调频广播节目的能力，截至 2017 年，实际承担着上海 6 套无线电视发射业务，覆盖半径 80 公里。从外观上看，在建筑主体上有 3 个大小不同的空心球体，左右两侧有形似巨龙腾飞的杨浦大桥和南浦大桥，寓意为二龙戏珠。夜幕之下，塔的主体呈明亮耀眼的红色，粉红色、深红色与蓝色相互搭配，分外醒目耀眼，仿佛一颗硕大的红宝石矗立；中、下两个球体表面规则地罗列着亮闪闪、发着白光的星星，恰似无数珍珠镶嵌在巨大的宝石表面。上球体，像蓝色的宝石，而塔顶端，则是金黄色的。从景点进口到塔的入口有一段并不太远的距离，因为实际上没有直线可走，还是非常耗费时间的。进入塔内之前，必须经过一片由铝合金铸成的七拐八折的栅栏——曲径通幽。栅栏只有一种作用，分隔人流，防止拥挤带来不可预见的危险。

现在已经进入冬季，加之夜间下着毛毛雨，能见度比较低，游客并不多。即使如此，我们排队还是花费近半个小时才进入塔的内部。电视塔内部自下而上共有 4 个观光活动区。我们又经过两次排队中转，乘坐电梯直接进入高度 350 米的太空舱，这是本塔最高的观光层。在这里，除了“三塔”之外，黄浦江两岸的建筑物尽收眼底，各种色彩的霓虹灯闪烁着迷离的光芒，真的让人有置身太空，穿梭旅行的感受。之后，我们乘电梯来到高度 263 米的上球体观光层，360 度浏览一圈，步行到 259 米的悬空观光廊，由于晕高，我只在这里向下投去一瞥，就返身来到下球体标高 90 米的室外观光廊。每一次驻足观赏的感受是迥然不同的。让我惊诧的是，有不同肤色，操着不同语言的外国人也加入观赏的行列之中。这至少说明，东方明珠还是成功的，充满了诱惑力。最后，来到塔底的上海城市历史发展陈列馆，走马观花地走一遍，竟然花费了四十多分钟的时间，在对上海的历史发展情况有了一个轮廓性的了解之后，结束了今天全部计划，踏上返程回家之路。

我们还知道，电视塔内还设置了 20 套客房、数个大小不等的会议室、购物场所；上球体内的 267 米处，是我国最高的旋转餐厅，一小时旋转一圈，让你可以居高临下一览上海市的全貌。营业面积为 1500 平方米，可同时容纳 350 人就餐。当然，这些项目与我是无缘的，只能擦肩而过。东方明珠电视塔是融观光、博览、会议多功能为一体的综合性建筑，采用了商业化运作机制。软硬件设施建设非常到位，其服务堪称一流，每年观光旅游的人数和收入仅次于巴黎埃菲尔铁塔，是上海 AAAAA 级旅游景点之一。

（四）感受磁悬浮

应该是在 2016 年春节期间吧，我去过长沙，下了飞机，特意体验了一回磁悬浮列车，似乎是 18 公里多一点的距离，列车 10 分钟就跑完了全程，到达长沙南站。就其速度而言，比老早就建成的上海磁悬浮列车慢了好多，我当时非常纳闷：后来者为何居下？

这次到上海，要待上几个月的时间。我得专程乘坐感受一下，要搞搞明白，弄弄清楚。上海，是世界上第一个建成并实际运营商业高架磁悬浮列车的城市，在展示自己形象和实力的同时，对于宣传改革开放取得的巨大成就具有极其重要的意义。自建成到现在，已经有十五六年的历史。而掌握这项技术的国家，截至目前全世界不过寥寥。这充分说明，上海前瞻性的目光，敢为天下先的精神勇气，关注聚焦的是世界先进高端的技术。

我坐地铁来到磁悬浮列车起始站之一的龙阳路站，从列车启动前，我就抑制不住激动的心情，看着窗外飞速掠过的景物，试图盯着车厢前头的电子信息牌，了解速度的变化，毕竟人很多，我只能变换姿势与角度，才能断断续续看到显示屏。列车提速飞快，在短短二三秒内，速度就达到 350 多公里，只保持了约 1 分钟的时间，便又减速至 300 多公里、200 多公里，然后，又加速，再减速，停车。据说，实际运行最高时速为430公里。我不知道，列车是否按照规定的程序有规律地运行，只觉得保持匀速行驶的时间间隔很短，明显的感觉列车是在变速运动中跑完全程的。约30公里的距离，仅仅7分钟就结束了，感觉是快，真快，很快！不，是飞速，是神速！当然，还有运行平稳，安全可靠！否则，谁愿意仅仅为体验“神速”而花钱拿自己的生命去冒险？唯一的不足是在转弯瞬间离心力较大，只有抓紧扶手才能保持身体平衡。普通票价是一张50元，贵宾票则是100元。我觉得这种体验重要的是速度，其感受在本质上与身份、地位无关，区别无非是站立还是坐着而已，在我看来，保持几分钟某种状态和姿势对成年人并不是什么难事，也谈不上享受与否，贵宾票价多掏的50元，虽然不足我往返的车费，走个单程绰绰有余。现在，我承认，那种心态其实由来已久，我已经习惯于如此思维：吃不到的葡萄是酸的。因为耳濡目染，因为长久的熏陶，自己也成为“阿贵”（阿Q）老师的学生之一，因此，在精神上我们向来强大，足够抵挡物质欲望的诱惑。

磁悬浮列车属于轨道交通五代技术。目前业界分中低速、中高速和超高速三种，我觉得，似乎在中高速与超高速之间省略了高速这个种类。长沙的磁悬浮列车，显然属于中低速，设计速度为每小时100公里。上海的磁悬浮列车属于中高速，一般而言，其平均速度也达到了每小时300公里。因为作用、功效、目的、意义等不同，两者是没有可比性的。

长沙的磁悬浮列车于2016年正式运营，是我国轨道交通技术的又一次展现。尤为重要的是，这个项目是中国人独立自主完成的，拥有完全的自主知识产权。我思忖，拥有了中低速和中高速这两种实验及日臻完善的技术，应该只是万里长征走完的第一步，高速、超高速磁悬浮列车才是真正的目的。从目前我国的高铁技术来看，时速380公里已经与上海磁悬浮列车没有多少差距。磁悬浮列车如果停滞于这种状态，是没有什么意义的。从理论研究成果来看，磁悬浮列车技术潜力无限，速度提升空间巨大，高速与超高速才是科学技术界关注的焦点，谁率先突破关键技术，谁必将实现华丽转身，屹立于世界之巅。

这一方面的消息不可谓不多。2017年7月贵州省与美国HTT公司签订合同，启动了铜仁市中国首个超级高铁线路，初始运营总里程为 10 公里，设计时速为 1000 公里。据报道，2018 年 6 月，“世界上时速最快的真空高温超导磁悬浮比例模型车试验线正在成都搭建，预计年底前将建成并投入试验测试。试验速度超过音速，有望达 1500 公里——按照计划进程，我国最快将于 2021 年 4 月达到 1500 公里试验时速。”我国航天工业集团公司一项名为“高速飞行列车”研制设计向外界公开，中央电视台 2018 年 11 月 30 日新闻播报了该消息，报道称“该类型列车的目标是实现每小时 4000 公里的运行速度，这比目前中国高铁的最高时速快 10 倍。”让我们拭目以待吧。

（五）闲逛城隍庙

上海城隍庙始建于明代永乐年间，距今已有六百多年的历史。由原来的金山神庙改建而成。城隍庙内供奉有三位城隍，分别为汉代的霍光，明代的秦裕伯，清代的陈化成。由于改建时，霍光神像已在大殿之中，形成了“前殿供霍（霍光），后殿供秦（秦裕伯），同时供陈（陈化成）”的独特格局。实际上，上海的城隍神是秦裕伯。在城隍庙里，当地的主神被供奉于后殿，这在任何其他地方的城隍庙里是绝无仅有的；而在一座城隍庙里同时供奉两个，或者两个以上城隍神的情形绝对是非常少见的事情。

上海城隍庙是上海著名的旅游景点之一，作为道教宫观历史悠久，在国内外享有盛名。在我看来，城隍庙由性质截然不同又浑然一体的三个部分组成：道观、豫园及其周围的商业区域。

很显然，商业的繁荣与道观的香火旺盛和庙会的不断发展壮大密不可分。在商业区，各种小吃、小商品、古玩店鳞次栉比，让人目不暇接。你可以买到上海历史悠久的小商品、土特产，还可以品尝原汁原味的上海美食。风味小吃尤以蟹黄包、梨膏糖、五香豆最为有名。而这里的小吃广场（地上三层、地下一层），有一站“吃遍全国”的美誉。对其真实程度我无意于作实质性的探究，只想一睹真容。可以想象，在长达十多个小时的营业时间内都是人满为患。不论“吃货”与否，看到那么多的人津津有味地品味，谁都会馋涎欲滴。虽然广场之内汇集了华夏四面八方、长江南北各地的美食，然而，我还是缺乏排队等候的耐心，嘈杂喧嚣更是让我无法忍受。放弃等待的结果就是在广场之外的小吃专卖店零星品尝，一家香辣蟹生意十分火爆，竟然忘乎所以地加入抢购的人流当中。也许因为深受大众行为的感染，也许因为难以抗拒的诱惑，有三个白种人也排在长长的队伍后面，不久，得到食物的他们，与国人一样，坐在街旁边的台阶上滋滋作响地咀嚼起来，大家怡然自得的表情，仿佛品味的是天地间的珍馐美馔。美中不足的是，众多游客形成一种共识：价格极高。比如一“只”（不说一“个”，上海习惯称呼馒头、馄饨、饼子、汤圆等的量词）蟹黄汤包，就要 25 元，一个中等饭量的人，要吃饱的话，至少需要四只吧。有些品种的价格高昂得有点离谱。

现存方浜中路的上海城隍庙，是顺应民意的丰碑，重建于 1927 年，为混凝土结构，实在是逼不得已的无奈之举。1924 年的一场意外大火使土木结构的城隍庙严重损毁，几乎化为灰烬。其实，在 600 多年的历史中，城隍庙厄运连连，重建、修缮达十数次之多，平均 40 余年就遭遇一次火灾的“洗礼”。当地人习惯上把它称作老城隍，实际上也是一座现代建筑，只是为了与 1940 年在连云路、金陵西路、延安东路上的城隍庙有所区分而来。上海城隍庙屡毁屡建的事实，充分说明地方民众对于名臣和英雄的崇敬，并把他们尊奉为护城佑民的城隍神。城隍神在我国民间与道教神谱系列中有举足轻重的地位。

在当地民间流传着一句话：到上海，不到城隍庙，等于没来。我自然是慕名而去，去，还不止一次，而是前后两回。第一次只是在宫观外的商业区浏览，也品尝了地道的地方小吃，然而，由于建筑面积庞大，游客如潮，人声鼎沸，耳听八方，极容易分神他顾；穿行其间，无疑需要眼观四路才能顺利通行。因此，整体印象模糊不清，至于细节，更是扑朔迷离。再次逛城隍庙是为了陪同一位朋友。由于有了一些初步印象及其留下的遗憾，我选择以九曲桥为中心，由内向外扩展着浏览，不经意间就有了许多新的发现：豫园书局。这里有很多年前出版，且发行量极少的书。让人惊奇的是有不少的线装古籍，及其与读书有关的笔墨纸砚，各种纸质不同、封面材料差异较大的笔记簿，全国各地的明信片，尤其是消失很多年的连环画，很多都是成套的。书籍可以随便阅览，也可以购买，售价是比较高的。书局下面，有许多种手工艺品，地下一楼则是城隍庙古玩市场，各种各样的珍宝奇石、古董让人眼花缭乱；上海老街上的特色商店、传统工艺品处处体现着老上海的文化传统与市井习俗，让人惊叹不已。

城隍庙殿堂建筑属南方大式建筑，红墙泥瓦。作为混凝土浇筑，与中国传统的土木、砖木结构的建筑已经有了本质的区别，尽管看起来栩栩如生，除了形似，恐怕没有什么神韵可言了。宫观内主体建筑由大殿、殿前广场、元辰殿、财神殿、慈航殿、三官殿、月老殿等组成。庙内供奉的不仅有历史名臣，民族英雄，还有道家的神，佛家的神。说明上海城隍庙文化兼收并蓄，底蕴深厚。广场面积一亩左右，设露天香炉一个，许愿祈福的人熙熙攘攘，络绎不绝，香火极其旺盛。据其中的道士介绍说，无论季节、阴晴，每天进道观人数上万，最多时超过三万。看着一个个恭敬上香，虔诚膜拜的善男信女，我在想，他们在生活中的所作所为是否以道家的训诫为准则？在成群结队、鱼贯而来的他们当中，又有几个是真正的信仰者？如果有一颗善良的心灵，顶礼膜拜的仪式又有什么重要？一个人的命运，就隐藏在自己的心地。真正的信仰，是灵魂的归宿。

上海城隍庙，最让我关注、感动的恰恰是一副副寓意深长、耐人玩味的匾额、楹联。在此简要回顾一下：正门横匾上书“城隍庙”；门首配有对联一副：做个好人心正身安魂梦稳，行些善事天知地鉴鬼神钦。殿内上悬匾额“牧化黎民”，第一对立柱上的对联是：威灵显赫护国安邦扶社稷；下联是：圣道高明降施甘露救生民。第二对立柱上又悬挂一副对联：刻薄成家难免子孙浪费，奸淫造孽焉能妻女清贞。仪门有两副对联，第一副为：阳世之间积善作恶皆由你，阴曹地府古往今来放过谁；第二副对联的内容是：世事何须多计较，神界自有大乘除。仪六门对联后面上方居中悬挂着一只大算盘，上书四字：“不由人算”。在算盘上还有具体的数字，算盘旁边立有两块匾额，分别为：为善者昌、为恶者亡。据说，既表示道生万物，又象征阴阳变化。古话说“人有千算，天只一算”。是说无论人如何算计，却始终绕不出天地的算计。慈航殿门上的对话联是“善恶到头总有报，举头三尺有神明。”财神殿门上贴的对联是“生财有道义为先，学海无涯苦作舟”。城隍庙宫观，占地面积和建筑面积有限，甚至于可以说比较狭小，殿与殿密密麻麻连成一体，仿佛很紧凑，很有秩序，其实是民国时期经济欠发达，投资资金捉襟见肘的窘迫体现。即使没有其他值得观赏的东西，仅仅就这些对联的意义和启示，对有的人来说，就受益匪浅，不虚此行。

我觉得，宗教信仰之所以长盛不衰，其主要的原因恰恰是它们抑恶扬善的教化作用。

（六）上海的雨

唰唰唰——又下雨啦？！

我有点狐疑。拉开窗帘看看，全世界都湿漉漉的。

我是在进入冬季的第四天来到上海的。严格意义上，我所说的“上海的雨”这句话并不成立，在内涵与外延上不严谨，没有逻辑性。我的意思和名家“白马非马”的诡辩有本质上的区别，不能混为一谈。确切些，只能说是“上海的冬雨”。

前天上午十点多钟，我乘坐商场垂直观光电梯下行，一位大叔说：“雨终于停了。明天，就会出太阳了，真是难得！”旁边一位阿姨附和道：“可不是嘛！这场雨下得够长，超过半月。”另外一个声音说道：“见不到太阳和月亮的日子，真让人受不了。心都发霉长毛了！”毫无疑问，他们对于接连不断的雨天充满了无奈与厌恶。似乎天气永远应该风和日丽，阳光明媚。

在我内心里，真的不以为然。在大自然面前，人类何等渺小！有什么埋怨的？不是风动，不是幡动，仁者心动。相由心生，境乃心造。心若无雨，便是晴天。何况，我真的喜欢下雨呢。尤其喜欢在毛毛小雨、蒙蒙细雨，一如现在上海的冬雨中，漫步于乡村田园，林间小道，车辆行人稀少的街头。那种适心惬意，那种韵味旋律，那种浪漫情怀，十分难得。

郁达夫认为，江南的冬雨，很少有人喜欢。我便是这很少人群中的一员吧。上海的冬雨，不像北方的秋雨冰凉中透着寒意，不像长沙的冬雨，下得恣意、豪放，酣畅、淋漓，与吴侬软语是如此得默契、般配，绵柔、悠然。

雨，让天地成为一体。正是雨，作为唯一的媒介，让人分不清天地。盘古开天辟地之前，云烟氤氲，混沌未开，世界大约就是这种状态吧。不知从何时起，我对这场持续了十六天之久的冬雨已习以为常，没有感到厌倦，没有丝毫幽怨，没有什么焦虑，没有任何郁闷。记忆仿佛墨水洇湿的宣纸，慢慢显现。没错，这次应该是第七次下雨了。一次、两次——六次阴雨连绵，六次阳光灿烂；亦步亦趋，仿佛赶波的潮汐。最近的一场雨，歇息了不足两天的时间，又一次拉开序幕，开启了新的征程。我不知道阴晴反复这种情况还会上演多少次。屈指估算，此前两月时间，阴雨天就有 43 天，平均一次就要持续一周之多。这是老天预谋的“雨的战役”？我记得，到这儿第 45 天的时候，因为雨的频繁袭击，竟使日、月全食累计达到 33 天，其余 12 天，能看见太阳或月亮的日子，合计不超过七八天。截然不同的地理条件，反差极大的气候环境，于北方生活了五十多年的我来说，不仅仅是能否适应的问题，在生理与心理上，都是一种严峻考验。一旦寒流来袭，就感到透心凉！

我自幼喜欢雨，并非没有来由。农民出身，注定了自己对雨有一种微妙的情感，大约与情人的感觉有几分相似。起先，我一定是喜欢风调雨顺的“雨”，好雨知时节的“雨”，瑞雪兆丰年的“雨”；后来，便把雨天当作老天爷赐给农民的休息时间。因为，上帝创造的“礼拜天”与农民是无缘的。爱屋及乌，让我喜欢上了不同地域不同季节不同强度不同长度的雨。

上海的雨，遇到我，或者，我遇到上海的雨，都是一种幸运。相遇了这么久，不但没有一丝一毫的腻烦，相反，我还一直保持着初恋般的激情与新鲜。难道在我们之间隐匿着一种心照不宣的默契？以前，我在南方任何一个地方，没有待过半月以上。偶尔遇到过一两次雨，不是哗哗啦啦的倾盆大雨，就是裹挟着暴雨，要不是因为它的粗鲁莽撞，耽误了我的行程安排，相信我也不会滋生厌恶与反感。然而，这次到上海，雨，非常知趣，似乎要以柔情来打动我，以缠绵来陪伴我。

上海属于亚热带季风气候，春秋多雨。2018 年冬季，雨水却出奇得多。尽管断断续续没完没了，却都属于小雨范畴，连中雨的迹象也没有出现过。也许因为淅淅沥沥的毛毛小雨、蒙蒙细雨天气较多，绵延的时间也长，增加了很多变数：时而似有若无，默然无声；时而似断若续，绵绵无期；时而密密如织，仿佛银针落九天，好似珠帏悬星河。时而唰唰唰迎面扑来，时而滴答答凌空而至，时而沙沙沙遮天盖地。由于湿度大，感觉比较冷，雨过天晴之后，比阴雨天还要冷。上海，植物种类繁多，四季花开花谢不绝，月季恢复了它本来的面目，月月花谢花开，绵延不绝。有许多木本、草本及草木本（俗称藤本）植物，我并不认识。北方早春二月才绽放的桃花、李花、杏花，在这儿却是春节之前的腊月就相继吐芳露蕊。以乔木来说，属于针叶与阔叶混交状态。由于常绿与落叶并存，一边是草长莺飞，鲜花绽放，一边是落叶萧瑟，枝丫光秃。绝大多数时间，呈现在我们面前的是鲜花盛开，绿茵如织的场面，偶尔，也会有讶异的例外。譬如，属于落叶乔木的法国梧桐作为行道树的街巷，并不多见，却给人北方秋冬凄凉萧瑟的感觉；至于常绿乔木，比比皆是，纵然在一棵树上，既有嫩叶萌发，也有壮叶葱茏葳蕤，也有陈叶枯萎凋零。一方天地，却给人一种四季“同在”的感受。

雨，把现实与历史联结起来。我眼中上海的雨，与一段历史有相通之处。在降水强度上，却远远不及。记忆中，20 世纪 70 年代中期某个秋季，北方大部分地区阴雨连绵，小雨、中雨、大雨交叠混杂，持续、绵延超过 40 天，在我们老家，还伴随着轻微的地震。震感明显时，几乎所有的家庭成员，不约而同纷纷离开房屋，撤离到户外空旷地带。感觉疲倦的时候，人们陆陆续续又回到屋子，即使保持着睡眠的姿势，神经也是高度紧张，忐忑不安，随时准备夺门而逃。时间久了，人人疲惫不堪，就改为轮流值班，来缓解往日的疲劳和异常的压力。而在此前的 60 年代里，关中地区许多年份夏粮歉收，加之持续干旱，秋作物无法播种，在一些迷信者的倡议下，全村的成年人，自发组织了一场“祈雨”活动。众人抬着庙里的龙王塑像进行了为期一天的巡游与祭拜，个个精疲力竭，最终老天却熟视无睹，安之若素，没有落下一滴雨水。对此，信奉者有两种解释：一是参加活动的人，不够虔诚，没有让龙王感动；二是人类中有些人的罪孽太过深重，不能得到龙王的饶恕。

上海，江河湖泊众多，雨，对这个城市化水平很高的大都会的影响微乎其微，不至水多为患。自然形成泄洪的溪流、湿地、沟壑、滩涂等，无一例外地被加固并保存下来。让我真正忧虑的是，上海一座城市的人口，就与澳洲相当。人多有诸多优势，劣势也是显而易见，尤其在应对自然灾害的时候，比如，海啸，台风，难度可想而知。

雨，使各个地域变得相似、雷同。以前，在我的心目中，世界上任何国家、地区，下雨的情形大同小异，雨中世界没有什么例外。现在，我觉得，这种坐井观天形成的一己之见是何等荒谬！

上海的冬雨，如果从绵延的时间来看，与江淮一带的梅雨、华西漫长的秋雨都有几分相似。

上海的冬雨，有一个鲜为人知的特点：随风飘荡，摇摆不定。忽左忽右，忽前忽后，忽上忽下。纵然打着伞，把自己遮盖得严严实实，你突然会惊讶地发现，自己的脸面潮乎乎，衣裤什么时候已经湿漉漉的，自己竟浑然不知。我仔细观察，认真分析，静心思索，终于明白它是随风潲到身上的，真的是“润物细无声”。由于城市庞大，上海的风，阻碍迭出，七拐八绕，随着气流飘荡翻飞，原初的风向失却了定力，从而变得神秘莫测，扑朔迷离。

上海的冬雨，虽然裹着一层面纱，却给人一种窈窕淑女般的感觉：自然清纯，似出水芙蓉；曼妙优雅，情深而悠扬；悄然无声，却韵味无穷。只有置身其中，用心感受，才能在轻柔的旋律中获得不可多得的宁静。

上海的冬雨，既没有戴望舒《雨巷》的浪漫情怀，也没有余光中《鬼雨》的悬疑惊悚，更没有汪国真《雨的随想》的飘逸与深刻，却给予我深刻、难忘的印象，让我思绪飞扬。但是，我明白，冬雨作为雨之一种情形，其狭隘、局限显而易见，倘若以偏概全，是何等肤浅与荒谬！忽然想起一句名言：整体大于各部分之和。不言而喻，仅仅以冬季失之偏颇的阅历来写上海的雨，即使要做到形似，也有些好高骛远之嫌，想要形神兼备，则与痴人说梦无异。

（七）生活方式的变化

毋庸置疑，生活方式是时代的缩影，必将载入史册。

同样的环境，可以造就不同的性格与命运；同一种条件，可以得出迥然不同的结论；同一个人，生活方式并非一成不变。在一千个人中，就有一千个哈姆雷特。于笔者而言，把在上海生活的管窥之见书写出来，并不指望得到大众的认同，引起大家的共鸣。作为此随笔的结束篇，完全缘于内心立此存照的冲动。自知难免一叶障目，有挂一漏万之过，退一步想想，有，胜于无；不足，好过空白。聊以自慰。

导航定位

在任何一个中小城市，花费不了多少时间，我们就可以对城市的布局有一个大致了解或者基本掌握，单独出行游玩还是购物，足可以成竹在胸，游刃有余。倘使有疑虑，随手买一张导游图便可予以消除。但在上海，这种业已形成的思维模式与心理定式，必然会得到彻底颠覆，你的出行，有一个必需的前提：要么在手机上，或者车载仪器上拥有导航定位功能；要么有一个你信得过的向导。否则，你将到处碰壁，分不清东西南北，寸步难行。对来自小城市的人而言，上海，真的太大了，大得超乎想象！

在上海，传统意义上的地图，因为诸多的缺陷，已经淡出了人们的视野，它被一种新型地图所替代。新型地图，更经济、更实用、更耐用、更全面、更详细、更精确，强大的功能可以满足人类生活的需求。它不是纸质的、静态的、模拟的，而是电子的、动态的、数字化的。在上海这样的大都市，一般来说，民众使用的数字导航系统主要为高德地图和百度地图。

高德地图使用量子卫星为依托的北斗导航和位置服务，更加精准、快捷，且流量耗费少，使用者占比很高，而且呈现出不断递增的趋势。这种电子数字地图，非常实用，使用方便。它不但可以任意缩放，更重要的是它强大的导航功能、定位功能。无论驾车、打出租车、乘公交车，还是步行，它都能够在出发地与目的地之间迅速为你设计出一条便捷的直达，或换乘路线；在按下导航键之后，随时有路径状态状况，行程路线、方向，距离、剩余时间及注意事项等的语音提示。位置服务的定位，可以在茫茫人海中为你找到一个确定的对象提供精确指示。拥有了它，人人都是"千里眼"，做到眼观六路易如反掌，依据正常速度预测出到任何地方的距离与需要的时间，减少盲目性，又不致陷入盲行、"迷路"的窘境，从而让你的出行轻而易举，少走弯路，省时省力。

率先实践

中国古代在世界上最闻名贡献是"四大发明"。当代中国，也有"四大创造"：网购，高铁，支付宝，共享单车。

新的四大发明，在全国范围内有程度不同的使用，在上海的普及程度极高，而且潜力巨大，具有良好的前景。

以"网购"为例，呈现出飞速增长的态势，实体店正在被虚拟店取代。物联网在这儿发挥的作用超乎想象，网购进入大众生活之中，成为日常的生活方式之一。

重要节假日，由于商家采取促销策略，网购量不断增长，而"双十一""双十二"由于优惠幅度加大，更是大众近乎疯狂抢购的时候。仅在这两个节日，当前用的、未来用的、有用的、没用的，我的女儿就购买了一万二三的东西，这个价格当然是折扣促销之后的，让我不胜唏嘘：不大的家，角角落落到处都是快递的箱包，与杂货店无异。因为她下班比较晚，常常是在天黑之后才到家，节假日加班也是常有的事，隔三岔五我就得去快递专柜取包裹。好在不用去快递公司，到不远的大门口就可以自己取回，否则，不得而知我会腻烦到什么程度。

一般而言，快递公司在有条件的小区门口里面或者外面，会设置快递服务业务和快递专柜，方便客户邮递或者收取，从而减少人力资源浪费。平心而论，这种服务是极其周到的，让我叹服。遇到重大节日，快递公司的业务量大增，快递专柜根本无法满足用户的需求，只有临时雇用员工，在人口密集的区域中心撑起帐篷提供服务了。

而支付方式的变革，更是让长期生活在大西北的我眼界大开。无论购物、上学、医疗、出行、就餐等，莫说出租车接受所有可能的支付方式，就连地铁、公交车也支持支付宝付款，刷“手机”即可乘坐，甚至于连街巷里的流动商贩，都可以用支付宝转账，或者以微信支付，你根本不用担心口袋里有没有现金，只要在自己必不可少的手机上绑定银行卡就可以完全搞定。事实上，有许多的弄潮儿口袋里从来没有一分钱，有效扼制了现金盗窃行为，可以毫无顾虑，怡然自得地走南闯北。

上海现有的三个火车站，除南站为高铁站外，其他两个原有的普通火车站，也已与高铁网接轨，实行“双轨制”，进出的高铁列车数量在全国首屈一指，这与长江三角洲高度发达的交通运输设施建设密切相关，也与流动人口数量与日俱增不无关系。

上海，是我国城市化水平非常高的城市，环境保护理念与实践超前，政府投入力度大，共享单车使用率很高，有待拓展的空间很大。

交易差异

这里，从一毛到一元的纸币、硬币在日常交易与流通中不可或缺，买卖公平的原则得到了很好的体现。然而，在西北，尤其在青藏高原上，毛毛钱很少有什么用场，硬币（钢镚儿）完全退出流通领域，仿佛根本不存在一样。即使坐公交车，也是使用一元二元面值的纸币。唯一的解释是，硬币面值小，质量大，鼓鼓囊囊，携带不便。偶然有外地人支付，会不明就里遭到拒绝，往往让人莫名其妙。毛毛钱已经很多年没有人在乎了。即使遇到吹毛求疵，斤斤计较的人，也是自觉地遵照约定俗成的“四舍五入”原则取舍。

小区管理

在浦东新区建设的住宅小区，人性化的元素很多。比如，小区设立的物业服务中心，会满足业主所有属于物业服务范畴的需求，仅仅这个招牌，就让人温馨、感动；庭院环境，因势利导，浑然天成，让人有置身大自然之中的感受；在临时休闲活动的场所，设置有临时休整的座椅；通常会设置好几个出入口，居民只需一张磁卡，无论是正门，还是侧门，只要刷卡，自动门都会让你通行无阻地自由出入；大门口，设置有宣传、服务信息专栏，既可以让业主掌握相关的政策、规定，还可以让业主了解物业服务之类的动态信息；传统节日，往往会营造出一种与之相适应的氛围；在正门24小时有专人值班，并同时设置行人与车辆进、出的单行通道，等等。

自助结算

自助结算就是说，去商场、超市购物，你无须忍受排队等候之苦，可以去自助结算机主动结账。你只需要把商品的条形码，对准自助结算机扫码，商品的价格一一就会显示出来，其后有合计价格，在复查没有异议之后，按下“确认结账”键，用支付宝转账，购物明细结账单就会自动打印，带上物品，拿上结账单就可以大摇大摆走出商场，简便快捷，省时省力。任何抱有侥幸心理的人，无论有意还是无意，只要有一件商品没有结算，则无法走出商场或超市。自助结算，在无人服务商场、银行已经得到了初步运用，推广普及指日可待，它的实际运用，无疑是社会变革的一个缩影，于此，让我们看到了一个社会新秩序已来临：诚信。

诚信社会的实践已经通过信用卡，自助结算等形式，迈开了重要的第一步。虽然起步较晚，毕竟已经起步；虽然可能迟到，但一定会到。起步，总比不动强，迟到，总比不到好。

主动打车

目前上海有一千多条公交线路（含属于轨道交通的十几条地铁线路），拥有一万多公交车辆，运营出租车近五万辆，加上其他社会车辆，汽车拥有量约200万辆。如此庞大的交通运输设施，让日常生活变得方便快捷。然而，在上下班高峰期，也往往造成交通拥堵现象，偶然发生交通事故，就会造成暂时的交通中断，使区域生活陷入瘫痪混乱。相对而言，地铁因为更加安全，沿途不受红绿灯的限制，各班次之间间隔短，优势更加明显，且方便快捷，成为民众出行的首选。

但是，对于老幼病残来说，乘坐公交车的可能性就会大打折扣。就我来说，因为外孙年幼，尚处于婴儿时期，遇到不得已的外出活动时，打车无疑就是唯一的选择。在上海，打车与在大西北截然不同。即使非常有耐心，除了偶然如愿，绝大多数时间都会让人惆怅失望：眼看着出租车亮起的是“空车”信号，任你怎么招手拦截，人家总是视而不见地从你身边毫不减速地溜走驶过。起初，我以为是因为人家有急事、不得已才拒载，事实上，是因为人家应约接客去了。为了摆脱这种尴尬窘境的发生，我决心主动出击，学会使用网络约车平台。

在孩子指导下，下载了App软件，开启了手机上从来未曾使用过的一项功能：滴滴出行。这让我由原来的乘车习惯中解放出来，实现了由被动等待向主动邀请（俗称“叫车”）的转变，使出行尽在自己“掌控”之中。网络约车的基本程序是：通过网络进入“滴滴出行”，让乘车平台获取我所在的位置，自己输入要去的地方之后，发出乘车邀请，运营车辆（被叫）接单，开车至主叫出发的位置，主叫上车，车辆启动，向目的地行驶。被叫一旦接单，运营车辆的基本情况，比如车辆名称、种类、颜色号、号牌、所处的位置、距离、到达时间，司机的姓氏、网络电话，都可以一览无遗。如果我不满意，或者情况发生变化，在规定的时间范围内，我可以无偿取消订单。当然，被叫方也可以根据主叫与自己距离的远近进行取舍（接单，或者拒绝接单），在规定的距离范围内，不能因为主观因素拒绝接单，必须有充足的客观理由，否则，是要受到警告或者处罚的。

“滴滴”，以我的理解，无非就是对社会闲散车辆进行有组织的整合，就近提供快捷服务，从而发挥出最大的个体效益和社会效益。这些运营车辆因为事先进行了登记注册，有组织地运营，所以它与偷偷载客的“黑车”有本质的不同，可以放心使用，值得信赖。事实上，“滴滴”常用高德地图，百度地图数字导航定位系统，服务平台所提供的路线都是最便捷的。“滴滴”通常用的有三种车：快车，出租车，专车。它对于服务和提供服务的双方都非常有益，最大限度地节约了资源，避免了时间、资源的浪费，使主叫方摆脱了无望的等待，是一种比较经济的出行方式。

我很多次打快车，整体上是满意的，没有出现过绕道行驶以及其他宰客的行为。倒是有“活地图”之称的一位出租车司机在我没有任何心理戒备的情况下，不知如何做了手脚，一次就比正常价格多收了三十多元。以我的体会，出租车的收费标准每一单（也作一次、一趟）似乎比快车高出 15% 左右。还有一种比出租车收费标准更高的车辆，号称“专车”，似乎每一单比出租车高出 20%，一般来说，这种车辆，往往是品牌车，质量好、档次较高，车辆内外既干净又卫生，乘坐宽敞舒适，服务全面周到，如果不是太缺钱，还是值得乘坐的。

据宣传推介，在滴滴这个服务平台上，还推出了一种更快叫到车的服务方式，叫作“拼车”。暂时寄居在上海的我，不可能有什么火急火燎的事，对于拼车总觉得疙疙瘩瘩的，没有体验过，也就无权说长道短了。

多种经营

上海作为一个商业化气息极其浓厚的城市，得益于消费市场的庞大，社会需求的精彩纷呈。琳琅满目的商品，五花八门的行业，让人随时会眼花缭乱，惊奇非常。只有我们想不到，没有人家做不到。即使机关事业单位的工作人员，业余时间也会张开双臂，投入市场大潮之中，以求分得一杯羹，得到一分红利。用一些当事人的话说，靠工资生活，可能会饿死。虽然有点夸张，道理却不差。

实际上，许多公职人员都在工作之余，有一份兼职。单就各种各样的知识补习班我们就能猜测出教师的来源与身份。人家有一个充分的理由，只要不违法，就行。只要法律、道德没有明确禁止的东西，都是可以做，能够干的。在理念上，西部与东部，内地与沿海是大相径庭的。

从事经营的人，往往也不拘泥于一种业务，市场需要什么，就提供什么，什么能挣钱就干什么。透过这些以时间长短予以区分的名称，相信大家就会有一个基本的了解：固定工、临时工、钟点工、雇用工。待在这里没多久，我就发现一些小店，主业与副业是同时进行的。比如，一些小店铺，清晨就会提供品种单一的早餐，或者是煎饼奶茶，或者是油条豆浆，或者包子稀饭，或者饺子馄饨。

读书生活

读书，成为一种颇为众人推崇的生活方式。

上海，闲暇跑书店、泡图书馆的人很多，当读书成为一种生活方式的时候，居民的文化素质，乃至城市的品位、格调就会显现出来。

上海的书店自然多得令人惊叹，大大小小有好几千，有一定规模的达600多家，值得一提的可谓不少，它们各有侧重，特点突出。比如上海书城、外文书店、经世书局、季风书园、大众书局、鹿鸣书店、1912百新书局，等等，都是其中的佼佼者。上海书城从体量上就让人侧目，在独立的一栋大楼中占据了下面的七层，营业面积达到一万多平方米，是上海市一家超大型综合书店，种类齐全，品种有15万之多，想要什么书基本上都可以找到，日平均营业额30万元，最高日销售额和最高读者日流量分别达到85万元和3万人次，经常有作家举办新书签售会。百新书局的独特之处在于，与书籍相关的周边产品极其丰富，比如包包、笔记本、手帐、明信片之类。

上海，也有一些不尽如人意的地方，有些生活方式，非但不时尚，甚至于陈旧落后，激荡着颓废的负能量。

比如，豢养宠物。养宠物犬呀，猫呀什么的，已经成为上海家庭比较普遍的生活方式。这一点我们可以从狗猫与人同吃同住同生活得到实证。宠物商店，宠物医院比比皆是，而且生意红火。白天，在街上行走，突然，就有一条狗挡住去路，让你进退两难，脑子里就会冒出一个疑问：这还是人行道么？夜晚，往家赶，不经意脚下一滑，你条件反射地调整重心，打了一个趔趄，幸好没有摔倒。你于是想探个究竟，低头一看，你明白踩在一堆狗屎上，你很是恼火，非常气愤，很想骂人，可是，骂谁呢？没人受，也没有用。于是，悻悻然地继续走自己的路，并在心里祈祷：别让我再撞上什么“狗屎运”！

不再啰嗦，就此打住吧。

第六篇
生活随感录

献给热爱生活，但并不随波逐流的人们！

一颗孤独的心，需要理解；
一个不安的灵魂，需要抚慰；
一种怪异的思想，需要了解；
客观、公正的认识和评价，
是我对您永恒自信的期待！

时空——永恒与无限

时空是时间与空间的代名词。它，既无过去，也无将来，是永恒与无限构成的集合。

时空，是万物的载体。万物的存在，无不处于时空之中。生命只是时空诸多附着物之一，人类只是这附着物中的一种元素。

是人类创造了时空的概念，但人类出现之前，时空却早已存在了。

年龄随着时间增长，生命随着时间衰老。在时空中，所有生命物形成了一个偏见：生命与时空同在。

时空，对于生命而言，只不过是用永恒与无限来吞噬那短暂的有限。

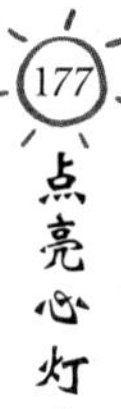

自然——人类的至尊者

（一）

大自然为人类提供了生存生活的基本场所。没有这个场所，人类的生存就失去了保障和依托，生活也就失去了着落。

是大自然造就了生命与人类。但人类与其他生命有着本质的不同。在大自然中，人类一直在抗争、在改造，而其他生命物则一味顺从与适应。

在与大自然抗争的过程中，人的欲望没有穷尽。一分的索取，大自然要人类加倍来奉还。在人与自然的持久战中，人注定受到无情的惩罚，而成为一个可怜的失败者。

在大自然的怀抱里，一方面，人类尽情享受所有的恩惠，另一方面，也得忍受各种各样自然灾害的袭击。

大自然有自己的法则，一切生命物或非生命物，若不加以遵守，必将被无情地判罚出局。对抗，尤其是身份、权力、地位不相称的对抗，渺小、脆弱的一方，必将付出惨痛的代价。

大自然是人类的至尊者。

（二）

我们所做的一切，大多数是在毁坏我们栖息生存的自然世界，同时也是在自毁其身。

我们的足迹所到之处，自然环境毫无二致地遭到或多或少的破坏，打破了那原有的平衡。在这个世界上，已很难找到一方净土。

（三）

在我们生存生活的这个星球上没有永恒、绝对的东西存在，是因为连这个星球也不是永恒、绝对存在的。

（四）

我们想从根本上改变自然环境、生存生活环境，只能是无能为力的异想天开。

（五）

热爱大自然实际上是出于人类关爱自己的自私考虑。

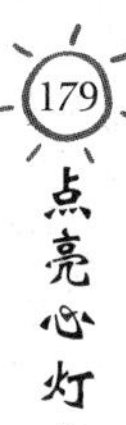

社会——人为的樊篱

（一）

是人创造了人类社会，而不是社会创造了人，弄清这一点对人特别重要。

人之所以创造社会，是为了在其中得到更加自由和全面的发展。社会是人创造的，为了人的利益和目的的机构与组织，所以它绝不是也不应该是反人类、反人性的。

（二）

在黑白颠倒的社会里，真善美与假恶丑的标准也被倒置。“真”遭人唾弃，“善”受人欺凌，“美”任人宰割。对此，每个人都有一份责任，因为，这是人为的结果。

（三）

社会对人的评价往往依据习惯。殊不知习惯常常是在世俗之偏见影响下形成的。

真正的自信常被社会误作自负而惨遭世人的冷眼。这是自信者的不幸，也是社会的大不幸。健康的社会应该是个性鲜花盛开与张扬的社会。人人自危，戴着假面具生存生活的社会，在看似平静的后面，隐藏着多少钩心斗角、尔虞我诈的暗流涌动，这样的社会是危险的、可怕的、极其不健康的，是与人的自由发展背道而驰的。

（四）

社会习惯以成败论英雄，其实，失败者未必不是英雄，成功者也不一定是英雄。

“至今思项羽，不肯过江东”。在楚汉争霸的过程中，虽然项羽败北，但他除刚愎自用以外的肝胆豪气、男儿血性无不使人感动，他才是一个真正顶天立地的英雄。至于刘邦，只不过是一个猥亵小人，他的成功，正是由于玩弄权术到了炉火纯青的地步，笼络了当时不少一流人才，并充分地利用了他们在各个方面的才华与智慧。

（五）

金钱的地位正在急剧地上升。在许多人的心目中，最坚定不移的情感就是对金钱的执着追求和虔诚向往。

生活——无形之网

（一）

人在自己创造的社会中，生活并不是自由的、随心所欲的。他（她）受各种社会关系的制约、支配，扮演着各种各样的角色，甚至戴着面具生活。由于阶层、行业、职业、岗位的不同，也必须遵守一定的行为准则与规范。

各种各样的社会关系、人际关系、行为准则、法律和道德规范，等等，构成了一张上下捭阖、纵横交错、疏而不漏的无形之“网”，使每个人“在劫”难逃。

（二）

生活，不是单色的、恒定的，而是七彩的、变化的。纯真、纯善、纯美与纯伪、纯丑、纯恶一样，是不存在的。在一个人身上如此，在一个社会里也是如此。

生活的色彩是多变的，但并不以人的意志和愿望而发生根本性的改变。变化是极其缓慢的，是渐进的。

（三）

生活是一部百科全书。如果你留意观察，你会发现：想学什么，就有什么。且只要肯下功夫，一定能学有所获、学有成效。“学”，取决于我们的主观愿望；“用”，则取决于我们的动机与目的。生活教人行善，也同样教人作恶，至于行善与作恶，往往因人而异。

（四）

在生活中，人们学会了怎样用聪明的方法达到“自我”的目的。从生活中习得的东西，往往才是在生活中真正“有用”的。

（五）

生活使人幸福，使人快乐，使人甜蜜；同样使人痛苦，使人烦恼，使人苦涩。

复杂、多样的生活是人自己有意或无意创造的。因此，我们完全有理由说：生活的色彩是人为添加上去的。

（六）

真正的英雄往往以失败而告终，在成功者中，不乏滥竽充数的懦夫和无赖。

生活，实在是“把对弱者的同情引向对强者憎恨”的艺术。

（七）

生命唯一的动机是生存，唯一的准则是以最小的能量消耗获得最多的能量补充。节能，是一切生命物默默遵循的法则。

人类交通工具的不断改善，从一个侧面把生命节能法则表现得淋漓尽致。

（八）

生活的乐趣是自己找出来的，生活的意义是“自我”赋予的。从本质上讲，生活本来就无任何意义。

（九）

艰难的生活毁灭人，也成就人。

（十）

五彩缤纷的生活是人们为了满足自我的需要而创造出来的。有的人，为了生活失去道义和良知，学会了撒谎和欺骗，甚至会不择手段。

（十一）

生活本身就是平淡无奇的，不平淡才是人为的。过惯平淡生活的人，恐惧刺激的生活，害怕冒险的生活。

谁能支配自己的生活，谁就把握住了自己；谁被生活所支配，谁就失去了自己。

（十二）

现实生活不知粉碎了多少才华横溢、有志有识之士雄心勃勃的美梦，使他们成为卑鄙无耻之徒“刑室”里的受苦受难者。

（十三）

现实生活中有不少“朋友”是建立在功利基础上的。生活中不乏朋友，但缺少真正的友谊。知音，则更为罕见。

（十四）

最不可信又不可交的正是那些整天以笑脸相迎且极尽能事阿谀奉承你的人。

（十五）

生活没有定势。无论是健康的生活还是病态的生活。

在失去中你将得到，在得到中也有失去。

人——一个试验

（一）

人，是一个怪物。越是忙碌越觉充实，愈是安逸愈觉空虚和无聊。

（二）

一个人的失败之路有无数条，而成功之路却只有可怜的一条。因此，选择显得异常艰难。

（三）

权高位尊的人也常犯平民所犯的错误。问题是，平民犯错，危害不会太大。权高位尊者一个小小的错误，其危害可能无法估量。

地位再高、权力再大的人依然是人，而不是神。

（四）

没有谁是多余的，也没有谁是不可缺少的。任何人可以在人生的交往中，毫无疑义地得出这一真谛。

相传古代一个人有五子：一个眼瞎，一个耳聋，一个脚跛，一个背驼，一个游手好闲。他让盲者搓绳，聋者放牧，跛者纺纱，驼者种田，好动者经商，家庭生活异常和谐殷实，其乐也融融。

即使最伟大的人物，也不可能“万岁，万岁，万万岁”。江山代有人才出。离了谁，地球照样沿着既定的轨道转动，太阳依然会从东方升起。

（五）

在没有任何利害（益）冲突时，人与人还是能够友好地相处，人性恶的一面也隐藏得很深很深。

比如，外出旅游途中的邂逅者，其言谈举止往往使你感到人性的光彩四处飘溢。你言不由衷地会赞叹：世上还是好人多啊！

（六）

即使最精明的人，也有选错道、走错路的时候。

精明人从不在他人面前显露自己的精明，因为他懂得“枪打出头鸟”的道理。

（七）

以自尊生活的人，有时连生存生活的自尊都失去了。

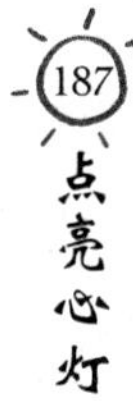

（八）

人之爱虚荣，在很大程度上为野心家和阴谋家提供了实现其梦想的条件和机会。

（九）

忙碌中的人有时会昏了头。那是因为，一不小心让“魔鬼”钻了空子。

（十）

切莫小看了任何人。在紧要关头，哪怕是一句有意无意的话，既可以抬举你，也可以毁了你。

（十一）

跌倒的人一旦爬起来，会行得更稳更健；未跌过跟头的人，随时都有跌倒的危险。

（十二）

任何人都可以评论他人，但不同人的评价，往往会有不同的社会效果。

（十三）

人总是依靠希望而生活，失去希望而活着的只是一具僵尸。

（十四）

背着你的时候，人的原形就毕露了。

（十五）

即使最亲爱的人之间，也还是保持有一定的距离，拥有独自的秘密。

（十六）

有的人的聪明行为在另外一些人看来，只不过是一种故弄玄虚、自作聪明的愚蠢而已。

（十七）

有的人靠能力与才干生活，有的人则靠阴谋与野心生存。

有的人为了自己的利益，不顾他人、民族和国家的利益；有的人为了顾及大局，则可以放弃自己的生命。

（十八）

与其说我们爱人，不如说是我们的自爱。爱人实际上是加倍爱自己。

（十九）

我们对人和事的评价，有时只是根据自己的心情与感受。真正地客观评价实在是一种良好的愿望。

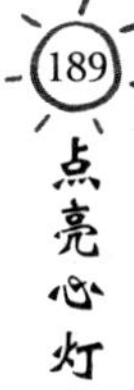

（二十）

自信的人正视生活，并处处推销自己；自卑的人逃避生活，且时时隐藏自己。

（二十一）

失去激情的人，就像凋零的花、枯萎的草一样没有生机与活力。

（二十二）

不怕死的并非都是强者，畏惧死亡不一定就是弱者。这要看他们因为什么或者为什么怕和不怕。

对于强者和弱者，每一个人都有自己的理解和看法。

（二十三）

遇到恶人，鬼都会战栗、却步。

（二十四）

嗜好颂歌、赞歌的人的周围，拥挤着的是一群不厌其烦、异口同声嗡嗡乱叫的“苍蝇”和“蚊子”。

沉湎于颂歌欢愉中的人，最终也将在颂歌声中“丧生”。

（二十五）

耿直的人，偶然撒谎也会叫人信以为真；说惯谎话者的所有真话，自然而然的也被当作谎话。可见，人们的心理定式是多么难以改变。

“狼来了”那个童话故事妇孺皆知，但当狼真的来时，又有谁能相信那句话反映的真实现象！现实生活中，以假乱真，以真为假的事情比比皆是。

（二十六）

“病态的人”往往自负地以健康者自居，“健康的人”反倒被认作是病态的。

（二十七）

人人都可以接受“小聪明”，但却不能容忍“大聪明”。这是“小聪明”居多的根本原因。

（二十八）

谦虚的人往往发现他人的优势和长处。骄傲的人则只看到他人的不足与缺陷。

（二十九）

谁在弥留之际没有内疚、悔恨和遗憾，谁就是世上最幸福、最伟大的人。

（三十）

善于理解、体谅他人是真正的“君子”风度。

（三十一）

冤枉一个人是极其残忍的。尤其受到最亲近者的冤枉，是痛苦异常的事。

（三十二）

在冷静地反思之后，我们会发现，自己所做的一切努力实际上是与自己的命运开玩笑。因为，动机愿望与目的效果相差十万八千里。

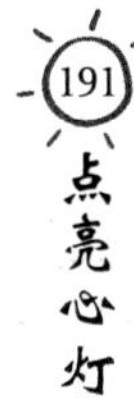

（三十三）

最好的猎人也有失手的时候，绝顶聪明的人也不可能事事如意。

在人们看似聪明的行为伴随着愚蠢、谦卑的后面，往往隐藏着鄙视与诡计。

聪明，不一定把自己带进“天堂”，更大程度上是把自己抛入“地狱”。

（三十四）

在“灵与肉”的较量中，许多人心甘情愿让“灵”做“肉”的俘虏。

（三十五）

假若上帝能够再造我们一次，我们依然会发现，我们还是犯了不少的错误、走了如许的错路和弯路。

（三十六）

一个人的错与对，都是历史，是过去而不是现在。错与对、功与过、是与非，都需要经过时间的检验。

（三十七）

在不幸与厄运面前，人更需要坚强和勇气。

（三十八）

人的惰性是在不起眼的小事小节里慢慢长成的。

（三十九）

无个性的人，是社会中的“多余人”。无个性的人，不是奴隶，便是工具。

（四十）

不容对手存在的人，是极其缺乏自信且无能的人。

（四十一）

人活着就会追求幸福与快乐，但却要忍受各种各样的痛苦与烦恼。

人，忍受痛苦的能力是有限的，如果痛苦超过了忍耐的最大限度，痛苦也将不复存在。

（四十二）

一个人，只有完全能按照自己的自由意志行事的时候，才能成为真正的自己。从这个意义上说，人永远不可能成为“自己”。

一个人若被他人、群体、社会所同化，从真正意义上来看，他已经不复存在。一个人存在的标志，就是他独特的个性。

（四十三）

诚信待人，是作为“人”的基本要求和准则。但对有些人，我们不能拿“人”的准则去要求他、衡量他。

（四十四）

奸诈、虚伪、圆滑的人，虽然能讨得人一时的信任与喜欢，但绝不可能赢得一生一世的信任与喜欢。

（四十五）

一个令人讨厌的人，并不是生来就令人讨厌的，或者带有令人讨厌的品性。讨厌是后天习得的。

（四十六）

善良的人说：人比我们所能想象的要好许多。丑恶的人说：人比我们所能想象的要坏许多。中庸的人说：人既不像我们想象的那样好，也不像想象的那样坏。人生哲学家说：人可以比现在的好更好，也可以比现在的坏更坏。

（四十七）

在伟人群里，不乏善走极端的人和“怪人”、“疯子”。

（四十八）

一个人一生要做的事很多，能做的事并不多。对能做的事，真正做得好、做得漂亮的又实在是寥寥。

（四十九）

人如果想成为什么，就能成为什么的话，世界、社会、人，早该天翻地覆大变模样了。看来，存在主义对人“恨铁不成钢”的希望太大，期望值过高。

（五十）

没有比做人更难的了。唯其难，更显做人的伟大。

（五十一）

人首先为活着而活着。因为活着，才为活着寻找理由和借口，然后才探寻活着的意义。所以，有的人不知为什么活着，不知活着的目的、意义便不足为奇了。

（五十二）

摆在人生面前的第一道难题是：在无限的时空中怎样度过我们短暂而有限的生命？

（五十三）

一个人的礼炮有可能就是另一个人的丧钟。

（五十四）

病态的人有两种：一种是生理的病态，另一种是心理（精神）的病态。尽管生理病态的人很多，但与心理病态的人相较还是少许多。

健康的人只有一种：身心整体的健康。与病态的人相比，健康的人就很少，就显得微乎其微了。

（五十五）

一个人的品质和德行常常通过他的言谈、行为而表现出来。所以我们不必刻意研究某一个人的品质与德行，但对朋友，却必须例外。

（五十六）

人为达到个人目的，会不顾一切、不择手段。

（五十七）

研究人比研究其他任何东西都显得更为必要和重要。因为我们是人，就要懂得人是何物，怎么样才算是人。

（五十八）

爱面子的人常常丢尽面子。因为太多的人都爱面子，冲突就成为必然。

（五十九）

每个人一生所做的一切，实际上是为了埋葬自己而准备材料。有的人准备的是绿草和鲜花，有的人准备的是粪土和垃圾。

（六十）

有的人的自私自利性根深蒂固，甚至在尊重和赞扬他人时也不能例外。

尊重别人是为了赢得更多人的尊重，赞扬别人是为了让别人加倍赞扬自己。

（六十一）

喜欢一个人或一件事，在很大程度上是因为：我们往往为其表象所迷惑。

每个人都坚信自己的感觉是正确的。

（六十二）

人是情感的上帝，却是感情的俘虏。

（六十三）

只有我们感兴趣的东西，才能引起我们足够的重视和加倍的注意。

（六十四）

人消遣、娱乐的目的是满足自身的某种需要，从而生活得更加充实，而不是为了消遣与娱乐本身。

（六十五）

与其说我们是受人愚弄和欺骗，毋宁说是我们心甘情愿。即使最工于心计的人，也有露出“马脚”的时候。

（六十六）

我们之所以有许多的痛苦烦恼，是因为我们欲求太多、期望过高。

（六十七）

谁期盼并乐于接受同情和怜悯，谁就是一个弱者。

（六十八）

我们的好恶与爱憎全都出于自私自利的目的。正是自私的本性，使我们对一切卑鄙与肮脏视而不见，并心安理得的容纳和接受。

（六十九）

大多数人在生活中所得到的，相对于自己的努力和付出而言，是微不足道的。可少数人却恰恰相反。

有一句诗说得好：满身罗绮者，不是养蚕人。优秀的匠人建造的房子也不是自己居住的。

（七十）

我们所追求的完美，事实上，只是对好人好事好社会等的渴求。我们不愿这些是支离破碎、残缺不全的。

我们所追求的东西，一旦真正得到和拥有，也会觉得是寡味的。

我们之所以追求完美，是因为我们本身并不完美。

（七十一）

生活中，我们错过的机会、失去的东西太多了。当发现它的重要与价值时，无疑已经太晚太晚。

（七十二）

强迫别人，常常使自己陷入尴尬的窘境。

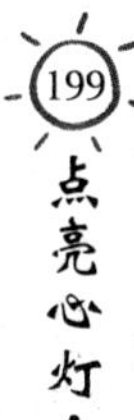

（七十三）

循规蹈矩的人，生活在真理与谬误的夹层间。所以他们既不会发现真理，也不会犯严重的错误。

（七十四）

无论错误多么明显、多么严重，极尽能事为自己辩护，已成为人们的一种自然习惯。

因此，最不能容忍和原谅的应该是自己，而不是别人。

（七十五）

对有些人来说，失望是希望的终点；对另外一些人来说，失望却是希望的起点。

一字之差，作用与意义大不相同，何啻天壤！

（七十六）

人与人的相识、相处、相交、相爱，用佛家的用语来讲，就是一种缘分。从实质上来看，无论亲缘、友缘、情缘，所有的缘分，以感情为纽带，与世俗的功利无缘。

因此，珍惜善待一切有缘人，才真正体现出感情动物的基本良知。

（七十七）

从一个人周围人的品性和德行，基本上可以判断出这个人的品性和德行。

（七十八）

在人类价值体系里，同情与怜悯是最廉价的。讨来的同情与怜悯更是不值分文。

（七十九）

人们所推崇与欣赏的，正是满足了人性的需求与本能的冲动。

（八十）

人们因理解的需要结交成朋友，又因需要的不能满足而与朋友分道扬镳。

（八十一）

对待失败的态度，是衡量一个人坚强与否的标准。

（八十二）

有些人的发迹史，是以另外一些人的血泪史为代价的。

（八十三）

人类在他创造的社会面前有时也会无能为力，不能不说是一种悲剧。

（八十四）

有不少事情，在我们看来是极其容易的，一旦做起来，却发现非常艰难。

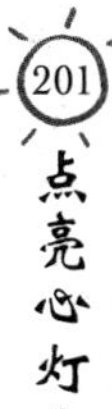

（八十五）

值得做的事，不去做是傻瓜；不值得做的事，硬去做是愚蠢。

（八十六）

徒劳虽然令人遗憾，但对人同样是一种安慰与满足。

在奋斗与追求的过程中，人得到了充实，享受了乐趣与幸福，从而驱除了空虚与无聊。

（八十七）

豁达自强的人，把“自我选择”带来的恶果与失败归咎于自身；狭隘自负的人却把这一切归罪于他人与社会。

（八十八）

在人生的歧路中选择极其艰难，在生活的荒漠里独辟蹊径则更为不易。

（八十九）

没有什么比自信更能使一个人坚强而有意义地生活下去。

自信是成功人生不可或缺的要素之一。

（九十）

真正追求、奋斗过的人生是值得自豪与骄傲的。无论是成功的人生还是失败的人生。

（九十一）

有滋味的人生并非都是幸福的、甜蜜的，更多的可能是酸楚的、苦涩的。

有滋味的人生是无悔的。

（九十二）

人生的重要使命之一就是走完生命的全过程。人生，原本就是一个过程。所有人的结果毫无二致、殊途同归——死亡。因此，过程的精彩才显得更加重要。

（九十三）

对人生的研究、思考将会增加莫名的痛苦与烦恼，甚至使人丧失“做人”的信心。

（九十四）

在流泪的蜡烛面前，我感到人生的不幸与可悲。谁不是燃烧自己而求得生命的意义和价值呢？

（九十五）

人是天生的猜谜者，也乐意在猜谜中度过自己的一生。

（九十六）

先苦后甜的生活才符合生活的一般规律。先甜后苦，除非特别坚强的人，一般人是无法承受的。

（九十七）

人生的根本要求就是创造出一个完全个性化的生命，让个性的鲜花充分开放。

欲望——生命的卫士

（一）

欲望是生命得以不断延续的内动力。欲望，自始至终都是生命的忠诚卫士，是生命最重要的保障。

（二）

无欲望的人是不存在的。生命结束，欲望才能根除。

（三）

正是永不满足的欲望把人类从蒙昧、野蛮状态带到了文明的新天地。

欲望，犹如不满而始终向上的车轮，要把人及人生活的社会从谷底推进到顶峰。

（四）

一种欲望的达成意味着另一种欲望的产生。人生的过程就是欲望不断满足和实现的过程。

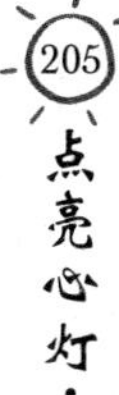

（五）

正是人们的欲望及其实现欲望的奋斗，使人生极其神秘而又充满刺激、乐趣，使生活变得丰富多彩。若其不然，生活就会像死一般沉寂。

人生的痛苦烦恼与幸福快乐无不源于人的欲望。

（六）

我们所欲望的，并不一定是生活所必需的、不可或缺的，但一定是我们想得到的、想拥有的。

（七）

欲望不是单纯的，而是复杂的、系统的，也是由小到大、由低级向高级演进的。

欲望受主体意识和潜意识的控制、支配，主体依外界环境和条件不断地调节、矫正自己的欲望。

人生是一个欲望不断产生、达成、破灭的过程。

人是一个充满欲望、因欲望驱动而存在的主体。

（八）

强烈的富贵欲望，常常使人觉得贫困潦倒。

（九）

生命之舟，若没有欲望的牵引，就只能在生活的海洋里漫无目的、随风飘摇。

欲望是生命的保驾护航者。失去欲望，生命之船就会抛锚搁浅、停滞不前。

（十）

熊熊燃烧的欲望之火会使主体走向堕落和毁灭。

人不是为自己而活着，是为自己的欲望而活着。

（十一）

名利的诱惑使人沉醉。以至有的人为名利而不顾一切，甚至不惜牺牲仅此一次的生命。

人欲的横流泛滥，只能把人类和社会抛向毁灭的深渊。

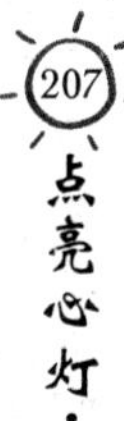

情爱——错综的激情

（一）

情爱，作为人类的一种感情，包括定向的爱情及无指向的“博爱”两种类型。从表现形式上来说，它是一种基于本能冲动与社会规范相互碰撞之后杂糅着感性和理智的激情。

冲动使人失去理智，激情使人陷入盲目。

（二）

爱是出色的魔术师，它精湛的演技常使人迷失方向，找不到自我。爱会把精明者变成傻瓜或者疯子，也会使愚钝者聪明敏捷。

爱是互动的。只有“我爱人人”，然后才能“人人爱我”。

（三）

当你坠入爱河中时，你方感到自由的可贵与不能自主的难熬。

爱是一种魔力，每个人都难以逃脱魔力的磁场。

（四）

步入爱河中的人，早已将生死置之度外，在他们的心目中，整个世界是他们的，他们也是整个世界。

（五）

爱，最自私，但也最无私。这要看当事人所站的角度。

爱可以使人成为善之善者，也可以使人成为恶之恶者。

（六）

心仪一个人，爱慕一个人，是一个人的自由，但被爱慕者也有拒绝、曲解、误解、爱慕另外一个人的自由。

心仪、爱慕不被理解、不被接受，虽然痛苦异常，但爱慕者无埋怨、报复或强迫被爱慕者接受的理由。

（七）

不自爱的人，不会爱，也不会被爱，甚至不配说爱。因为，那是对神圣感情的亵渎。

（八）

一个深爱的人是忘我，甚至无我的。被爱者是她（他）的一切。

（九）

爱既有欢乐幸福，也有烦恼痛苦。爱的幸福人人都乐意享受，但痛苦却使人难以承受。

（十）

初恋是最纯真无瑕的。无论初恋是成功还是失败，都将给当事人留下永恒难忘的深刻记忆。

（十一）

你所喜欢的，并非你的真爱挚爱，也并非是喜欢你的。喜欢你的，不见得是你喜欢的。你所爱的，并非爱你。爱你的，亦非你所爱。

你所寻觅的，应该是你失去的另一半，是将来能与你休戚与共的“这个人”，而不是这个人以外的其他任何东西。真爱，没有外在的附加条件。

（十二）

在攀比和野心支配下结成的婚姻是没有感情基础的。

（十三）

真心的爱与真心的恨，同样艰难。没有真爱的人，也不会有真恨。爱与恨，是孪生兄弟，你中有我，我中有你。

（十四）

我劝一位漂亮姑娘时说：如果你的言行能像你的脸蛋、身材一样漂亮的话，大家都会喜欢你的。

外在的美是短暂的，内在的美是永久的。外在之美令人怦然心动，内在之美使人心悦诚服，两种美的高度融合与有机统一，则使人心仪永恒。

友谊——崇高的情感

（一）

不带任何功利色彩的友谊，才是真正的友谊。不要奢望有很多的朋友——真心朋友。知音难觅、知己难求。这是古今中外多少有识之士发自心灵深处的感叹！

（二）

诚信是交友的起码准则，交心是交友的最高准则。人无信难以自立，鬼神也会畏而远之，没有诚信的人不会有朋友，不配讲友谊。

（三）

朋友，并非一概情趣、志向相同。好的朋友，绝不干涉对方的私密与自由。

（四）

当心掉入“朋友”的陷阱。有的人只把朋友当作为己的工具而加以利用，这是对友谊的曲解和亵渎。

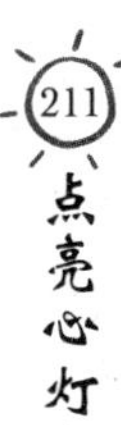

（五）

真正的友谊建立在深刻的理解之上，理解是伟大而又高尚的品性。

（六）

得一知己何其之难，失一朋友何其之易。所谓“人心隔肚皮”，是说，人与人之间总有一定的距离，即使最亲近的人，也有绝对保守的秘密，人与人之间不可能“零”距离接触；但由于交流、沟通与理解的需要，人与人之间又要尽可能缩短距离。距离可以产生美感。

有时，人们之间的误会，种族间的隔阂简直犹如鸿沟，难以逾越。这是人的自私自利性所造成的必然结果。

（七）

友谊对人生而言，既重要，又宝贵。失去一个朋友，是非常痛苦的，但与某个朋友毅然决然地分道扬镳，也是无可奈何的，需要这个人有忍受孤独的勇气。

（八）

友谊在体谅中巩固，在理解中加深，在误会中迷茫，在私欲中毁灭。

（九）

天外有天，人上有人。切不要自以为是，自以为手段高超、聪明无人能及。

利用朋友、出卖朋友者，最终也必将为朋友利用与出卖。

有的人，会自始至终恪守为人之良心与道德之底线，以德报怨。有的人，则会以德报德，以恶还恶。

为人，只有心存善念，常做善事，恶则必远矣！

沉默——智者的艺术

（一）

沉默，是崇高者的品性，是智者的艺术，是自尊自爱者坚韧秉性的表现。

（二）

沉默，并不意味着无话可说。沉默者并非无能的弱者，绝大多数沉默者都是睿智的强者。

（三）

沉默，作为一种性格特征、气质秉性，不是谁想做就能做到、想学就能学好的。

（四）

最大的轻蔑是无言。沉默最常见的表现形式是无言。

无话可说、无言以对不是沉默。因此，从本质上讲，无言与沉默不是一回事，是两种截然不同的概念。

对于沉默而言，只有量的区分，没有质的不同。

（五）

沉默，往往掩盖了一个人的内心世界和心灵骚动。

沉默的人，比起那些善于侃侃而谈、投机钻营者的甜言蜜语来，往往与人保持较远的心理距离，很难被人理解，也很少受人喜欢。

（六）

沉默是一种自信的深沉。浅薄的人从来不甘沉默，生怕别人说他无知。

（七）

沉默，是一种心灵的自豪与骄傲。只有自信者的骄傲，才是伟大的骄傲。

（八）

沉默，既不表示同情、赞成，也不表示厌恶、反对。既不伤害谁，也不恭维谁。

因此，对于沉默者的真实态度我们难以把握。大多数人的理解是失之偏颇的。这是人类利己的天性使然。

（九）

幸运降临时，尽情地享受快乐；厄运袭来时，默默地忍受酸楚。

只要不违背良知与道德，不违反法律，一个人想做什么，就尽可以问心无愧、潇洒自如地去做。

（十）

在需要得到肯定性回答时，沉默就使人非常反感。此时的沉默，既显得模棱两可，也显得软弱无力。

（十一）

有声有色的反抗中或许包含着善意的劝勉，无言的沉默中或许包含着怂恿、轻蔑、敌视与不负责任。

（十二）

沉默，不乏对人对己的好处，也有一定的害处。

（十三）

沉默，被不同品性的人运用，会有大为悬殊的结果。

思想——人之尊严的体现

（一）

思想与语言属于不同的表达符号。我们的思想很难用语言来精确地表达。因此，佛曰：不可说，不可说，一说即是错。

（二）

思想也有自己的季节和规律。思想有时是异常明晰的，有时却是非常朦胧的；有时激进，有时颓废；有时亢奋，有时萎靡。它也受情绪与心理周期的影响。

（三）

思想是行动的前提。伟大的思想，并非都能产生伟大的行动。

思想与行动有很大的距离。因为，思想是抽象的，行动则是具象的。

（四）

唯有思想，才是真正属于自己的最宝贵财富。

（五）

思想的价值难以估量。许多人认为花钱“买思想”是极其吝啬的。

（六）

要学会思想。善于思想是人生最大的快乐与幸福。帕斯卡尔曾经说过：“人的全部尊严就在于思想”。

（七）

千万个思想衬托出一个伟大思想，千万个名人才擎起一个伟人。

（八）

缺少温度、湿度和土壤的理想主义不会萌芽，开花结果也只能是一种空想、假想。

（九）

在沉思中，人不知道痛苦与欢乐的滋味。

（十）

鹦鹉学舌虽然可以做到惟妙惟肖，却不能说出一句属于自己的话来。所以，鹦鹉始终是“鹦鹉”。

一个大脑中只有或者充满他人思想的人，从本质上来讲，与鹦鹉没有两样。

（十一）

与有思想的人交往，可以启迪并学会自己去思想。思想早已成为人有滋有味生活的重要组成部分。

（十二）

聪明人不会使大脑这把利剑生锈、迟钝。

思想，就是大脑的“磨刀石”。

养成思想的习惯，等于给大脑这架复杂而又高速运转的精密机器，时时添加润滑剂。

（十三）

对人生和社会的思考，将会徒增莫名的痛苦与烦恼，甚至会丧失“做人”的信心。

知道怎样活着，为什么活着，总比稀里糊涂活着要好。

有人说，人生本无意义，人生的意义是人自己添加上去的。只有循着人生的目的、意义而活着，并为之去追求、奋斗，人才能摆脱空虚、无聊，从而过得充实、满足。

（十四）

思想者唯有在现实生活之外，才能构建起美轮美奂的精神家园。精神家园才是一个人真正无风无浪的避风港。

（十五）

没有思想的行为，就像无头的苍蝇，只能处处碰壁，不知所终。

（十六）

会真正思想的人，懂得什么该记忆，什么该遗忘。只有学会遗忘，才能更好更多地记忆。

对于人而言，一生应该遗忘的东西很多，值得记忆的也不少。一些应该遗忘的东西如果不曾遗忘，值得记忆的东西也必定不会记忆。

尽管一个人的潜能难以估量，但人的能力毕竟是有限的，只要充分发掘潜能，可以超越自我，但绝不可能超越自身能力的极限。

（十七）

思想的巨人，行动的矮子，在不同人的生活中，既可能截然对立，也可能部分重叠，又可能高度统一。这就是现实生活中，人所不同的原因。

就思想与行动的关系来看，人不外乎以下几种：一种是思想与行动完全一致的人；一种是思想与行动部分一致的人；一种是思想与行动截然不同的人；一种是无思想而盲目行动的人；一种是既无思想也无行动的人。

（十八）

由于一个人精力、能力的有限性，我们绝不能奢望所有的思想家能把自己的思想付诸他的实践行动。思想家对人类最大的贡献，就在于他的思想。思想，是智慧的一种体现。

当然，一个思想家若能把思想付诸实践，就更璀璨耀眼，光彩夺目。

真正的思想家必定是符合人类共同理想与愿望的人，也是能够指导人类生活实践的人。这是与空想家的分界线。

（十九）

思想家就是思想的富有者，但不是占有者。只有他的思想为社会所认可，他才能获得思想家的美誉。

思想并不被富有者所占有、所垄断；贫穷，照样能产生伟大的思想。思想，因地位、阶层、角度不同而有所不同，这恰恰为人生的丰富性、多样性提供了理论的指导。

（二十）

没有思想的人，就像随波逐流的浮萍，没有目的，也没有意义。

（二十一）

就是一个小小的思想火花，也要经过艰辛的孕育才能迸发出来。思想的火花稍纵即逝。一旦错过，再也找它不回。

伟大的思想比“十月怀胎”更艰辛。

（二十二）

学习，能获得经验和知识；思想，却能悟出人生的真谛。

思想比读书、学习更有用，它能给原本丰富多彩的生活锦上添花。

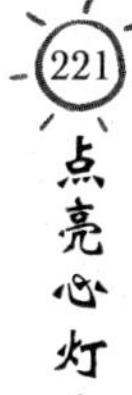

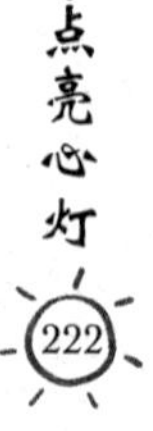

（二十三）

要善于思想，不断培养精神生活的情趣，构建精神家园。当思想成为习惯时，你的生活才更加充实而富有意义。

（二十四）

一种伟大的思想转变为现实，需要几代或好几代人的共同努力。伟大思想的产生异常艰难，要被世人及社会认可并身体力行更为不易。

即使伟大的思想，也有失之偏颇、有待完善的地方。伟大思想作为一个系统建构，不是一个人穷毕生精力所能建立的，它是集体经验和智慧的结晶。

（二十五）

有超然的思想，未必会有超然的行动。因为，思想与行动分属两个不同的范畴。

（二十六）

在构建精神家园的过程中，每个人都可按自己的自由意志来取舍材料，使其更加有个性特质。那种舒心与惬意是在现实生活当中无法享受得到的。

心灵——光明、黑暗之源

（一）

精神的良药，是打开“心栓”的金钥匙。

（二）

心灵的骄傲是最大的骄傲。

（三）

心灵的创伤无药可以医治，流逝的岁月也无法抚平。

（四）

没有谁能够背叛深藏在自己内心深处的“上帝”。

（五）

迁就自己的小恶，无异于让自己的身体与灵魂遭受蚕食。积小恶可成大恶，最终，也许将恶贯满盈，臭名昭著。

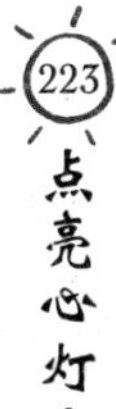

（六）

孩子的自尊心并不比成年人差。伤害孩子的自尊心，会给孩子的心灵造成无形的压力，甚至造成心理障碍。

欺骗童心是一大罪孽。那是诱导孩子学会欺骗。怂恿孩子做一点点恶，干小小的坏事，无疑都是犯罪。

怂恿，其实是在腐蚀纯洁的心灵，毁灭成长的生命。

（七）

有时，我们对人、事的评价难以做到客观、公正，是因为我们的主观感受“先入为主”，主体的地位无以取代。

（八）

赢得尊重是人满足自我生活的一种需要。

（九）

人都有欲望、野心，但欲望太强，野心过大，有可能毁灭自己。即使同样的野心，在不同的人身上，实现其野心的手段也有高下之别，方法有优劣之分，途径有曲直之异。

（十）

生活之锤，只有反复锻打，才能增强心灵的抗击打能力，从而使它更为健硕地成长。

（十一）

永远不要为外在而牺牲内在，为表象而摒弃本质。只有内在的快乐与充实才是真实的。

（十二）

有的人喜欢太阳，有的人喜欢月亮；有的人喜欢光明，有的人喜欢黑暗。其实，真正的光明与黑暗不在我们身外，而在我们心里。

心底的光明最为光明，心底的黑暗最为黑暗。

心中的太阳陨落之际，就是生命枯萎凋零之时。

（十三）

心灵也有自己的周期与规律。既有白昼黑夜、春夏秋冬，也有风和日丽、电闪雷鸣。

（十四）

做过亏心事的人，总有一天会受到良心的谴责。良心的谴责无法摆脱，有时胜过情感的折磨。

伤害别人，其实就是伤害自己。

（十五）

真心不见得能打动人心、换得真心。

（十六）

情绪与心境常常左右我们的判断力，使我们背离客观实际、道德准则、价值标准，有意无意去拔高或降低我们对人和事的评价。

（十七）

疯狂的发泄确实令人酣畅淋漓，异常舒心。而发泄之后的孤独无助，空虚无聊依然使人苦涩不堪。

（十八）

心理的衰老比肌体的衰老要可怕得多。长期在逆境、厄运中挣扎的人，其心理衰老程度要比在顺境、幸运中生活的人快得多。

（十九）

心灵之光在静思默想中欢快地跳跃，犹如溪流且歌且舞地穿过光滑的卵石滩。

（二十）

真正伤感的不是一个人，而是一个人的心。没有什么伤感、痛苦能与心碎心死相比较。

（二十一）

人们其实时刻都在调整自己的心态和行为，以期与外界的环境氛围相适应，从而在这个世界上占有一席之位，获取更大的利益，享受更多的快乐。

（二十二）

虚荣心可怕得超出我们的意料与想象。在强烈的虚荣面前，理性失去了原有的作用，显得异常无能，甚而逃逸得无影无踪。

（二十三）

天空的太阳日日一样，而人心中的太阳却天天不同，不会一成不变。

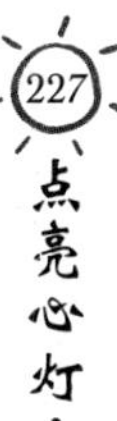

后　记

悉闻格尔木市文联“昆仑圣殿格尔木文学丛书(第二辑)”完成编审，即将移交出版社核印，拙著《点亮心灯》列入其中，欣喜之余有些忐忑。

业余写作聚焦人生问题，探讨思考纯属管窥蠡测。因为修养所限，艺术表现力低下；因为慵懒，涂鸦之作寥寥无几。在一定范围内稍有影响的作品更是凤毛麟角。

《点亮心灯》共计六篇，除第五篇属游记类散文外，基本上都是关于人生问题的感受与思考。其中，1995年之前完成的作品寥寥无几，其余内容均为2008年之后所作。两个节点间长达十五年的一段光阴，面对千百种可能性诱惑，兴趣、爱好游移不定，异想天开，无果而终。

“林中路”的抉择，何其艰难！使我无所适从。人生旅程中的迷人风景，让我几多陶醉，流连忘返。一位名人说过：“一个人如果不知道要去哪儿，他就永远不会有出息。”

就业余写作而言，虽然少有节制，恣意放肆，依旧力不从心，乏善可陈。辑录成形者入册，不过尔尔，微不足道。

全国知名青年诗人、格尔木市作协副主席陈劲松先生，应邀为集子作序，真是勉为其难。陈先生避重就轻，除指出显而易见的粗陋与冗杂（“绕”）的问题之外，极尽溢美之词，就连提及作者的时候，也是小心翼翼，抬举有加，不惜列举人格“魅力”，彰显文章情感的“深沉”与“灼热”，非要为鄙人冠以“作家”称谓。我以为，除了肯定与激励，恐怕“恨铁不成钢”才是主旨所在，可见用心良苦。誉过其实，让我诚惶诚恐，窃然受之，实为无忌僭越！于思忖中疑窦顿生：文学到底是不是我的菜，我到底是不是文学的料？似是而非。

集子纯属挈瓶之知，与诗性绝缘，与艺术无涉，作为心路历程缩影，虽略有不妥，但仍敝帚自珍。谁不疼爱自己的孩子？虽属边缘化“怪胎”，因为回天乏术，唯有假装泰然。若无“狗尾续貂”之嫌，已是莫大慰藉，岂有他望？

久别重逢，破镜重圆，属于缘分；背叛之后的回归，颠覆之后的重铸，定是“宿命”！以前，随心所欲，顺其自然，漫不经心，走到哪里算哪里。今后，尽力而为，矢志不渝，殚精竭虑，能走多远走多远。

值此丛书即将付梓之际，向一直以来关注城市发展历史、对文化建设高瞻远瞩的文联主席王韬先生，向浏览全书、耗费宝贵时间为之作序的陈劲松先生，向无私奉献、倾囊相授个人经验的作协主席唐明女士，向付出辛劳的执行主编曾春桃女士，及唐萍女士一并致谢！

张翔

2019 年 3 月 15 日

于上海浦东

图书在版编目（CIP）数据

点亮心灯 / 张翔著 . -- 秦皇岛：燕山大学出版社；北京：社会科学文献出版社，2019.12（2026.1重印）

ISBN 978-7-81142-850-6

Ⅰ. ①点… Ⅱ. ①张… Ⅲ. ①散文集－中国－当代 Ⅳ. ① I267

中国版本图书馆 CIP 数据核字（2019）第 156329 号

点亮心灯

著　　者 / 张　翔

出 版 人 / 陈　玉
责任编辑 / 柯亚莉　杜文婕

出　　版 / 燕山大学出版社
地址：河北省秦皇岛市河北大街西段 438 号
社会科学文献出版社
地址：北京市北三环中路甲 29 号院华龙大厦
经　　销 / 全国新华书店
印　　装 / 廊坊市印艺阁数字科技有限公司

规　　格 / 开本：787mm × 1092mm　1/16
印张：15.25　字数：229 千字
版　　次 / 2019 年 12 月第 1 版　2026年 1月第 3 次印刷
书　　号 / ISBN 978-7-81142-850-6
定　　价 / 58.00 元